Anšlavs Eglītis
Schwäbisches Capriccio

Anšlavs Eglītis

SCHWÄBISCHES CAPRICCIO

Aus dem Lettischen
und mit einem Nachwort
von Berthold Forssman

GUGGOLZ

FRAU BITZER

Pēteris Drusts döste vornübergebeugt im Zug. Alles Erlebte erschien ihm wie ein sinnloser Albtraum: das brennende Berlin, die Flucht durch die Flammen, das Umherirren in den Trümmern, der Ansturm auf die Züge, die langen Nächte in den überfüllten Waggons, das endlose Warten, mal auf offenem Feld, mal in zerstörten Bahnhöfen, wo in allen Ecken der Wind pfiff und Schnee umherwirbelte. Drusts war bereits die vierte Nacht unterwegs. Von jeder Endstation war er mit dem ersten Zug weiter nach Südwesten gefahren, in Richtung Rhein und Schweizer Grenze.

Der Zug hatte die großen Städte hinter sich gelassen, und nun ging es, soweit es sich anhand der langsamen Fahrt und des schweren Keuchens der Lokomotive beurteilen ließ, durch eine bergige Gegend. Im Waggon herrschte Dunkelheit, nur das Glimmen von Zigaretten war zu sehen. Ganz Deutschland lag in dichter undurchdringlicher Finsternis. Die Bürger waren folgsam und gewissenhaft: Man konnte hunderte Kilometer fahren, und nirgends drang ein einziger Lichtschein durch den Spalt einer nachlässig vorgezogenen Verdunklung hervor. Nur in den Bahnhöfen warfen fahle Birnen gespenstisches Licht auf schmale Bahnsteige, auf denen sich die Menschen drängten wie graue Schatten.

Irgendwo hier sollte er aussteigen, dachte der zu Tode erschöpfte Drusts. Aussteigen, einen Gasthof suchen und endlich eine Nacht in einem Bett verbringen. Aber an welcher Station? Dies war eine wichtige Hauptstrecke, und die Bahnhöfe konnten jederzeit zum Ziel von Luftangriffen werden. Statt wie erhofft in einem Bett auszuschlafen, würde er dann nur wieder in einem Schutzraum herumlungern. Wo ließ sich jetzt in ganz Deutschland bloß ein sicheres und ungestörtes Nachtquartier auftreiben?

Drusts presste die Hände gegen seine Schläfen und drückte die Stirn gegen die Fensterscheibe. Auf dem Nebengleis standen, im Dunkel kaum zu erkennen, eine kleine altertümliche Lokomotive und ein paar ebenso eigenttümliche Reisezugwagen, offenbar der Zug einer kleinen Nebenstrecke zu einer vollkommen unbedeutenden Ortschaft.

Einer plötzlichen Eingebung folgend sprang Drusts auf, stolperte aus dem Waggon hinaus ins Dunkel und tastete sich zu dem kleinen Zug hinüber.

Der große Schnellzug fuhr weiter, während der kleine Zug noch wartete und sich langsam mit dick eingemummelten Gestalten füllte, die gegeneinanderstießen, dann und wann ein Streichholz entzündeten oder eine Taschenlampe aufleuchten ließen. Dabei unterhielten sie sich leise in einem so merkwürdigen Dialekt, dass Drusts, obwohl des Deutschen durchaus mächtig, nur mit Mühe einzelne Wortfetzen aufschnappen konnte.

Als sich der kleine Zug endlich unter Pfeifen und Bimmeln in Bewegung setzte, sprang noch ein verspäteter Reisender auf. Vorsichtig knipste er eine Taschenlampe an und lenkte ihren bläulichen Schein auf den freien Sitz neben Drusts. Dort ließ er sich schwerfällig nieder und ließ den Strahl seiner Lampe auch über Drusts' Gesicht wandern. Beim zweiten Mal ließ er ihn dort etwas länger verweilen.

»Sie sind wohl nicht von hier?«, fragte eine dumpfe Stimme, aus der weder das Geschlecht noch das Alter des Sprechers zu erkennen war.

»Das stimmt. Von weit her«, brummte Drusts mürrisch, weil er geblendet worden war und ihm der Sinn so gar nicht nach einer Plauderei stand, erst recht nicht mit einer unbekannten Stimme aus dem Dunkel.

»Nach Truchtelfingen oder nach Pfifferlingen?«, bohrte die Stimme weiter.

»Nach Pfifferlingen«, entgegnete Drusts, der nun endlich wusste, wohin die Reise ging. Der Name Pfifferlingen gefiel ihm, warum sollte er also nicht dorthin fahren?

»Ihrer Aussprache nach kommen Sie aus Preußen.«

»Nein. Aus Lettland.«

Ja, Lettland kannte man selbst in einem so abgelegenen Winkel Deutschlands. Auch von hier waren Soldaten in Lettland gewesen. Dort war es ihnen gut ergangen, und deshalb war ihnen Lettland wie eine Oase in der russischen Wüste im Gedächtnis geblieben.

»Haben Sie hier Verwandte?«, fragte die Stimme weiter.

»Nein.«

»Vielleicht Bekannte?«

»Nein.«

»Zu wem fahren Sie denn dann?«

»Zu gar niemandem.«

»Zu einer Arbeitsstelle?«

»Nein.«

»Vielleicht sind Sie von der Regierung oder von der Partei beauftragt worden?«

»Nein.«

»Sind Sie schon einmal hier gewesen?«

»Nein.«

»Ja, warum fahren Sie dann nach Pfifferlingen?«

»Irgendwo muss der Mensch schließlich bleiben.«

»Aber warum ausgerechnet Pfifferlingen? Auf der Welt gibt es so viele andere Orte!«

»Von denen gefällt mir keiner«, entgegnete Drusts in der Hoffnung, dass das Gespräch endlich versiegen möge.

Sein Sitznachbar schwieg eine Weile; vermutlich musste er über das Gehörte nachdenken. Dann leuchtete wieder der bläuliche Schein der Lampe auf und glitt über die Sitzbank hinweg zum Gepäcknetz über ihren Köpfen.

»Wo sind denn Ihre Sachen?«, fragte die Stimme.

»Ich habe keine.«

»Was heißt da, Sie haben keine? Jeder Mensch besitzt irgendwelche Sachen. Wo sind Ihre?«

»Sie sind verbrannt.«

»Verbrannt? Bei einem Luftangriff?«

»Ja.«

Drusts hörte, wie sein Gegenüber einen Seufzer ausstieß, entweder, weil er auf einen so wortkargen Gesprächspartner gestoßen war, oder aus Mitgefühl über sein Schicksal.

Nach einer Weile erklang erneut die Stimme aus dem Dunkel: »Und was haben Sie jetzt vor?«

»Ich fahre nach Pfifferlingen.«

»Aber was wollen Sie nach Ihrer Ankunft dort anstellen? Mitten in der Nacht?«

»Ich werde einen Gasthof aufsuchen. Können Sie mir einen nennen?«

»Aber ja! Es gibt die Gasthöfe ›Zum Bären‹, ›Zum Adler‹ und ›Zum Lamm‹.«

»Schön. Dann gehe ich zum ›Lamm‹. Vor dem Bären bin ich auf der Flucht, und Adler mag ich auch nicht.«

Doch dieser Sarkasmus verfing bei seinem Gesprächspartner nicht. Damals wusste Drusts noch nicht, dass die Pfifferlinger niemals und nirgends nach einem verborgenen Hintersinn suchten, und vielleicht war das einer der Gründe für ihr glückliches Leben.

Der Zug hielt an.

»Wir sind da«, sagte die Stimme, und Drusts hörte, wie sein Gesprächspartner seine Bündel schulterte. Kurz darauf standen sie vor dem Bahnhof in pechschwarzer Finsternis.

»Zum ›Bären‹ und zum ›Adler‹ wäre es viel näher«, sagte seine Begleitung. »Aber wenn Sie unbedingt im ›Lamm‹ absteigen wollen, bringe ich Sie dorthin. Im Dunkel finden Sie den Weg nicht allein.«

Natürlich war es Drusts vollkommen gleichgültig, in welchem Gasthof er unterkommen würde, aber ihm gefiel dieses Spielchen in der Finsternis, und zwar schon allein deshalb, weil sein Begleiter schweres Gepäck bei sich hatte. Sollte er ruhig an seiner Torheit zu schleppen haben, dachte Drusts, und sie machten sich auf den Weg.

Es war ein eigenartiges Gefühl, in kohlrabenschwarzer Nacht durch einen gänzlich unbekannten Ort zu laufen. Wie mochten die Häuser bei Tag aussehen, gegen die sie dann und wann schrammten, was mochten das für Brücken sein, über die sie gingen, wie würden diese löchrigen schneebedeckten Straßen sein, die immer wieder kurz im bläulichen Schein der Taschenlampe seines Begleiters auftauchten?

»Hier ist der Gasthof ›Zum Lamm‹«, sagte die Stimme unvermittelt. »Behalten Sie ruhig meine Lampe. Die werden Sie hier gut gebrauchen können, wo es doch überall so dunkel ist.«

Drusts war beschämt von dieser so überraschenden

Großzügigkeit. Das harte Pflaster Berlin hatte ihn nicht eben verwöhnt, und so bat er: »Sagen Sie mir doch, wie Sie heißen, damit ich Ihnen die Lampe zurückgeben kann.«

Drusts wollte aber auch nicht auf eine kleine Revanche verzichten, und so richtete er den Lichtstrahl direkt auf die Augen seines Begleiters. Aber da wäre ihm beinahe die Lampe aus der Hand gefallen: Im Dunkel tauchte ein von schwarzen Haaren umrahmtes südländisches Gesicht mit tiefliegenden dunklen Augen auf. Die Wangen waren vom Tragen der schweren Bündel gerötet, und an der Stirn klebten mehrere Haarsträhnen.

»Ich bin Frau Bitzer«, bekam der überraschte Drusts als Antwort, und sogleich verhallten ihre Schritte in der Dunkelheit.

»Verdammt!«, entfuhr es ihm, denn erst jetzt wurde ihm klar, dass das eine hübsche Frau gewesen war und er ihr nicht einmal geholfen hatte, ihr Gepäck zu tragen. Was für Verletzungen erlitt ein Mensch in der Kriegszeit, dass er so gleichgültig und grob wurde!

Drusts wollte ihr hinterherrennen und zusehen, ob er seinen Fehler wiedergutmachen konnte, aber schon an der nächsten Ecke wusste er nicht mehr weiter. Er leuchtete nach rechts und nach links und rief dann leise: »Frau Bitzer! Frau Bitzer!«

Doch alles war und blieb still und dunkel. Dann quietschte irgendwo eine Tür, und eine dumpfe Stimme fragte: »Was ist denn hier los?«

»Ich suche den Gasthof ›Zum Lamm‹«, stieß Drusts erschrocken hervor. Gehörte diese Stimme etwa Frau Bitzer?

»Dann sind Sie hier richtig«, sagte die Stimme. »Aber

ich hatte den Eindruck, dass Sie nach jemandem gerufen haben?«

Drusts erkannte im bläulichen Dämmerlicht der Türöffnung eine weibliche Gestalt. Aber die Frau trug eine weiße Kittelschürze, und ihre Stimme klang noch dumpfer als die von Frau Bitzer.

»Ich wollte Frau Bitzer treffen«, stotterte Drusts. »Ich habe sie in der Dunkelheit verloren. Wissen Sie, wo sie wohnt? Ich würde sie gerne morgen treffen.«

»Was heißt da Frau Bitzer?«, fragte die Gastwirtin. Sie ließ Drusts in den Empfangsraum eintreten und musterte ihn von Kopf bis Fuß. »Sie wollen einfach nur Frau Bitzer treffen?«

»Ganz genau, Frau Bitzer.«

»In Pfifferlingen gibt es nichts Einfacheres, als Frau Bitzer zu treffen«, sagte die Gastwirtin und grinste.

Die dumpfe Stimme veranlasste Drusts dazu, die Frau noch einmal aufmerksam zu mustern. Ihre Haare und Augen waren dunkel, die Wangen zart gerötet. War das womöglich doch Frau Bitzer? Aber warum hätte sie sich für eine Fremde ausgeben sollen? Das würde keinen Sinn ergeben, dachte Drusts.

Die Müdigkeit und die Dunkelheit verleiteten ihn dazu, allerlei Unsinn zu denken. Natürlich war die Gastwirtin eine völlig andere Frau.

Ihr spöttischer Ton gefiel Drusts ganz und gar nicht. Aber wer immer Frau Bitzer auch sein mochte: Sie hatte sich überaus menschlich und freundlich verhalten. Die Kriegszeit hatte Drusts gelehrt, Menschen nach anderen Maßstäben zu bewerten. Er setzte eine abweisende Miene auf und erkundigte sich nach einer Unterkunft im »Lamm«.

Doch auch die Wirtin des Gasthofs hatte eine Frage: »Kommen Sie aus Preußen? Warum sind Sie gerade nach Pfifferlingen gekommen? Auf der Welt gibt es so viele andere Orte!«

Drusts seufzte. »Gestatten Sie mir, gute Frau, die Erklärungen für den morgigen Tag aufzuheben. Es ist schon spät. Ich bin müde, und auch Sie werden sich zur Ruhe begeben wollen. Sagen Sie mir geschwind, ob Sie mir ein Zimmer geben können oder nicht?«

»Nein. Alle Zimmer sind belegt.«

Drusts vernahm dies wohl, machte aber keineswegs Anstalten, sofort zu gehen. Dies war nicht der erste deutsche Gasthof, der einen Ausländer abwies. Drusts trug einen guten, noch in Riga geschneiderten Mantel, bei dem nur der Persianerkragen durch die Brände in Berlin leicht angesengt war. Er knöpfte ihn weit auf, um seinen feinen Anzug aus blaugestreiftem englischem Tuch zu zeigen, dessen Hosenenden zwar beim Rennen über die brennenden Trümmer schadhaft geworden waren und aussahen wie von Rost befallen, aber das war im Dunkel des Empfangsraums nicht zu erkennen. Er legte seinen teuren Filzhut auf die Theke, ebenso die Schlangenlederhandschuhe, die freilich vom Herumstöbern in den verkohlten Ruinen schwarz und eingeschrumpelt waren, und zog eine Brieftasche aus Krokodilleder hervor. Dort wühlte er in Papieren, damit es für die Wirtin aussah, als schimmere dort noch ein ganzes Bündel Reichsmark. Dabei glänzte der massive goldene Siegelring an seinem Finger.

Diese stumme Zeichensprache in Gestalt der Sonntagsstatt eines angesehenen Rigaers überzeugten die Wirtin mehr als alle Worte. Als sich Drusts freundlich erkundigte, ob sie ihm nicht irgendeinen anderen anständigen

Gasthof empfehlen könne, meinte sie, dass es im Dunkel gewiss schwierig würde, den Weg zu finden. Dabei fiel ihr plötzlich ein, dass im Gasthof »Zum Lamm« doch noch ein Zimmer zu vergeben sei.

»Frau Bitzer!«, tönte es in Drusts, während er in den Schlaf hinüberglitt. Vor seiner Abreise morgen würde er sie unbedingt aufsuchen, um ihr zu beweisen, dass er keine Geschenke annahm, und sei es nur eine Taschenlampe.

Drusts erwachte erst am späten Vormittag. Eine Weile rekelte er sich unter seinen Decken, aber dann trieb ihn die Neugierde dazu, die mehrschichtigen Vorhänge vor dem Fensterchen zur Seite zu schieben und die Läden zu öffnen.

Pfifferlingen lag in einem tiefen engen Tal. Auf beiden Seiten erhoben sich verschneite, mit Buchen bewachsene Hänge, die ganz oben stellenweise von kahlen Felskämmen gekrönt waren. Sein Blick suchte vergeblich nach Trümmern. Wie überaus sonderbar war das alles: Tagelang war er durch verrußte Ruinenstädte und Bahnhofsgerippe ohne Dach gefahren, über zerstörte und nur notdürftig abgestützte Brücken, und nun erwachte er plötzlich in einem hübschen gepflegten Städtchen mit weißen Häusern und leuchtend roten Dächern, das an ein sonntäglich aufgeputztes Mädchen erinnerte, das auf einem sonnigen Berghang Platz genommen hatte.

Aber Drusts staunte nicht nur über diese Sonntagsstimmung und diese Sauberkeit, sondern auch über die ungewöhnlich, ja geradezu unglaublich geringen Ausmaße der Gebäude.

Die winzigen Häuschen mochten vier oder sogar fünf Fensterreihen übereinander haben. Aber wenn das die einzelnen Stockwerke waren – wie niedrig mussten die

Zimmer dann sein? Als Drusts die Hand hob, konnte er mühelos die Decke ertasten. Dabei war er nicht einmal im kleinsten Dachstübchen des Gasthofs untergebracht worden, wie man vielleicht hätte annehmen können, sondern im besten Fassadenzimmer mit den größten Fenstern. Trotzdem waren diese so schmal, dass sich ein kräftig gebauter Mann nur mit Müh und Not hätte hindurchzwängen können. Auch die Tür war schmal und so niedrig, dass man sich beim Eintreten tief bücken musste.

Nachdem Drusts gerade aus den kolossalen ausgebrannten Ruinen Berlins mit ihren imposanten verkohlten Schlossportalen und den hohlen Fensteröffnungen mächtiger Theater und Großbanken kam, erschien ihm Pfifferlingen wie ein Puppen- oder Liliputstädtchen, das ein Wanderzirkus hier errichtet hatte.

Er hatte es nirgendwohin eilig. Gelangweilt trank er die fade Flüssigkeit, die seine Wirtin als Kaffee bezeichnete, und kaute träge die dünne Brotscheibe, die er für den letzten Abschnitt seiner Reiselebensmittelkarte bekommen hatte. Über Frau Bitzer verlor Drusts an diesem Morgen kein Wort, denn die Wirtin gefiel ihm bei Tageslicht noch weniger als in der vergangenen Nacht. Am meisten ärgerte es ihn, dass ihre Stimme so sehr an die von Frau Bitzer erinnerte.

Die Einheimischen hier hatten wirklich nicht gerade die schönsten Stimmen, dachte er, bezahlte für die Unterkunft und trat auf die Straße hinaus.

Über allem lagen eine beneidenswerte Stille und ein fast erdrückender Friede. Die Menschen gingen ohne Eile die Straßen entlang, und sobald Drusts einem von ihnen direkt ins Gesicht blickte, entrichtete dieser einen freundlichen Gruß. Niemand, der durch Pfifferlingen schlenderte, hätte sich vorstellen können, dass anderswo ein Krieg tobte. Drusts erschien dieser Friede wie etwas Wundersames, aber trotzdem kam es ihm nicht einmal für einen Augenblick in den Sinn, an einem so verschlafenen Ort mehrere Tage zuzubringen oder sich gar für längere Zeit niederzulassen, nicht als Weltenbummler und erst recht nicht als Flüchtling. Er war zu sehr an Aufregung gewöhnt, Gedränge, laute Schutzräume, Neuigkeiten und frische Gerüchte zu jeder Zeit. Aber er hatte hier hervorragend ausschlafen können, und dafür war er dankbar: Niemand weiß ein bequemes Nachtquartier höher zu schätzen als ein Flüchtling.

Jetzt konnte er weiterfahren und versuchen, heimlich in das Sperrgebiet an der grimmig bewachten Schweizer Grenze vorzudringen, um irgendwann in diesen legendären Hort der Freiheit zu gelangen. Wenn er sich nicht auf einen gefährlichen Grenzübertritt einlassen wollte, konnte er sich als Wohnort auch eines der schönen alten Residenz- oder Klosterstädtchen am Oberlauf der Donau aussuchen, einen berühmten Kurort im Schwarzwald im Schatten dunkler Fichten neben donnernden Wasserfällen oder eines der alten Hafenstädtchen am Bodensee, über denen alte Burgen auf den Hängen thronten wie Torten. Was für eine lächerliche Vorstellung, ohne Not in diesem unbedeutenden Nest zu bleiben!

Gleich an der nächsten Ecke sah Drusts vier rotgesichtige Pfifferlinger, die in ein Gespräch vertieft waren. Schade nur, dass es hier niemanden gab, mit dem er hätte wetten können, dass wenigstens einer von diesen vier Frau Bitzer kannte, dachte er.

Drusts grüßte das Grüppchen höflich und erkundigte sich artig: »Ob einer der Herren wohl so freundlich sein möchte und mir sagen würde, wo Frau Bitzer wohnt?«

Alle vier Gesichter wandten sich dem Sprecher zu und erstarrten für einen Augenblick in feierlicher Stille, während ihre Gehirne das Gehörte verarbeiteten. Dann erstrahlte auf allen ein breites Lächeln, vier Hände hoben sich und zeigten in alle vier Himmelsrichtungen oder vielmehr zu allen vier Straßenecken.

Drusts schaute, wohin die roten Finger wiesen, und las mit zunehmender Verwirrung die Schilder »Sattler Jakob Bitzer«, »Maler Martin Bitzer«, »Metzger Hans Bitzer« und »Bäcker Berthold Bitzer«.

»Aber meine Herren«, sagte Drusts und breitete hilflos die Arme aus, »welcher von diesen Bitzers ist denn nun der Richtige?«

Jetzt begriffen es auch die vier Umstehenden. »Ach so! Sie sind fremd hier!«, riefen alle durcheinander. »Ja, so ist das hier bei uns – fast die Hälfte der Pfifferlinger trägt den Nachnamen Bitzer, und die meisten anderen heißen Ammann, Faigle, Konzelmann oder Maute. Wenn jemand einen anderen Nachnamen hat, dann ist er wahrscheinlich aus einem der Nachbarorte zugezogen. Bestimmt kennen wir Ihre Frau Bitzer, aber sie wäre selbst dann schwer zu finden, wenn Sie uns ihren Vornamen sagen könnten. Die meisten heißen Leni, Marta, Berta oder Margarete. Wir müssten wenigstens wissen, als was ihr Mann arbeitet.«

Das wusste Drusts natürlich nicht. Die redseligen Pfifferlinger wollten ihn sofort in ein Gespräch verwickeln, aber kaum hatte er ihre Fragen gehört: »Kommen Sie aus Preußen?« und »Warum sind Sie ausgerechnet nach Pfifferlingen gekommen?«, dachte Drusts, dass er nie zu einem Ende gelangen würde, verabschiedete sich und machte sich aus dem Staub.

»Was für ein Kaff«, dachte er erstaunt. »Nicht einmal für Geld würde ich hier leben wollen! Die Hälfte der Einwohner heißt Bitzer! Diese Puppenhäuschen! Diese Schläfrigkeit! Wahrscheinlich findet man in ganz Deutschland kein schlimmeres Krähwinkel!«

Die Rückgabe der Taschenlampe würde zu nichts führen. Drusts wusste bereits aus eigener Erfahrung, dass es in diesen chaotischen Kriegszeiten keinen Sinn hatte, sich mit Dingen zu befassen, die größere Anstrengungen erforderten. Es war besser, seine Kräfte zu schonen und auf der Stelle einen ganz anderen Weg einzuschlagen.

Um diese Lebensweisheit zu befolgen, hätte Drusts jetzt einfach mit dem Mittagszug weiterfahren müssen, aber die Februarsonne schien so warm, und die bunten Häuserreihen sahen so reizend und anmutig aus, dass er nicht schon wieder in einen verrußten Zug mit zerborstenen Fensterscheiben und Bänken voller grauer ausgezehrter Menschen klettern und die ganze Zeit ängstlich nach Tieffliegern Ausschau halten wollte.

Während Drusts müßig herumstreifte, bot sich ihm vor einem Bäckerladen ein überaus eigenartiges Bild: Aus irgendeinem Grund standen dort ganze Scharen von Kindern mit Strohkörben, holten große, frisch gebackene Brotlaibe heraus und luden sie in ihre Wagen oder Schlitten. Einige Knaben nahmen sogar gleich drei oder vier davon mit.

Was mochte das zu bedeuten haben? In Berlin zeigte niemand offen sein Brot, von dem es ohnehin nur sehr wenig gab. Schließlich fragte Drusts nach.

»Ganz einfach, heute ist Samstag, und da können die Bürger hier Brot backen. Das heißt diejenigen, die eigenes Mehl außerhalb der Kartenzuteilung haben«, lautete die Antwort.

Solche Provinznester hatten also auch ihre Vorzüge. Drusts verspürte eine unangenehme Leere im Magen und überschüssige Flüssigkeit im Mund. Seine Frühstücksschnitte war ganz dünn gewesen. Diese verdammten Brotwagen! Wer hätte ihn daran hindern können, einem dieser Buben eins über den Schädel zu ziehen, dem Bewusstlosen einen Laib zu entreißen, sich damit zu verkrümeln und sich satt zu essen? Warmes, weiches, duftendes Brot, und davon so viel er wollte! Was gab es Besseres als Brot?

In Berlin hatte Drusts wie alle Letten noch ein Schmalztöpfchen und ein Stück Räucherspeck aus der Heimat bei sich gehabt, um den ärgsten Hunger zu stillen. Aber nach dem großen Luftangriff Anfang Februar hatte er allein mit seiner Kartenration auskommen müssen, und sein Appetit war von da an mit jedem Tag mächtig gewachsen. Voll Kummer und Sorge dachte er daran, dass die letzte Reisemarke aus Berlin heute aufgebraucht worden war, und es war gar nicht so einfach, ohne festen Arbeitsplatz und Wohnsitz neue Lebensmittelkarten zu ergattern. Vielleicht war das in einem solchen Kaff einfacher als anderswo? Dann hätte sich dieser Abstecher mehr als ausgezahlt, und zwar mit einem anständigen Nachtquartier und Lebensmitteln für die nächste Woche.

Also begab sich Drusts zum Rathaus und wollte beim Bürgermeister persönlich vorstellig werden, da dieser in deutschen Kleinstädten schaltete und waltete. Drusts bemühte sich, sein Anliegen mit der höflichen Selbstverständlichkeit vorzubringen, die in einem stets gradlinig denkenden deutschen Beamtenschädel gar nicht erst die Idee aufkommen ließ, es könne noch eine weitere Möglichkeit geben. Damit war es Drusts schon öfter gelungen, auch erheblich schwierigere Angelegenheiten zu regeln.

Doch der Bürgermeister fragte genau wie alle bislang angetroffenen Pfifferlinger als Erstes: »Warum sind Sie ausgerechnet nach Pfifferlingen gekommen?«

Drusts verzog das Gesicht. Er vergaß seine gewohnte Vorsicht, zuckte mürrisch mit den Schultern und erwiderte: »Der Zug fuhr nicht mehr weiter.«

»Heute fährt er wieder weiter«, erklärte der Bürgermeister ernst. »Sie müssen auf der Stelle aufbrechen. Lebensmittelkarten bekommen Sie dort, wo Sie sich niederlassen und arbeiten werden. In Pfifferlingen gibt es weder Wohnung noch Arbeit für Sie. Hier können Sie nicht bleiben.«

»Das hatte ich auch keineswegs vor! Was habe ich schließlich in so einem gottverlassenen Winkel verloren?«, rief Drusts verärgert und wollte sich schon zum Gehen wenden.

Aber jetzt war auch der Bürgermeister beleidigt. Er lief puterrot an und rief: »Was haben Sie da gesagt? Gottverlassener Winkel? Sie wissen überhaupt nicht, wovon Sie reden! Wo lebt es sich in Kriegszeiten besser als in einem kleinen abgelegenen Ort? Pfifferlingen ist wie eine Oase in einer Trümmerwüste. Als die Familie meines Bruders aus dem zerstörten Stuttgart hierherkam, weinten alle vor Freude, dass man bei uns nicht durch ausgebrannte Straßen laufen muss und die Abende in Zimmern mit heilen Fenstern verbringen kann. Das Leben in Pfifferlingen ist ein Glück, aber es ist nicht jedem vergönnt! Kein Pfifferlinger nimmt einen Fremden bei sich auf, denn wir schätzen den häuslichen Frieden mehr als alles andere. Nur eine direkte Anordnung des Bürgermeisters kann die Aufnahme eines Fremden veranlassen. Aber der Bürgermeister von Pfifferlingen vermag die Rechte und die Ruhe seiner Bürger zu schützen. Nein, mein Herr, das Glück in Pfifferlingen zu leben, ist nicht so einfach zu erlangen!«

»So ein Unsinn«, warf Drusts möglichst leichthin ein, um den Beamten zu ärgern. »Ich habe hier schon seit gestern ein Zimmer.«

»Sie haben ein Zimmer? Bei wem?«

»Bei Frau Bitzer«, log Drusts.

»Bei welcher Frau Bitzer?«

»Bei der Leni.« Drusts nannte den erstbesten weiblichen Vornamen, der ihm in den Sinn kam.

»Bei der Leni? Wie heißt ihr Mann? Ach so, wenn sie einen Fremden bei sich aufnimmt, kann es sich nur um eine Witwe handeln.«

»Sieht ganz so aus.«

»Witwen mit dem Namen Leni Bitzer gibt es bei uns nur in der Flussstraße, in der Mühlenstraße und in der Gartenstraße.«

»Die in der Gartenstraße.«

»Tatsächlich? Sieh mal einer an! Und die Leni war wirklich bereit, Ihnen ein Zimmer zu geben? Dabei hat gerade sie immer behauptet, sie wolle um keinen Preis jemanden bei sich aufnehmen.«

»Was für ein Unsinn! Leni Bitzer ist eine reizende Gastgeberin. Überzeugen Sie sich selbst: Sie hat mir sogar ihre Taschenlampe gegeben, damit ich abends herumlaufen kann, weil ich meine eigene verloren hatte!«

»Hm«, sagte der Bürgermeister, betrachtete aufmerksam die Taschenlampe und danach noch viel aufmerksamer Drusts, dessen herrschaftliches Auftreten und guter Mantel nicht ohne Eindruck geblieben waren.

»Aber warum kommt sie dann nicht selbst zum Rathaus

und teilt mit, dass sie einen Mieter bei sich aufgenommen hat?«

»Ach, sie hat so viel anderes zu tun. Reicht es nicht, wenn ich es Ihnen mitteile?«, sagte Drusts und bemühte sich, durch den Ton seiner Stimme dem Bürgermeister zu verstehen zu geben, dass ihn das müßige Geschwätz langweilte und er sich auf den Weg machen wollte. Pfifferlingen begann ihm endgültig, wie man zu sagen pflegt, auf die Nerven zu gehen, und er war wütend auf sich selbst, dass er sich auf ein so albernes und sinnloses Gespräch eingelassen hatte.

Aber der Bürgermeister war wirklich auf das Wohlergehen seiner Bürger bedacht. »Ganz richtig, der Leni fehlt es nicht an Arbeit. Sie steht vollkommen allein im Leben und hat vier schulpflichtige Kinder. Gut, ich gebe Ihnen einen Anmeldeschein mit. Wenn sie ihn unterschrieben hat, bringen Sie ihn mir wieder zurück. Dann muss sie sich nicht abhetzen. Und Ihr Name war, bitte? Ihre frühere Adresse? Ah, Berlin, die Hauptstadt … Na, sehen Sie, selbst aus der Hauptstadt treffen Leute in unserem kleinen verlassenen Winkel ein. Ihre neue Adresse lautet Gartenstraße 6, Pfifferlingen. Da. Sobald dieser Schein unterschrieben ist, bekommen Sie hier im Nebenzimmer Lebensmittelkarten für zehn Tage. Alles Weitere wird an Ihrem künftigen Arbeitsplatz geregelt. Auf Wiedersehen!«

Voller Erleichterung darüber, das unerfreuliche Gespräch mit Anstand hinter sich gebracht zu haben, trat Drusts eilig auf den Flur hinaus, aber vor dem Nebenzimmer verlangsamte er seinen Schritt: Frisch gewagt ist halb gewonnen.

Die Frau bei der Lebensmittelkartenausgabe war dunkelhaarig, dunkeläugig und ganz besonders rotwangig.

Als Drusts ihre dumpfe Stimme hörte, zuckte er wieder zusammen: Das mochte viel eher seine Frau Bitzer sein als die Gastwirtin.

»Heißen Sie womöglich Bitzer?«, fragte er sie ganz direkt.

»Ja, ich bin Marta Bitzer«, antwortete die junge Frau.

»Sind Sie gestern womöglich mit dem Truchtelfinger Zug gefahren?«

»Nein, ich war gestern Abend in der Flussstraße beim Geburtstag von Tante Berta.«

Drusts entschuldigte sich für seine Neugierde. Die freundlichen Fragen hatten jedoch die Beamtin auftauen lassen, und ohne viel Federlesens überreichte sie ihm auch ohne Unterschrift seiner Wirtin eine Lebensmittelkarte. Da sie in ganz Württemberg galt, verließ Drusts das Rathaus hochzufrieden und stolz über seine Geschicklichkeit.

Frau Bitzer hatte sich als fabelhafte Frau erwiesen: Sie hatte ihn zu einem Gasthof geführt, ihm eine Taschenlampe geschenkt und ihm obendrein zu einer Lebensmittelkarte verholfen. Nur sie selbst glänzte nach wie vor durch Abwesenheit, und mit jedem Augenblick schwand die Hoffnung, sie doch noch zu finden.

Drusts betrat eine Gastwirtschaft und nahm in ausgezeichneter Laune ein Mittagessen zu sich, das ihm weniger fettarm vorkam als in anderen Städten. Er bog noch in einen nahegelegenen Lebensmittelladen ein, um für unterwegs etwas zu essen zu kaufen.

Im hintersten Winkel des Geschäfts erblickte Drusts ein von schwarzen Haaren umrahmtes Gesicht mit dunklen südländischen Augen, und es ähnelte so sehr dem seiner gestrigen Begleiterin, dass er zuerst seinen Augen nicht trauen wollte. Als die Frau dann aber mit trockener dumpfer Stimme seinen Gruß erwiderte und an den Ladentisch trat, sah Drusts, dass sich unter ihre schwarzen Haare bereits eine ganze Menge Grau mischte. Ihr Gesicht war schon recht knochig, und ihre Wangen waren mit feinen bläulichen Äderchen überzogen. Das war dann zwar auch nicht seine Frau Bitzer, aber als Krämerfrau kannte sie mit Sicherheit die halbe Stadt.

»Sehr geehrte Frau«, erkundigte sich Drusts, »Sie kennen vermutlich viele Frauen mit dem Namen Bitzer?«

Die Krämerfrau lächelte fröhlich und blickte Drusts direkt in die Augen.

»Ich bin auch eine Frau Bitzer. Das hier ist der Laden von Balzer Bitzer. Er ist aber in Geschäftsangelegenheiten unterwegs.«

»Ich suche schon den ganzen Tag eine Frau Bitzer. Sie hat mir in der letzten Nacht ihre Taschenlampe gegeben. Schauen Sie, das ist sie.« Drusts zog sie aus der Tasche und legte sie auf den Ladentisch. »Ich würde sie ihr gerne voller Dankbarkeit zurückgeben.«

Die Krämerfrau dachte einen Augenblick nach. »Wie sah diese Frau Bitzer ungefähr aus?«

»Oh, in gewisser Hinsicht wie die meisten Hiesigen. Mit dunklen Augen und Haaren. Mittelgroß, mit rosigen Wangen.«

»War sie … schön?«

»O ja! Sie war auf jeden Fall sehr hübsch!«

»Wie alt?«

»So um die fünfundzwanzig. In der Nacht lässt sich das Alter schwer schätzen. Ich habe sie auch nur einen einzigen kurzen Augenblick gesehen, als ich auf recht unhöfliche Weise den Strahl der Lampe in ihre Augen lenkte. Mehr als dreißig würde ich ihr auf keinen Fall geben.«

Die Krämerfrau seufzte. »Ich fürchte, da werde ich Ihnen nicht helfen können. Was hat es für einen Sinn, nach dieser Frau Bitzer zu suchen? Eine Taschenlampe ist doch keine große Sache.«

»Wissen Sie, ich habe mich recht ungebührlich verhalten. Zuerst hatte ich in der Dunkelheit gar nicht bemerkt, dass ich es mit einem weiblichen Wesen zu tun hatte, und dann nahm ich alle ihre Gefälligkeiten an, half ihr aber nicht beim Tragen ihres Gepäcks. Wo ich jetzt aber schon einmal angefangen habe, nach ihr zu suchen, will ich sie auch finden.«

Die Krämerfrau zuckte mit den Schultern und sagte ziemlich barsch: »Ich fürchte, Sie werden Ihre schöne Frau Bitzer nicht finden.«

Die Alte hatte vermutlich recht, dachte Drusts, nahm seine Einkäufe und machte sich auf den Weg.

Doch kaum hatte er den Laden verlassen, hielt er inne: Die Krämerfrau hatte vergessen, seine Brotmarken abzuschneiden. Um ein Versehen konnte es sich nicht handeln, denn Verkäuferinnen taten das ganz automatisch. Sie hatte ihm die Karte genau in dem Augenblick zurückgegeben, als er begonnen hatte, über Frau Bitzer zu sprechen. War das aus Freundlichkeit gegenüber dem Reisenden geschehen? Das vermochte niemand höher zu schätzen als Drusts. Mit beschwingtem Schritt begab er sich zum Bahnhof.

Aber der Zug war soeben abgefahren, und der nächste würde erst in drei Stunden gehen.

»Das ist Ihre Schuld, Frau Bitzer!«, schimpfte Drusts und brach zu einem erneuten Streifzug durch den Ort auf.

Die vier Pfifferlinger, die er nach Frau Bitzer gefragt hatte, standen noch immer an derselben Ecke und plauderten. Die Schwaben waren zwar bekannt für ihre Gesprächigkeit, aber mehrere Stunden mitten im Winter auf der Straße zu stehen, das vermochten nur die Pfifferlinger! Als die vier ihn bemerkten, grüßten sie ihn wie einen alten Bekannten, aber Drusts zuckte zusammen und bog ab. Bloß keine Gespräche und die Frage: »Warum sind Sie ausgerechnet nach Pfifferlingen gekommen?«

Wie alle Letten, die es sich leisten konnten, hatte Drusts vor dem Krieg jede Gelegenheit zum Reisen genutzt, durch die baltischen Staaten, Skandinavien, Polen und Ungarn, getrieben von der Neugier und der Freude an Besichtigungen. Ein regelrechtes Fieber der Begeisterung hatte ihn gepackt, und er kannte damals kein größeres Vergnügen, als unerkannt durch die Straßen einer unbekannten Stadt zu streifen.

Während der letzten vier Tage war er beim Warten auf Züge durch bedeutende und berühmte Städte spaziert, durch die Goethestadt Weimar, durch das in unzähligen Studentenliedern besungene Heidelberg und durch die Schillerstadt Stuttgart. Aber wie viele der historischen Häuser, Schlösser und Brücken hatten grau, gewöhnlich und unansehnlich gewirkt! Reisen als vornehmer Herr und Tourist und Umherirren als Flüchtling waren eben doch zwei ganz unterschiedliche Dinge.

Um sich die Zeit zu vertreiben, stieg Drusts einen der Hänge empor und betrachtete Pfifferlingen von oben. Wie an einer Perlenschnur aufgereiht lagen die Spielzeughäuschen zu seinen Füßen und hellten für eine Weile den unbeständigen Gemütszustand des Flüchtlings auf. Er sah, wie die Schatten der Wipfel wie schwere dunkle Fetzen auf eines der niedlichen Häuschen nach dem anderen fielen. Das erinnerte ihn an die Lage im Osten, wo

Kurland immer weiter zusammenschrumpfte und sich die Finsternis aus dem Osten auf einen europäischen Staat nach dem anderen herabsenkte. Nach einer Weile waren nur noch die weißen Kirchtürme zu sehen, bis auch sie verschwanden.

Damit war auch der letzte Rest von Drusts' guter Laune verflogen. Er war in der Fremde seltsam empfindlich gegenüber manchen ganz alltäglichen Dingen geworden. Ein Fenster, das langsam beschlug, ein Holzscheit, das nach und nach von Flammen verzehrt wurde, selbst Zuckerkörnchen, die in einer Teetasse zergingen, ließen in ihm plötzlich heftige Gedanken über die Vergänglichkeit aufkommen.

Das galt auch für viele andere Dinge und Anlässe. Wenn Drusts eine Birke bemerkte, die in Süddeutschland nur als Zierbaum anzutreffen war, zog er den Kopf ein und eilte rasch weiter, um nicht an die glänzend weißen Birken an den feuchten Buchten des Flusses Kujupe denken zu müssen. Wenn aus einem Haus Klavierklänge drangen, legte er sofort einen Schritt zu, denn ihm kam seine Schwester in den Sinn, die ebenso gerne musizierte wie er ihr zuhörte. Wo mochte sie jetzt sein, in welchen Winkel Sibiriens konnte man sie gebracht haben? Wann immer die bekannten Stücke von Chopin und Liszt erklangen, schmerzten sie ihn wie Säure in einer Wunde.

Drusts stieg wieder ins Tal hinab und folgte einem Bach, der in einem breiten zementierten Trog wie ein unendlich langer Graben durch die Stadt verlief. Stellenweise hatte man schmutzigen Schnee von der Straße hineingekippt, sodass sich das Wasser so mühsam seinen Weg hindurchbahnen musste wie ein armer Flüchtling im zusammenbrechenden Deutschland. Wie lange sollte es so weitergehen und wohin würde das alles führen? Was konnte ein Flüchtling hoffen zu erreichen?

Auf den schattigen Straßen wurde es ungemütlich. Ein kalter Wind begann zu pfeifen, und trotz seiner ausgedehnten Streifzüge hatte Drusts nur eine Stunde herumgebracht. Er betrat eine Schankwirtschaft und trank einen Krug wässriges Bier. Jetzt im Winter schmeckte das kalte Gebräu einfach nur widerlich. In der Gaststube war kein Mensch, offenbar wurde hier überhaupt nicht geheizt. Zitternd trat Drusts wieder auf die Straße hinaus. Dieses ewige Warten, das ewige Herumlungern war wirklich der Fluch des Flüchtlings. Wo sollte er bleiben? Was sollte er anfangen?

Zufällig bemerkte Drusts, dass er die Gartenstraße entlangging. Er steckte die Hand in die Tasche: Der Anmeldeschein war noch da. Er konnte zum Spaß zu Frau Leni Bitzer gehen und nachsehen, wie es ihr ging. Wer weiß, vielleicht stellte sich heraus, dass sie ihm gestern Nacht die Taschenlampe gegeben hatte? Vier schulpflichtige Kinder – das schien allerdings verdächtig, denn die Frau mit der Taschenlampe war jung gewesen. Aber in Schwaben feierten die Leute früh Hochzeit, und wenn Frau Bitzer schon mit sechzehn oder siebzehn Jahren geheiratet hatte, dann konnte sie mit etwa achtundzwanzig Jahren tatsächlich vier Kinder im Schulalter haben.

Schon bald war er bei der Nummer sechs angekommen. Es war ein Gebäude wie alle anderen in dieser Straße: fünf Fensterreihen übereinander, unten die sogenannte Waschküche und die Holzkammer, dann zwei Wohngeschosse und im Giebel ein zweistöckiger Dachboden. Alles zusammengenommen war es gleich hoch wie ein gewöhnliches zweistöckiges lettisches Gebäude.

Drusts läutete. Ein Summen ertönte, und die Tür sprang auf: Ein elektrischer Türöffner war der Stolz eines jeden Pfifferlinger Hausbesitzers! Drusts ging nach oben und klopfte der Reihe nach leise an allen Türen. Niemand antwortete. Er öffnete eine erste und eine zweite Tür: keine Menschenseele. Ein Dieb hätte eine ganze Fuhre vollladen und davonschaffen können.

Schließlich öffnete Drusts die Tür zur Küche. Die Frau am Herd hob den Kopf. »Ach, und ich hatte gedacht, es wäre einer von den Meinigen. Grüß Gott! Was wünschen Sie?«

Drusts behielt die Hände in den Manteltaschen und musterte sie. Ja, sie hatte dunkle Haare und Augen und rosige Wangen und war noch ziemlich jung. Mittelgroß. Auch die Stimme war recht trocken und dumpf. Aber das traf hier auf alle zu.

Um etwas zu sagen, zog Drusts die Taschenlampe hervor und reichte sie der Frau. »Ist das etwa Ihre?«

»Wo haben Sie die denn gefunden? Danke!«, rief die Frau, aber als sie im Küchentisch eine Schublade aufzog, um die Taschenlampe hineinzulegen, wunderte sie sich: »Nanu, meine ist ja schon hier! Dann gehört sie nicht mir. Wir haben hier ja alle die gleichen Taschenlampen!«

Drusts nahm Platz und knöpfte seinen Mantel auf. In der Küche herrschte eine Gluthitze, aber nach der Kälte auf der Straße empfand er sie als angenehm. Vor lauter Müdigkeit überkam ihn leichter Schwindel. Um einen Grund zu haben, noch länger in der Wärme zu verharren, zog er den Zettel des Bürgermeisters hervor und legte ihn auf den Tisch.

»Das schickt Ihnen das Rathaus. Da unten sollen Sie unterschreiben.«

Einen Füllfederhalter hatte Drusts zur Hand, und die Wirtin unterzeichnete. Erst nach einer Weile kam sie auf die Idee nachzusehen, was das für ein Papier war. Sie fuhr zusammen: »Ich soll ein Zimmer hergeben? Nein! Das kommt überhaupt nicht in Frage! Außerdem hat mir der Bürgermeister persönlich versprochen, dass ich als kinderreiche Witwe keine Einweisung bekomme.«

»Aber gute Frau, ein ruhiger, anständig zahlender Mieter hat noch niemandem geschadet.«

»Um Himmels willen! Ein Fremder im Haus! Was kann es Schlimmeres geben?«

»Gute Frau, im Krieg werden jedem von uns Pflichten auferlegt. Auch Sie müssen Ihren Beitrag zum Endsieg leisten!«, sagte Drusts und sprach das Schlagwort mit einem Grinsen aus.

»Ach, dieser Endsieg«, seufzte Frau Bitzer. »Der treibt uns noch ins endgültige … Nein, über die Vermietung eines Zimmers gibt es nichts zu bereden!«

»Aber Sie haben doch den Anmeldeschein unterschrieben.«

»Das hat nichts zu bedeuten. Ich gehe zum Bürgermeister und erinnere ihn an sein Versprechen. Unser Bürgermeister hält sein Wort.«

Drusts vermochte es nicht, ein Lächeln zu unterdrücken, als er sich das Gespräch zwischen der Witwe Leni und dem Bürgermeister vorstellte. Schade, dass er dann schon in einem Eisenbahnwagen weit weg von Pfifferlingen schlummern würde. Es wäre zu schön gewesen zu lauschen, wie viel Zeit die beiden Bürger damit verschwendeten, voll hehrer Gedanken und mit heiliger Empörung im Gesicht den Fall zu klären und zu erörtern, den diese unverschämte Preußenschnauze angerichtet hatte. So wurden hier im Süden alle genannt, die »preußisch«, also die deutsche Schriftsprache sprachen.

»Wer ist denn dieser Mieter? Sie etwa?«, erkundigte sich die Wirtin.

Drusts nickte.

»Ich habe kein Zimmer, das ich Ihnen geben könnte.«

»Aber gute Frau, ich habe doch gesehen, dass sich hinter allen Türen Ihres Hauses leere Zimmer verbergen.«

»So? Das haben Sie gesehen? Sie haben in fremde Zimmer geschaut?«

»Ich habe die Hausherrin gesucht, und darum habe ich jede Tür geöffnet, an der ich vorbeigegangen bin. Ich sage Ihnen, wie es ist, gute Frau«, log Drusts weiter, um das Gespräch in die Länge zu ziehen und noch ein wenig in der Wärme bleiben zu können. »Ich sage immer, wie es sich verhält. Ich bin ein einfacher Mensch und kann mich nicht verstellen. Ich erzähle alles über mich.«

»So?«, wunderte sich Frau Bitzer. »Ich kann mich sehr wohl verstellen und mit den Menschen so reden, wie es gerade nötig ist. Ich bin sehr verschlossen. Ich erzähle nie etwas über mich. Mein Mann, Gott hab ihn selig, sagte immer, als wir noch nicht verheiratet waren: ›Leni, du tust immer so geheimnisvoll!‹ Damals hatte er gerade erst in der Trikotfabrik angefangen, und ich konnte ihm doch nicht sagen, dass ihn meine Eltern nicht wollten! Aber Jakob erwies sich als tüchtiger Mann. Er schaffte Tag und Nacht. Innerhalb von fünf Jahren hat er dieses Haus gebaut. Natürlich mit der Hilfe meiner Eltern.«

»Ein schönes Haus mit vielen schönen Zimmern. Ein sehr behaglich eingerichtetes Haus. Alles zur Hand …«

Sie gingen ins Treppenhaus und betraten die ungeheizte Stube. Über dem Sofa, das schmal wie eine Bank war, hing in einem dünnen schwarzen Rahmen die Fotografie eines schnurrbärtigen Mannes.

»Oh«, sagte Drusts. »Ihr Gatte war ein schöner und kräftiger Mensch. Was hat ihm etwas anhaben können?«

»Ach, er hatte es mit dem Magen, zu viel Säure. Daran ist er gestorben. Er war schon von klein auf krank. Er konnte nichts Saures vertragen, vor allem keinen Essig. Aber ich esse doch so gerne Essigsalat, Essiggurken, Essigsuppe und alles andere, was schön sauer ist. Mein Mann hat mich sehr verwöhnt. ›Leni, iss nur das, was dir schmeckt‹, sagte er stets. Also haben wir immer Speisen mit Essig zubereitet.«

Die Frau seufzte, und Drusts tat es ihr höflichkeitshalber nach.

Auf demselben Stockwerk lagen noch die Schlafzimmer der Witwe und ihrer Kinder, aber die Zimmer eine Treppe höher waren unbewohnt und meistens mit allerlei Gerümpel zugestellt. Ein ansehnlicher Raum war dagegen vollständig leer; nur in einer Ecke lag ein Haufen Hühnerfutter, bestehend aus Spelzen und Mais.

»Sehen Sie, gute Frau, dieses Zimmer steht ganz leer.«

»Ja, aber wo soll ich dann mein Hühnerfutter aufbewahren?«, entgegnete die Wirtin, doch ihre Stimme klang nicht mehr so abweisend wie noch kurz zuvor. »Außerdem habe ich kein überzähliges Bett. Ebenso wenig wie alles andere.«

»Ach, gute Frau, die Hauptsache ist das Zimmer. Das Übrige kriegen wir im Lauf der Zeit zusammen.«

Sie kehrten in die Küche zurück. Drusts legte seinen Mantel ab. Die Wirtin fragte, immer noch leicht verärgert: »Haben Sie denn selbst irgendwelche Sachen?«

»Sachen? Aber ja. Das eine oder andere habe ich, sozusagen das Allernotwendigste.«

»Wann bringen Sie sie her?«

»Ich trage immer alles bei mir«, lächelte Drusts und beförderte einen Gegenstand nach dem anderen aus seinen Taschen zu Tage. »Sehen Sie selbst: ein Zigarettenetui, Streichhölzer, eine Taschenlampe, ein Füllfederhalter, ein Geldbeutel, ein Kalender, ein Taschenmesser mit einem Korkenzieher und ein Schlüsselring. Ein hübscher Besitz. Er passt in eine Hand.«

Die Wirtin starrte ihn an wie ein Gespenst. »Hat man Sie ausgebombt?«

»Sie haben es erraten.«

»Was sind das für Schlüssel?«

»Der hier ist von meiner Rigaer Wohnung, in der jetzt sicher irgendein verwahrloster Russe haust; der ist von meinem Auto, das ich beim Besteigen des Schiffs am Ufer zurücklassen musste und mit dem jetzt sicher auch irgendeine verkommene Gestalt unterwegs ist, und der hier ist von meinem Koffer, der jetzt unter den Trümmern des Hauses in der Uhlandstraße 106 in Berlin liegt.«

Die Wirtin wiegte ihren Kopf. »Warum haben Sie diese Schlüssel mitgebracht?«

»Als Andenken. Sie wiegen ja nicht viel.«

»Gut. Ich besorge Ihnen ein Bett. Sie bekommen ein vollständig eingerichtetes Zimmer.«

Drusts sah zum Fenster hinaus. Draußen dämmerte es. Ganz unbemerkt hatte er sich in die Rolle des Mieters eingelebt. Was für einen Sinn hatte es auch, jetzt noch zum Bahnhof zu trotten und in eine andere unbekannte öde Stadt zu fahren, solange er hier im Warmen sitzen konnte und man ihm ein Bett versprach? Er gähnte verstohlen.

»Haben Sie Arbeit?«, fragte die Wirtin.

»Noch nicht.«

»Ich helfe Ihnen bei der Suche. In den Fabriken von Pfifferlingen gibt es genug Arbeit. Ich schreibe meinen Vettern eine Nachricht, dass sie meinem Mieter helfen sollen. Wissen Sie, was die Schwaben sagen? ›Wenn es meinem Nachbarn gutgeht, dann geht es auch mir gut‹.«

»Das ist ein wahrhaft vernünftiges Sprichwort«, pflichtete ihr Drusts bei. »Ich danke Ihnen von Herzen für die Freundlichkeit und die Fürsorge – aber am allerliebsten würde ich jetzt das Bett besichtigen.«

Drusts übernahm nun keinen weiteren Versuch mehr, sich gegen das Schicksal zu sträuben, das ihm offensichtlich beschieden war: nämlich noch eine Nacht in Pfifferlingen zu verbringen.

DER SPUK

»Natürlich wird diese Kammer nicht beheizt«, sagte Frau Bitzer, als sie Drusts in den für ihn bestimmten Raum führte. »In Pfifferlingen schlafen wir alle in kalten Zimmern und heizen nur die Wohnküchen. Vor dem Krieg haben wir gelegentlich auch die Stuben geheizt, aber daran ist jetzt nicht mehr zu denken. Schließlich muss gespart werden.«

Aus dem Mund der Wirtin quoll bei jedem Wort weißer Dampf. In dem Zimmer war es so kalt, dass Drusts eilig seine Hände in die Taschen steckte. Das Wasser in der Waschschüssel in der Ecke war zu mattem Eis gefroren.

Der Raum war lieblos eingerichtet und fast vollständig mit einem dunkelbraunen Schrank, einer dunkelbraunen Kommode und einem dunkelbraunen breiten Bett zugestellt. Dunkelbraune Möbel! Drusts fand sie auf Anhieb abstoßend. Sie ließen das Schlafzimmer ungemütlich wie eine Katakombe wirken. Seufzend dachte Drusts an die goldfarbene Maserung aus karelischem Birkenholz und das grünlich-graue Vogelaugenfurnier seiner Wohnungseinrichtung, die er in Riga hatte zurücklassen müssen. Er wandte sich den blütenweißen Daunendecken zu, die sich verlockend aufbauschten. Worauf man schläft, ist das eine, womit man sich zudeckt das andere. Bei solchen mit Federn vollgestopften Säcken konnte man hoffen, auch eine tüchtige Kälte abzuwehren. Pech nur, dass das Bett ziemlich kurz zu sein schien, sogar noch kürzer als das im Gasthof.

Drusts seufzte ergeben. In diesem kalkigen Brachland wuchsen vermutlich keine größeren Menschen heran. Doch als sein Blick auf den Kissenstapel auf dem kurzen Bett fiel, öffneten sich seine Kiefer zu einem herzhaften Gähnen. Er hatte längst begriffen, dass von sämtlichen Erfindungen, die das menschliche Genie jemals erdacht hatte, diejenige des Bettes allen anderen überlegen war. Ach, wie gerne wollte er sich ausstrecken! In dieser einen Nacht im Gasthof hatte er längst nicht all die Müdigkeit vertreiben können, die sich während so vieler Wochen angesammelt hatte.

»Das Bett sieht großartig aus«, sagte er. »Mit Ihrer freundlichen Genehmigung, gute Frau, würde ich mich am liebsten sofort zur Ruhe begeben.«

»Es ist halb neun«, vermerkte Frau Bitzer nach einem Blick auf ihre Armbanduhr. »Offenbar sind Sie doch ein ordentlicher Mensch, wenn Sie gerne so früh zu Bett gehen. Das ist sehr gesund, und schließlich müssen Sie sehr früh aufstehen, wenn Sie sich eine Arbeit suchen wollen. Das muss auf jeden Fall gleich morgen passieren, denn ich darf in meinem Haus niemanden aufnehmen, der nicht arbeitet. Das verbietet das Gesetz. Außerdem müssen Sie hier allein zurechtkommen«, fügte sie mit gesenktem Kopf hinzu. »Ich habe keine Zeit, in Ihrem Zimmer Ordnung zu halten.«

»Aber natürlich!«, pflichtete ihr Drusts schleunigst bei, hocherfreut über die Aussicht, dass niemand die Nase in sein Zimmer stecken würde.

»Ich bringe Ihnen gleich eine Wärmflasche«, sagte die Wirtin und begab sich zur Tür.

Bevor ihr Drusts hinterherrufen konnte, dass er keine Flasche brauche, war sie auch schon verschwunden und ließ ihn ratlos zurück. Er wartete eine Weile, aber auf der Treppe blieb alles still. Wie lange sollte er noch in dem kalten Zimmer sitzen und frieren, obwohl er sogar einen Mantel und einen Filzhut trug? Die Kälte kroch rasch heran. Es hatte keinen Sinn zu warten, bis sein ganzer Körper von Frostschauern geschüttelt wurde. Drusts schloss die Tür ab, entkleidete sich blitzschnell und schoss unter die Decke.

Die kalten Federbetten drückten ihn von oben und von unten wie eine eisige Zange. Es fühlte sich an wie der Sprung in eine Wune. Drusts schnappte nach Atem, keuchte und wand sich wie ein Wurm. Die Kälte schmerzte und bohrte sich auf der Stelle so in ihn, dass sein Kinn zitterte und die Zähne laut klapperten. Drusts kam sich wie ein ungeschickter Fakir vor, der sich auf kalten Klingen oder glühenden Nägeln niedergelassen hatte. Die Kälte biss ihn so heftig, dass er nicht einmal mehr sagen konnte, ob sie ihn kühlte oder verbrannte. Einen Augenblick war es ihm, als hielte er das alles nicht mehr aus und müsste dieser eisigen Hölle entfliehen – bloß dass es keinen Ort gab, wohin er sich hätte retten können. Im Halbdunkel des nur von Mondschein erhellten Zimmers sah er genau, wie sein Atem einen weißen Dampfstrahl bildete, der aus seinem Mund fast bis zum Fußende des Bettes quoll. Da blieb Drusts doch lieber im Bett und versuchte mit aller Kraft, das Zähneklappern zu unterdrücken, um sich nicht die Zunge abzubeißen. Würden die Amerikaner ihre Verbrecher nicht auf elektrischen Stühlen, sondern in elektrischen Betten hinrichten, hätten sie nach Drusts' voller Überzeugung nicht heftiger zucken können.

Aber siehe da, nach einer Weile beruhigten sich Drusts' Kiefer einigermaßen, er wurde nur noch gelegentlich von Krämpfen wie bei leichten epileptischen Anfällen geschüttelt, und schließlich jagten nur noch leichte Fieberschauer durch seinen Körper. Es verging allerdings noch eine geraume Weile, bis die feuchten, während langer Monate durchgefrorenen Federdecken Drusts' Körperwärme aufgenommen hatten und er endlich von heißem feuchtem Dampf umhüllt wurde.

Fest zusammengerollt genoss Drusts gierig dieses Glücksgefühl und glitt allmählich in den Schlaf hinüber. Doch kaum wollte die süße Bewusstlosigkeit eintreten, drängte der Körper danach, sich zu entspannen und sich auszustrecken. Dabei verrutschte das Oberbett, und sofort drang die Kälte durch den Spalt herein und bohrte sich in seinen Rücken oder in seine Seite. Auch ragten seine Füße gelegentlich unter dem Federbett hervor, und dann biss die Kälte sofort wie ein böser Hund in seine Zehen, sodass er heftig zusammenfuhr.

»Das ist vermutlich mein Ende«, dachte Drusts betrübt. »Während der Nacht werde ich mich freistrampeln, und dann wird irgendein Glied abfrieren, oder ich bekomme eine Lungenentzündung.« Geduldig streckte und reckte er seine langen Glieder und suchte die bestmögliche Position, bis er in den Schlaf hinüberglitt.

Am nächsten Morgen erwachte Drusts mit etwas steifen Gliedern und mit tiefrotem Gesicht. Nichts lugte unter der Decke hervor, ihm war warm, und er konnte sich wieder einmal nur wundern, wie klug die Natur und wie aufmerksam das Unterbewusstsein war. Das Federbett war bis zu den Augen emporgezogen und lag auf seinem Gesicht wie ein feuchter Lappen, aber nur wenig tiefer war es bereits tiefgefroren und knisterte wie Bruchharsch. Drusts' Wimpern waren mit Raureif bedeckt, und auch das ganze Kissen war weiß, weil sein Atem wie Schnee herabfiel, sobald er ins Freie drang.

In dieser Nacht schien es tüchtig gefroren zu haben. Pfifferlingen lag zwar ganz im Süden Deutschlands, jedoch hoch oben in den Bergen, wo es ebenso grimmig fror wie in seiner Heimat. Nicht ohne Sorge betastete Drusts sein Gesicht, rieb sich Augen und Nase und zupfte an den Haaren – wie durch ein Wunder hatte alles den Schlaf in der Eiseskälte verhältnismäßig gut überstanden.

Als Drusts seine Füße bewegen wollte, bemerkte er, dass die Decke am Fußende des Betts festgefroren war und sich nur durch einen kräftigen Tritt lösen ließ. Überall, wo Wärme hatte entweichen können, hatte sie sich entweder in Feuchtigkeit oder in Eis verwandelt. Die Luft im Zimmer war abgestanden wie in einem lang nicht gelüfteten Keller.

Drusts lag eine Weile und dachte nach, aber dann schreckte er plötzlich zusammen. Draußen war es bereits taghell! Also musste jetzt schon später Vormittag sein, obwohl ihn die Wirtin ermahnt hatte, früh aufzustehen und sich unverzüglich nach einer Arbeit umzusehen.

Er richtete sich auf, wurde aber sofort von der Kälte durchbohrt und fiel wieder in seine Kissen zurück. Es war verdammt unangenehm, in einer solchen Kälte aufzustehen und sich anzuziehen. Er hatte seine Kleidung am Abend davor rasch auf den Stuhl und den Nachttisch geworfen, und nun war sie nach der eisigen Nacht feucht und klamm. Drusts streckte geschwind seine Hand unter der Decke hervor, zog ein paar der Kleidungsstücke ins Bett, die am engsten am Körper anliegen würden, und wärmte sie wie kalte Schlangen an seinem Busen. Als er versuchte, sich unter der Decke anzuziehen, geriet das gefrorene Federbett in Bewegung, und die Kälte drang sofort von allen Seiten in sein warmes dampfendes Lager.

Schließlich blieb Drusts nichts anderes übrig, als das Bett zu verlassen und die Kleider mit zitternden Fingern durchzuwalken. Er bereute zutiefst, sie am Vorabend so nachlässig hingeworfen zu haben. Endlich war er in der Lage, mit klappernden Zähnen seinen Mantel anzulegen und den Hut tief über die Stirn zu ziehen.

An Waschen war unter solchen Umständen vor Beginn der Tauwetterperiode nicht zu denken. Schon der Gedanke daran, sein gefrorenes Gesicht zu benetzen, erschien ihm unmenschlich und barbarisch; außerdem war das Wasser in der Waschschüssel bis zum Boden gefroren.

Nachdem sich Drusts fertiggemacht hatte, turnte er erst einmal eine Weile, ging in die Hocke und sprang auf, um wenigstens ein bisschen warm zu werden. Dann setzte er sich auf das Bett und überlegte, was nun zu tun sei. Es war gut möglich, dass die Wirtin gar nicht wusste, dass er noch im Haus war. Den Morgenzug konnte er nicht mehr erreichen, aber es hatte auch keinen Sinn, noch länger im Zimmer herumzusitzen. Schon biss ihn die Kälte in die Ohren und schlich sich an seinen Körper heran. Drusts bedauerte, sich mit dem Aufstehen so sehr beeilt zu haben. Er hätte auch bis zum Nachmittag in der Wärme liegen und erst kurz vor der Abfahrt des Zuges aufstehen können. Sich jetzt wieder in das zerwühlte ausgekühlte Bett zurückzulegen, machte sich nicht besonders gut. Es blieb ihm also nichts anderes übrig, als sich aus dem Haus zu stehlen, bevor die Wirtin bemerkte, dass er noch gar nicht aufgebrochen war.

Drusts öffnete vorsichtig die Tür: Auf der Treppe war alles still. Er machte ein paar Schritte, biss die Zähne zusammen und hielt bei jedem lauteren Knarren der Dielen den Atem an. Er ging die Treppe hinab und setzte die Füße nahe an das von unzähligen Händen blank gescheuerte Geländer. Auch in der Küche schien alles still, aber auf dem Hof klapperte etwas. Drusts zog die Vorhänge zurück. In dem kleinen Garten hinter dem Haus stand die Wirtin, gebückt und mit zerzaustem Haar wie eine Hexe, und reinigte lange Blechrohre.

Geschmeidig schlüpfte Drusts zur Tür, glitt auf die Straße hinaus und schoss um die Ecke. Gerettet!

Ihn umgab eine fast schon angenehme Wärme. Es deutete sich Tauwetter an, und hier draußen war es viel wärmer als in seinem Zimmer.

Hinter der nächsten Ecke verlangsamte Drusts seinen Schritt. Die Straßen waren leer, aber auf allen Höfen war etwas los. Bereits am Vortag hatte Drusts bemerkt, dass die Tätigkeit einer Pfifferlinger Hausfrau schon bald von allen anderen nachgeahmt wurde. Wenn eine ihre Federbetten hinausbrachte oder ihre Teppiche ausklopfte, ertönten kurz darauf in den Nachbarhöfen dieselben Geräusche, und kurze Zeit später dröhnte die ganze Straße.

Heute reinigten die Pfifferlingerinnen die langen Abzugsrohre ihrer Holzöfen. Das war keine leichte Arbeit. In eigens dafür vorgesehenen Kitteln schleppten sie die gekrümmten verrußten Rohre hinaus, zogen die einzelnen Abschnitte auseinander und schlugen sie mit Gerten, bis sich breite Rußströme in Eimer ergossen. Dann kratzten die fleißigen Frauen die Rohre mit einer scharfen Bürste aus und steckten dabei ihren Arm bis zur Schulter hinein. Wo man trotzdem von beiden Enden nicht bis zur Mitte vordringen konnte, zogen sie ein Büschel aus Fichtenzweigen durch. Die Luft über der ganzen Stadt war erfüllt von dem Klappern von Blech. Überall stieg Ruß auf und senkte sich wie ein schwarzer Schleier auf die weißen Schneefelder herab.

Drusts fühlte sich in einer so geschäftigen Stadt recht unwohl. In welche Straße er auch einbog: Überall dröhnte Blech und stieg Ruß auf. Erst als die mehrgeschossigen modernen Fabrikgebäude auftauchten, endete das Reich des Rußes. Den Hut in die Stirn gezogen und die Hände in die Taschen gestopft, ging er an den großen Fenstern vorbei, wo er Gestalten sah, die sich über Arbeitstische beugten und Drähte wickelten oder löten.

Von den Empfehlungsschreiben, die ihm seine Wirtin mitgegeben hatte, war das eine an einen Herrn Bitzer und das andere an einen Herrn Konzelmann adressiert. Der Inhalt war stets derselbe, kurz und bündig: »Lieber Vetter, bitte gib meinem Mieter eine gute Arbeit. Leni.« Drusts musste lächeln: Auf seine Art gefiel ihm die schnörkellose Direktheit der Pfifferlingerin.

Als er vor einer solchen Fabrik mit großen Fenstern stehen blieb, überlegte er, was nun zu tun sei. Wollte er wirklich hierbleiben und eine Arbeit aufnehmen oder lieber die Suche nach Frau Bitzer fortsetzen? Über dem Eingang stand »Elektra«. Dort arbeitete Berthold Bitzer. Durch den Krieg fehlte es in deutschen Fabriken überall an Arbeitern. Es war sonnenklar, dass er hier sofort Arbeit bekommen würde. Soweit man das durch die Fenster erkennen konnte, würde sie auch nicht schwer sein. Aber auf der Straße herrschte eitel Sonnenschein, der Wind hatte es in der Tiefe des Tales nicht eilig, und in der Luft duftete es schon fast frühlingshaft. Da kam es Drusts gar nicht erst in den Sinn, in einer Fabrik vorstellig zu werden. Vielleicht würde er dann tatsächlich an einer teuflischen Maschine sitzen und schmutzige Drahtenden biegen oder löten müssen.

Welchen Sinn hatte es jetzt überhaupt zu arbeiten? Er fand bereits den Gedanken abstoßend, bei der Herstellung von Kriegsgerät Hand anzulegen. Um Geld zu verdienen? Um zu sparen? Von der Sparsucht hatten Drusts die vielen überstandenen Machtwechsel gründlich geheilt. Zu sparen erschien ihm ebenso unsinnig wie Geld auf ein Bankkonto einzuzahlen, wo man die Guthaben dann »verstaatlichte« oder »einfror«. Ebenso gut hätte er es einfach wegwerfen können, denn beim nächsten Machtwechsel würden solche Guthaben ohnehin wertlos wie auch das Wenige, was er noch in der Tasche hatte.

Es war längst abzusehen, dass der Krieg bald enden würde. Die Niederlage Deutschlands hatte für Drusts von Anfang an festgestanden. Die Kunst bestand für ihn jetzt darin, sein Geld rechtzeitig auszugeben, ohne neues dazuzuverdienen. Natürlich drohten Arbeitsverweigerern allerlei Scherereien. Das Schlimmste war der Ärger bei der Vergabe von Lebensmittelkarten, die nur diejenigen bekamen, die eine Arbeitsbescheinigung vorweisen konnten. Aber jedes Gesetz hatte bekanntlich seine Lücken. Da gab es zum Beispiel die freundliche Frau im Lebensmittelamt des Bürgermeisters, und war Drusts nicht auch geübt darin, sich alle möglichen Ausreden und Vorwände auszudenken? Wenn er es jedoch gar nicht schaffen würde, sich über Wasser zu halten, konnte er immer noch in einer Fabrik anfangen. Am schwierigsten erschien es ihm, sich vor der Wirtin zu rechtfertigen. Aber dem konnte er durch eine Abreise entgehen.

Es erklang die Mittagssirene. Die Straßen füllten sich mit Leuten, die nach Hause eilten oder sich neben den Fabriken in der Sonne niederließen, um ihre belegten Brote auszupacken. Drusts bemerkte viele Ausländer, deportierte Polen, Ukrainer und Jugoslawen, internierte Niederländer und Skandinavier sowie geflüchtete Rumänen und Ungarn, die überwiegend in Barackenlagern außerhalb des Städtchens untergebracht waren. Alle liefen sie frei und unbewacht herum: In Schwaben ging es den Ausländern eindeutig besser als in Preußen.

Drusts verspürte jedoch keinen Drang, sich zu einem dieser Schicksalsgenossen zu gesellen und ein Gespräch zu beginnen. Ihre traurigen Geschichten kannte er allesamt auswendig. Was für einen Sinn hatte es, sie aufzuwerfen? Jede Frage würde nur die eigenen Wunden aufreißen. Drusts vermied es nach Kräften, daran zu rühren. Wenn man weiterleben wollte, ging das nicht anders.

Das Gedränge auf den Straßen behagte Drusts nicht, und so kehrte er nach Hause zurück, um sich in die Küche zu setzen.

Die erste Frage seiner Vermieterin war: »Haben Sie Arbeit bekommen?«

»Ja«, brummte Drusts, weil ihm keine bessere Antwort einfiel.

»In welcher Fabrik?«

»Bei der ›Elektra‹«, log Drusts unbeholfen weiter, da er sich die Namen der anderen Fabriken nicht eingeprägt hatte.

»Also bei Berthold. Mein Empfehlungsschreiben hat Ihnen demnach geholfen, nicht wahr? Hat Sie Berthold persönlich in Empfang genommen?«

»Nein … das war jemand anderes.«

»Einer von den Unsrigen?«

Drusts zuckte mit den Schultern.

»Vermutlich einer von diesen preußischen Aufsehern, die man zu uns geschickt hat«, klagte die Wirtin.

»Sieht ganz so aus.«

»Schade, dass Sie nicht bei einem von uns arbeiten werden. Mit unsereins kommt man besser aus. Aber das macht nichts! Widersprechen Sie bloß nie diesen Preußen. Das können die nicht leiden. Verlieren Sie bei einer Preußenschnauze kein Wort über Politik! Wollen Sie vielleicht warme Suppe?«, beendete die Wirtin das Gespräch mit einem freundlichen Lächeln, denn die fleißigen Schwaben empfanden Hochachtung und Freundschaft gegenüber allen Schaffenden.

Natürlich wollte Drusts Suppe. Die Wirtin war bereit, für das Mittagessen zu sorgen, solange ihr Drusts seine Lebensmittelkarte gab. Ein Frühstück wollte die Wirtin allerdings nicht machen, denn dazu hätte sie zu früh aufstehen müssen. Seit sie Witwe geworden sei, hatte sie es sich angewöhnt, lange zu schlafen und erst zusammen mit den Kindern aufzustehen.

»Hier ist Ihre Wärmflasche«, sagte die Wirtin und reichte ihm ein ovales Gefäß mit einem glänzenden Ring anstelle eines Griffs. »Als ich gestern das Wasser heiß gemacht hatte, waren Sie schon eingeschlafen. Natürlich konnte ich nicht an die Schlafzimmertür eines Herrn klopfen.«

Drusts wusste Bescheid. Mit deutschen Frauen, vor allem mit unverheirateten und verwitweten, verhielt es sich ganz einfach: Man durfte bloß nicht dem Irrtum aufsitzen, dass sie auf der Stelle jeden Mann mitnehmen wollten, der in ihre Reichweite kam. Vielmehr hegten unverheiratete und verwitwete Frauen eine besonders tiefsitzende Furcht vor Männern, erst recht, wenn diese noch ledig waren.

Während der gemütlichen Plauderei hatte Drusts bei den Kartoffeln und dem unangenehm zähen, in Essig eingelegten Gemüse tüchtig zugelangt. Die Schwaben gruben es in ihren Gärten aus dem Schnee und aßen es den ganzen Winter hindurch. Nachdem er ein wenig am behaglich warmen Ofen gedöst hatte, beobachtete er träge, wie die Wirtin ein Holzscheit nach dem anderen in den Ofen schob, denn sobald die Flammen nur ein wenig nachließen, wurde es auf der Stelle wieder kühler im Raum.

»Ihr Schwaben liebt so sehr die Wärme und geheizte Stuben, obwohl ihr ungewöhnlich sparsam seid. Warum baut ihr dann keine Kachelöfen? Ein solcher Eisenkübel hält die Wärme doch überhaupt nicht und verbraucht dreimal mehr Holz als ein Kachelofen«, meinte Drusts.

Die Wirtin sah ihn verwundert an. »Aber mein Herr, Sie haben ja einen Vogel! Wenn mein Vater, mein Großvater und mein Urgroßvater mit Blechöfen geheizt haben, dann muss das gut und sparsam sein! Wie können Sie, der Sie ein so verständiger Mensch sind, nur einen solchen Unsinn reden?«

Aber dann rief sie mit ganz veränderter Stimme: »Um Himmels willen, es ist schon drei vor eins! Los, beeilen Sie sich! Wenn Sie sich bei der Arbeit nur um eine einzige Minute verspäten, reißt Ihnen dieser Preuße den Kopf ab!«

Mit Missfallen dachte Drusts daran, dass er nun zur arbeitenden Bevölkerung gehörte und die Mittagspause nur eine Stunde dauerte. Es blieb ihm nichts anderes übrig, als sich von seinem warmen Plätzchen loszueisen und Hals über Kopf wieder auf die Straße zu stürzen.

Die Nachmittage ließen sich allerdings leichter totschlagen. Ab zwölf Uhr hatten alle Wirtshäuser geöffnet. Nach einer gründlichen Prüfung entdeckte Drusts, dass manche von ihnen an einem bestimmten Wochentag sogar heizten. Bei einem wässrigen Bier konnte er dann sitzen und sich in die Zeitungen vertiefen. Hatte er genug davon, konnte er zur Post oder zum Barbier gehen und sich ohne Seife rasieren lassen, in die Badeanstalt gehen und sich mit kaltem Wasser waschen oder die Stadtverwaltung aufsuchen und zusehen, wie sich die Leute um Wohnungen und Lebensmittelkarten balgten. An zwei Tagen in der Woche hatte die Stadtbücherei geöffnet, und wenn es gar keine andere Zuflucht mehr gab, konnte er in die katholische Kirche gehen und die bunten Glasfenster betrachten. Wie die lutherischen Pfifferlinger zornig zu erzählen wussten, war die Kirche dank der Großzügigkeit des Papstes zumindest immer ein bisschen geheizt.

Allmählich nahte der Abend, und damit stand wieder die Entscheidung an, was zu tun sei: bleiben oder weiterfahren? Lange trieb sich Drusts am Bahnhof herum. Er musste unverzüglich eine Entscheidung treffen, denn heute lief die Fahrkarte nach Bregenz ab, die er noch in Berlin erworben hatte. In Pfifferlingen erwartete ihn eine eiskalte Schlafkammer, unterwegs würden es ungeheizte Züge mit zerbrochenen Scheiben und zerbombte Bahnhöfe sein. Hier gab es ein Dach über dem Kopf, die Ruhe und die Sicherheit der Provinz, doch drohte die Langeweile; dort lockte ein unbekanntes Ziel, doch schreckten die Beschwernisse und Gefahren der Reise ab. Die Aussichten schienen ihm vollkommen ausgewogen.

Schon rief der Schaffner laut: »Achtung!« und »Einsteigen!«, aber Drusts konnte sich noch immer nicht aufraffen und trat unschlüssig auf der Stelle. Plötzlich kam ihm der rettende Gedanke: In Pfifferlingen lebte doch Frau Bitzer, seine geheimnisvolle Wohltäterin! Vor lauter Freude, endlich einen Grund für seine Entscheidung gefunden zu haben, sah er zufrieden zu, wie der kleine Zug keuchend und pfeifend aus dem Bahnhof hinausstampfte, und schritt fröhlich zurück nach Hause.

Als er an das eisige Schlafzimmer in der Gartenstraße dachte, verlangsamten sich seine Schritte, und ihn überkamen Zweifel, ob er nicht einen entsetzlichen Fehler begangen hatte. Aber das Schicksal war Drusts nach wie vor gewogen, denn er wurde noch rechtzeitig in die Kunst des Schlafens in der Kälte eingewiesen. Die Wirtin schickte ihn nämlich zu ihrem Nachbarn, einem Vorarbeiter in einer Fabrik, der versprochen hatte, ihren Mieter mit einer besonders leichten und einträglichen Arbeit zu versorgen.

Eine leichtere Beschäftigung als die, die er schon hatte, wollte Drusts nicht, aber es würde sicher lehrreich sein zu erleben, wie sich der Nachbar von Kopf bis Fuß auf die Nachtruhe in der Kälte vorbereiten würde.

Der Nachbar trug einen geblümten Schlafanzug aus so dickem Barchent, dass man sich damit zum Schlafen getrost auch in den Schnee hätte legen können. Auf dem Kopf trug er eine rote Nachtmütze, an den Füßen dicke Wollsocken und Strickpantoffeln. Um die Hüften hatte er sich eine elektrische Wärmeweste gelegt, von der ein langes Kabel bis zur Wand verlief. In beiden Händen hielt er an großen glänzenden Ringen Kupfergefäße mit kochend heißem Wasser. In dieser Ausstattung wärmte er sich gerade an dem fast weißglühenden Blechofen und drapierte seine Tageskleidung auf einem Stuhl, damit sie am nächsten Morgen beim Sprung aus dem Gefrierraum warm war.

Als Drusts in das tief gerötete Gesicht des Nachbarn blickte, offenbarte sich ihm endlich das Geheimnis der ungewöhnlich roten Wagen der Pfifferlinger: Die jahrzehntelange nächtliche Kälte versengte sie nach und nach und ließ die feinen Blutgefäße zu einem roten Adergeflecht werden. Die eisigen Schlafzimmer waren außerdem der Grund für ihre dumpfen Stimmen.

»Alles an Ihrem Schlafgewand scheint mir höchst zweckmäßig«, sagte Drusts, nachdem er lange hingesehen und nachgedacht hatte. »Doch wozu tragen Sie Strickpantoffeln? Würden die dicken Wollsocken nicht reichen?«

Der Nachbar verzog seine rosigen Wangen zu einem herablassenden Lächeln und erklärte, als spräche er mit einem kleinen Kind: »Ich liebe es, am Fußende eine besonders heiße Wärmflasche zu haben. Nur mit Strümpfen könnte ich mich an ihr nicht so wärmen, denn dann würde ich mir die Füße verbrennen. Aber die Schlafpantoffeln sind, wie Sie sehen, aus grobem und festem Garn gestrickt, und so kann ich die Füße unbesorgt gegen die Flasche drücken. Ich sehe«, fuhr er fort, »dass Sie meine elektrische Weste betrachten. Nun, es geht auch ohne, wenn man zuvor das Bett ein paar Stunden lang wärmt und mindestens drei Wärmflaschen mitnimmt. Aber das ist nicht so bequem. Schade nur, dass unsere Westen jetzt im sechsten Kriegsjahr anfangen zu zerfallen, aber da wir alle Ausgangsstoffe für den Endsieg hergeben, ist es nicht möglich, sie auszubessern, von neuen Westen ganz zu schweigen. Erst gestern hat das Bett meines Nachbarn Konrad Feuer gefangen. Nur gut, dass der Rauch rechtzeitig seine Ehefrau Margarete aufgeweckt hat, denn sonst wären beide womöglich verbrannt.«

»Wäre es für Sie nicht bequemer, einfach einen Ofen im Schlafzimmer aufzustellen, statt sich mit Wärmflaschen und diesen gefährlichen elektrischen Westen abzumühen?«

Der Nachbar starrte Drusts an, als sei dieser nicht ganz bei Trost. »Guter Mann, wo bleibt denn dann die frische Luft?«

»Davon gibt es in kalten Zimmern doch erst recht keine!«, beharrte Drusts. »Die Luft kann sich nur austauschen, wenn es im Zimmer wärmer ist als draußen …«

Aber er verstummte, als er sah, wie sich die Züge des Nachbarn unwillig, ja, fast schmerzhaft verzogen.

»Entschuldigen Sie, mein Herr, aber Sie reden Unsinn, als hätten Sie den Verstand verloren. Wenn mein Vater, mein Großvater und mein Urgroßvater in ungeheizten Zimmern geschlafen haben, dann ist das gut, gesund und billig. Ihnen als Ausländer kommt es nicht zu, das in Frage zu stellen.«

Drusts ließ nicht locker. »Wenn es so gesund ist, in einem Gefrierraum zu schlafen, warum übernachten Sie dann im Sommer nicht in einem Eiskeller, wo die Luft ebenso abgestanden ist wie in Ihren Schlafräumen?«

Der Pfifferlinger betrachtete Drusts aufmerksam, wiegte den Kopf und ging wortlos in sein Schlafzimmer. Drusts hörte noch, wie er hinter der Tür zu seiner Frau sagte: »Der Mann hat ja einen Vogel!«

Als Drusts das vernahm, beschloss er, die Pfifferlinger nie wieder mit Fragen oder Ratschlägen zu behelligen. Es war genug der Ehre, an einem Tag gleich zweimal als Einfaltspinsel bezeichnet zu werden. So viel war klar: Man konnte in Schwaben nur schwäbisch leben, und darum beschloss er, nicht mehr über Verbesserungen nachzudenken, sondern den Einheimischen ihre Erfahrungen abzuschauen.

Zu Hause angekommen trug Drusts eilig die Wärmflasche in sein Zimmer. Als er sah, dass das Wasser in dem Glas, das zur Messung der Temperatur diente, bereits zu einem massiven Eisklumpen gefroren war, rutschte ihm das Herz in die Hose. Ihm stand nun eine weitere schwere Nacht bevor. Er hatte jetzt einen Ritter der kalten schwäbischen Schlafzimmer gesehen, aber wo war seine eigene Rüstung?

Sein Blick fiel unwillkürlich auf den Schrank und auf die Kommode. Drusts hatte diese Möbel nicht angerührt, weil er nichts besaß, was er dort hätte hineinlegen können. Der Schrank erwies sich als leer, ebenso die ersten drei Schubladen der schweren Kommode. Aber als er mit großer Mühe die aufgequollene vierte Schublade aufzog, hätte er vor Freude beinahe aufgeschrien: Ganz oben auf allerlei Schachteln lag eine Nachtmütze, eine schöne, warme Strickmütze mit einem langen Zipfel, der fast bis zur Schulter herabhing. Er wühlte noch ein bisschen weiter und fand er erst einen und kurz darauf noch einen zweiten Schlafpantoffel. Er zog auch ein überlanges dickes Nachthemd aus Barchent hervor, reichlich abgetragen, aber sauber gewaschen. In einer Schachtel fand sich sogar eine alte elektrische Heizweste, aber sie war so angesengt und zerfallen, dass Drusts Angst hatte, sie anzulegen und dasselbe Schicksal zu erleiden wie besagter Nachbar Konrad.

Was hatten diese Sachen eigentlich in seinem Zimmer zu suchen? Hatte die Wirtin sie absichtlich dort abgelegt, aus Feingefühl und um ihm nichts aufzudrängen? Oder waren sie hier einfach nur vergessen worden wie all das andere Gerümpel auf dem Dachboden? Drusts grauste es vor fremden Lumpen, aber in diesem Fall zwang ihn die Notwendigkeit dazu. Ohne lange nachzudenken zog er alles an, was nur anzuziehen war, und kroch schleunigst ins Bett. Ja, jetzt schlief es sich ganz anders! Die Wärmflasche konnte man unter der Decke mit den Füßen hin und her schieben, bis es richtig behaglich war. In dieser Nacht ruhte Drusts wie in Abrahams Schoß.

Der Nachmittag und die Nacht waren nunmehr geregelt, aber der Vormittag war und blieb der unangenehmste Tagesabschnitt. Die Wirtshäuser und öffentlichen Einrichtungen waren bis zum Mittag für die Öffentlichkeit geschlossen. Wenn keine Sonne schien, wurde das Wetter, wie es in den Bergen nun einmal üblich war, sofort rau und unfreundlich. Nachdem Drusts die Angelegenheit von allen Seiten betrachtet hatte, beschloss er, dass es am günstigsten war, den ganzen Vormittag im Bett zu bleiben, kurz vor Mittag aufzustehen, mucksmäuschenstill hinauszuschleichen und mit dem Erschallen der Mittagssirene zu Hause einzutreffen, als würde er gerade von der Arbeit zurückkehren.

Auch beim Ankleiden machte Drusts erhebliche Fortschritte. Er stellte fest, dass das gekrümmte Abzugsrohr des Küchenofens der Wirtin vor seiner Einmündung in den Kamin durch eine Abseite im zweiten Stock führte, in der ein paar Schaufeln und Gartengeräte aufbewahrt wurden und mittlerweile auch das Hühnerfutter lagerte. Wenn die Wirtin Mittagessen machte, wurde es dort tüchtig warm.

Sobald die Uhr auf zwölf zuging, packte Drusts seine Kleider und schlüpfte aus dem kalten Schlafzimmer die

Treppe hinunter in die Abseite, wo er sich in Ruhe und in leidlicher Wärme anzog. Um die Zeit totzuschlagen, las er aus der Spreu die Maiskörner heraus. Sie waren fürchterlich hart, und man konnte sich leicht einen Zahn an ihnen ausbeißen, aber in diesen Zeiten des Mangels und der Not verspürte ein Mensch ständig Hunger. Drusts schüttete auch eine Handvoll Mais in seine Tasche, und nach einer Weile befand sich in dem Kübel nur noch reine Spreu und kein einziges Korn mehr. Drusts wartete ab, bis die Mittagssirene ertönte, schlich dann leise in den Keller, trat durch die Tür der Waschküche auf die Straße hinaus und läutete am Eingang, als sei er gerade aus der Fabrik herbeigeeilt.

»Haben Sie aber flinke Beine!«, wunderte sich die Wirtin dann immer, denn sie stellte fest, dass die Nachbarsmädchen erst von ihren Arbeitsstellen herbeigeeilt kamen, wenn Drusts bereits den ersten Teller Suppe leergegessen hatte.

»Was ich mache, das mache ich schnell, gute Frau«, sagte Drusts dann immer und lenkte das Gespräch in eine andere Richtung.

So verlief Drusts' Leben in geregelten Bahnen, und im Krieg war das ein enormer Luxus. Doch nach einer Weile war es Drusts, als sei seine Wirtin schwermütiger und weniger gesprächig geworden. Mit jedem Tag schien ihre Niedergeschlagenheit zunehmen. Also hatte die Wirtin seine Untätigkeit bemerkt, konnte sich aber offenbar aus Feingefühl nicht zu einem Tadel oder zu etwas noch Schlimmerem hinreißen lassen, nämlich ihn des Hauses zu verweisen.

Drusts ließ sich so sehr von dem friedlichen Strom seines hiesigen Lebens dahintreiben, dass er jetzt nichts anderes wünschte, als alles genau so zu belassen wie jetzt, denn das Kriegsende konnte nicht mehr weit sein. Darum machte er sich große Sorgen, als ihn die Wirtin eines Tages mit hochfeierlicher Miene zum Mittagessen erwartete.

»Also wird sie heute reden«, dachte Drusts, dem das Herz tief in die Hose gefallen war.

So kam es auch. Die Wirtin wartete, bis die Kinder gegangen waren, und riss sich sichtlich zusammen. »Herr Drusts«, begann sie. »Es fällt mir nicht leicht, aber ich habe eine überaus unangenehme Nachricht für Sie. Ich habe lange darüber nachgedacht. Mit meinem Haus ist etwas nicht in Ordnung. Irgendwo auf dem Dachboden oder im Obergeschoss hat sich ein Poltergeist eingenistet. Wenn alle das Haus verlassen haben und die Zeit auf Mittag zugeht, was, wie Sie wissen, ebenso eine Geisterstunde ist wie Mitternacht, höre ich klar und deutlich, wie der Boden quietscht und jemand langsam mit leichten, kaum hörbaren Schritten herumschleicht. Dann raschelt Stoff, manchmal klappert eine Tür, und plötzlich ist alles wieder still. Aber ich bekomme eine solche Angst, dass ich mich nicht aus der Küche traue, bevor Sie oder die Kinder zurückgekommen sind. Herr Drusts, das ist niemand anderes als mein seliger Mann. Sein Zimmer war im Obergeschoss. Sicher ist er zornig, dass ich einen fremden Mann in sein Haus aufgenommen habe.«

Drusts atmete erleichtert auf und verlieh seinem Gesicht einen tiefernsten Ausdruck. »Nein, gute Frau«, sagte er leise, aber mit großer Überzeugungskraft, »Geister sehen alles und wissen alles. Wenn das der Geist Ihres seligen Mannes wäre, dann wüsste er, dass zwischen uns nur das untadelige Verhältnis zwischen Mieter und Wirtin besteht. Dagegen kann niemand einen Einwand haben, weder in dieser Welt noch im Jenseits. Das sind Ihre Nerven, gute Frau, einfach nur die Nerven. Sechs Kriegsjahre haben uns zermürbt.«

Die Wirtin schüttelte traurig den Kopf. Die Pfifferlinger waren zu einfach gestrickt und zu robust, um es mit den Nerven zu haben. Vielleicht wünschte sich die Wirtin auch gar nicht, dass ihre Beziehungen so untadelig seien?

Drusts war froh, dass er nicht aufgeflogen war, und so beschloss er, am nächsten Morgen zur Arbeitszeit aufzustehen und den kalten dunklen Vormittag mit einem tüchtigen Spaziergang zum Nachbardorf oder in den Bergen totzuschlagen. Doch als die Leuchtanzeige seiner Armbanduhr zum Aufstehen mahnte, war es unter der Federdecke so behaglich, dass er sich wieder einmal nicht dazu aufraffen konnte aufzustehen.

So döste er weiter und lauschte den Geräuschen im Haus, bis die Mittagszeit gekommen war. Dann klapperte die Haustür laut. Drusts wunderte sich: So kurz vor Mittag ging die Wirtin sonst nirgends hin. Er sprang zum Fenster und schaffte es gerade noch, einen Blick auf die Wirtin zu erhaschen, wie sie in ein Tuch gehüllt zum Bäcker ging. Drusts stand eilig auf und kleidete sich an.

Ohne darauf zu achten, dass das Haus still und leer war, hielt sich Drusts gemäß alter Gewohnheit an die üblichen Vorsichtsmaßnahmen. Er hatte eine Methode entwickelt, um die Tür möglichst leise zu öffnen, keineswegs langsam, was sie immer zum Quietschen brachte, sondern indem er sie kräftig in die Angeln hinabdrückte und mit einem Ruck aufriss. Auf dem Flur und im Treppenhaus lief er auch nicht in der Mitte, sondern so nah wie möglich an der Wand, damit die Bretter nicht knarrten. Er lächelte selbstzufrieden: Er hatte es gelernt, vollkommen geräuschlos aufzutreten wie ein echter Fachmann. Doch da stockte ihm der Atem: Er hörte lautes Quietschen, aber es kam nicht vom Boden unter seinen Füßen.

Drusts erstarrte. Eine seltsame Furcht überkam ihn. Er drückte sich gegen die Wand und konnte deutlich hören, wie sein Herz wie wild pochte und seine Raucherlunge keuchte. Er hielt lange auf seinem Lauschposten inne, bis ihn Kälteschauer überkamen. Er war nur mit dem langen Nachthemd und der Nachtmütze bekleidet, die er in der Kommode gefunden hatte. Seinen Anzug und den Mantel hielt er zu einem Bündel gerollt unter dem Arm.

Aber dann blieb alles ruhig. »Sicher war das nur ein Hirngespinst«, dachte Drusts und ärgerte sich, dass die alberne Spukgeschichte der Wirtin auf ihn, einen verständigen Mann, solchen Eindruck gemacht hatte. Er wollte die Abseite betreten, doch da ertönten irgendwo, ein Stockwerk über oder unter ihm, leichte Schritte, raschelten Kleider – und auch diese Geräusche stammten nicht von ihm. Geschwind beugte sich Drusts über das Geländer: Irgendwo bei der Küchentür gab es einen Luftzug. Dann war alles wieder still. Drusts stürzte in die Abseite und kleidete sich eilig an.

Nun war ihm endgültig unheimlich zumute. Fortan durfte er keinen Fehler mehr begehen. Im Haus hielt sich jemand auf, von dem weder er noch die Wirtin etwas wussten! Er hatte viel von den Spionen der Gestapo gehört, die in deutschen Häusern herumschnüffelten, sobald die Bewohner ausgegangen waren. Wenn ihn ein solcher Spitzel finden würde, drohte ihm wegen Arbeitsverweigerung großes Ungemach, vielleicht sogar ein Konzentrationslager.

Oder versteckte sich hier noch jemand anderes, ein

Flüchtiger wie er selbst? Die Pfifferlinger waren überaus fleißige Leute und machten nie einen Schritt, der kein besonderes Ziel verfolgte. Wenn ein Zimmer leer stand oder jemandem überlassen worden war, steckten sie dort monatelang nicht ihre Nase hinein. Ein einigermaßen geschickter Mensch, der die Gebräuche des Hauses kannte (und die waren in Pfifferlingen überall genau die gleichen), konnte auf Lenis Dachboden ein halbes Jahr zubringen, ohne dass ihn dort jemand aufstöberte.

Drusts stieg in die Waschküche hinab, trat diesmal aber nicht schnell ins Freie, sondern wartete auf die Rückkehr der Wirtin.

Doch sie kam nicht. Die Kinder trafen ein, Geschirr klapperte, und zu seinem großen Erstaunen hörte Drusts nun auch die Stimme der Wirtin oben in der Küche.

Jetzt ging ihm ein Licht auf: Im Haus spukte es nicht, und es gab auch keinen Schnüffler. Die Wirtin hatte ihn hintergangen, indem sie hinausgeschlichen und leise zurückgekehrt war, während er sich noch in seinem Zimmer zu schaffen machte. Natürlich hatte sie diesmal alles genau beobachtet.

Drusts fühlte sich müde und war die ganze Sache leid. Eine Aussprache war jetzt unumgänglich, aber vor so etwas empfand Drusts eine tiefe Abscheu. Er überlegte schon, ob er einfach verschwinden und nur einen kurzen Brief und Geld für die Miete auf dem Nachttisch zurücklassen sollte. Aber in der Küche duftete es verführerisch nach Suppe, und trotz der Aufregung fühlte sich Drusts ordentlich durchgefroren. Die Flucht zu ergreifen wäre jetzt überdies feige und ehrlos gewesen.

Also begab er sich in die Küche. Die Wirtin schenkte seinem gekünstelt heiteren Gruß kaum Beachtung. Auch die Kinder waren angewiesen worden zu schweigen, und so war nur kräftiges Schlürfen zu hören.

Drusts bemühte sich, eine gleichgültige Miene aufzusetzen, versuchte sogar ein Lächeln, aber er vermochte sich nicht auszumalen, wie er von sich aus ein Gespräch beginnen sollte. Kühn und ohne unnötige Umschweife sollte er sagen: »Liebe Frau Wirtin, es verhält sich folgendermaßen …«

Die Kinder gingen. Die Wirtin räumte schweigend das Geschirr zusammen, wischte die Wachstischdecke ab, nahm Drusts gegenüber Platz und sah ihm direkt mit einem seltsamen, fast hasserfüllten und gleichzeitig traurigen Blick an. Die Augen der Pfifferlingerinnen waren dunkelbraun. Wenn sie sie so weit aufrissen wie Leni, verfehlten die Blicke nicht ihre Wirkung.

Drusts schämte sich plötzlich für sich selbst. Was war er doch für ein Weichling, und ein Gauner obendrein! Konnte er denn nicht wenigstens anstandshalber arbeiten? War es so schwierig, früher aufzustehen? Wenn er daran dachte, wie es anderen armen Letten erging, die in norddeutschen Fabriken zusammengepfercht waren, die in kurländischen Schützengräben kämpften, die als Deportierte in Sibirien schufteten …

Voller Selbstverachtung wollte Drusts schon den Mund öffnen, um ein Geständnis abzulegen, sich selbst anzuklagen und zu geißeln. Aber da griff die Wirtin auch schon nach seiner Hand und flüsterte: »Und er ist es doch! Heute habe ich ihn gesehen! Mit eigenen Augen und ganz deutlich. Vor dem Mittagessen habe ich mich im Treppenhaus versteckt und Ausschau gehalten. Und da ist er plötzlich bei seinem Schlafzimmer aufgetaucht …«

»Wer? Wer ist aufgetaucht?«, rief Drusts verwirrt.

»Der Geist von Jakob! Er schlief früher in Ihrem Zimmer. Ich habe ihn ganz deutlich gesehen. Er sah genauso aus wie immer – in seinem langen Nachthemd aus Barchent und dieser Nachtmütze mit dem langen Zipfel. Er trug ein Kleiderbündel unter dem Arm …«

Die Stimme der Wirtin brach, und ihre Augen wurden feucht. »Armer Jakob! Er war ein Zuschneider im Leben, und jetzt muss er auch im Jenseits noch mit einem Stoffballen unter dem Arm herumlaufen!«

DIE BOMBE

In ganz Europa tobte der Krieg, aber in Pfifferlingen bekam man davon so gut wie gar nichts mit. Bis die großen Ereignisse durch die engen krummen Täler hinauf bis nach Pfifferlingen mit seinen winzigen Häusern gedrungen waren, schien es, als wären sie ebenso winzig geworden. Manchmal flogen endlose Bombergeschwader bei ihren Angriffen auf die großen Städte über Pfifferlingen hinweg. Dann heulten die Sirenen des Rathauses und der Fabriken, die Menschen unterbrachen ihre Arbeiten und liefen hinaus, um nachzusehen.

In der ersten Zeit rannten ein paar von ihnen sogar zu den Kalksteinhöhlen am Hang hinauf, die als Schutzräume dienten, aber schon bald schämten sie sich für ihre Feigheit und kamen wieder hervorgekrochen. Hoch oben in der Luft glänzten silberne Flugzeuge wie feine Schuppen. Die Leute lehnten ihre Köpfe zurück und versuchten, Einzelheiten auszumachen, doch kurz darauf verschwanden die stählernen Vögel wieder in den Wolken oder hinter dem Horizont, und gingen zurück zu ihrer Arbeit.

In diesem letzten Kriegsfrühjahr ereignete sich in Pfifferlingen jedoch etwas, woran sich die Bürger noch viele Generationen lang erinnern würden, und dieses Gedenken war auch eine Würdigung des furchtlosen Einsatzes des Bürgermeisters.

Eines überaus heiteren Morgens im April heulten wieder einmal die Sirenen. Schwatzend und fröhlich über die Gelegenheit, die Arbeit zu unterbrechen, verließen die Leute Häuser und Fabriken. Wie durch ein Wunder flog diesmal nur ein einziges Flugzeug hoch oben durch die Luft wie ein kaum sichtbarer Silberfunke im blauen Himmelsgewölbe.

Hatten die Leute gerade noch die Köpfe zurückgebeugt, heftig gestikuliert, und einander laut zugerufen, verstummten sie auf einmal und erstarrten. Dann stießen alle einen einzigen Entsetzensschrei aus, und im Handumdrehen waren alle Pfifferlinger Straßen und Höfe wie leergefegt. Alle schrien aus Leibeskräften und stürmten die steilen, mit Buchen bewachsenen Hänge des engen Tals empor.

Vom Himmel fiel unter Brausen und Pfeifen ein großer glänzender Körper wie ein silberner Torpedo herab und überschlug sich dabei mehrmals. Ob dieser gespenstische Gegenstand nun vergleichsweise langsam fiel oder ob die erschrockenen Pfifferlinger besonders schnell rannten, um sich in Sicherheit zu bringen: Jedenfalls schafften es alle, Alt und Jung, Männer wie Frauen, zwischen den Buchen Schutz zu suchen. Die einen drückten sich auf die Erde und vergruben ihr Gesicht in den Händen, andere kauerten auf dem Boden und zogen Jacken oder Mäntel über den Kopf, wieder andere suchten Zuflucht hinter dickeren Stämmen, aber die meisten, darunter viele Frauen, stürmten einfach den Hang empor, ohne nach rechts oder nach links zu schauen. Dann drehten sie sich um und warteten unter lautem Rufen ab, was unten in der Stadt passieren würde.

Der glänzende Körper überschlug sich noch ein paar Mal in der Luft und landete schließlich in Martin Mautes

Gemüsegarten. Als er aufschlug, warfen sich alle Flüchtigen flach auf den Boden. Hinterher wollte niemand zugeben, dass das nur aus Furcht geschehen war, sondern alle behaupteten, dass allein der Luftdruck daran schuld gewesen sei. Ihnen allen sei zumute gewesen, als hätten zuerst unsichtbare starke Hände gegen ihre Brust gedrückt und als hätte sie dann eine nicht minder kräftige Faust am Kragen gepackt und zu Boden gedrückt. Alle verbargen ihre Gesichter in den Händen oder in den Armbeugen, drückten sich die Ohren zu und warteten mit aufgerissenen Mündern auf den entsetzlichen Knall.

Aber es folgte keine Explosion.

In dem sonnendurchfluteten Städtchen herrschte eine beschauliche Ruhe. Hühner und Enten, die durch das Gerenne der Leute aufgescheucht worden waren, liefen wieder friedlich gackernd umher oder watschelten schnatternd am Flussufer entlang. Ein paar Katzen liefen über die Straße, andere rekelten sich faul in der Sonne.

Nach einer Weile hob der eine oder andere mutigere Pfifferlinger sein Gesicht eine Handbreit vom Boden, spähte durch die Bäume und ließ sich sogleich wieder zurück in das Vorjahreslaub fallen.

»Bloß nicht rühren, liegen bleiben!«, rief Bäckermeister Heinrich Konzelmann aufgeregt. »Es ist doch sonnenklar, dass die Bombe einen Zeitzünder hat. Was für ein teuflischer Plan des Feinds: zu warten, bis wir in die Stadt zurückkehren, um uns dann alle in die Luft zu jagen!«

»Was glaubst du, wann sie detonieren wird?«, stöhnte Martin Maute, in dessen Garten die Bombe niedergegangen war.

»In einer halben Stunde«, antwortete Heinrich Konzelmann bestimmt.

»Glaubst du, dass die Explosion mein Haus zerstören wird?«

»Was heißt da zerstören, Martin? Dein Haus wird zu feinem Staub zermalmt, der höher als der Kirchturm emporwirbeln wird!«

Martin Maute seufzte schwer. »Wenn ich bloß wüsste, dass noch genug Zeit bis zur Explosion ist! Dann würde ich hinüberrennen, das Mostfass ins Freie rollen und die neuen Federdecken herausholen.«

Aber Martins Frau und seine beiden Töchter klammerten sich an seinen Ellbogen und riefen: »Bloß nicht, das ist Tollkühnheit und reiner Übermut! Nichts auf der ganzen Welt ist gefährlicher als blinder Eifer!«

»Na, dann schnappe ich mir wenigstens die Butter und den Schmalztopf«, beharrte Martin Maute.

»Butter? Schmalz?«, wiederholte seine bessere Hälfte und lockerte ihren Griff ein wenig.

»Ja, unser gutes Schmalz für den ganzen Winter. Wenn ich wenigstens das retten würde?«

Dann wurde der mutige Maute nachdenklich und wollte nicht einmal mehr das Fett in Sicherheit bringen, doch das Beiwort »mutig« blieb an ihm haften. Von da an nannte ihn niemand mehr anders als »den mutigen Maute«.

»Heinrich, glaubst du, dass auch meine Mühle in Mitleidenschaft gezogen werden könnte?«, fragte Hans Ammann, da diese genau gegenüber vom Gemüsegarten des mutigen Maute lag.

»Nicht einmal der Schornstein wird übrigbleiben!«

»Und mein Haus?«, fragte ein weiterer Nachbar.

»Alles aus! Ein einziger Trümmerhaufen! Das ganze obere Tal wird in die Luft fliegen!«, bekräftigte der schlagfertige Konzelmann.

»Dann wird aber auch dein Haus zu einem Trümmerhaufen, Heinrich«, ergänzte Ammann betrübt. »Es ist zwar ein Stückchen entfernt, aber dazwischen steht nichts Stabiles.«

»Was soll das heißen? Dazwischen liegen dein Kirschgarten, zwei Kuhställe und ein Holzschuppen. Mein Haus hält das aus, denn es ist robust und aus trockenem, gut gelagertem Holz errichtet.«

»Was willst du mit bloßen Wänden anfangen, wenn das Dach abhebt und die Fenster mitsamt allen Rahmen herausspringen?«, fragte Ammann.

»Red keinen Unsinn!«, fuhr ihn Konzelmann an. »Mein Dach ist schwer, und die Fenster haben Abdichtungen aus Gummi. Meinem Haus passiert nichts, aber eure werden zu Trümmerhaufen.«

Während sie sich so unterhielten und auf die Explosion warteten, vergingen ein oder zwei Stunden, und die Sonne neigte sich schon gen Nachmittag. Wie lange sollte man noch warten? Über den Hang senkten sich immer mehr Schatten herab, und es wurde unangenehm kühl. Die Kinder begannen zu weinen. Die übliche, stets regelmäßig eingehaltene Essenszeit war längst vorüber, und das wollte den an Ordnung gewöhnten Pfifferlingern so gar nicht schmecken.

Nun stießen auch die Ratsherren und der Bürgermeister zu der Schar, steckten die Köpfe zusammen und besprachen die Lage. Zuerst ließ der Bürgermeister verkünden, dass sich Freiwillige melden sollten, um den gefährlichen Gegenstand näher in Augenschein zu nehmen und den Rat über ihre Beobachtungen in Kenntnis zu setzen. Der Ausscheller lief über den Hang und verkündete die Anweisungen des Bürgermeisters. Allerdings hatte er seine

Amtsglocke im Rathaus liegen lassen und sprach nur mit gedämpfter Stimme, als befürchte er, zu heftige Erschütterungen auszulösen.

Es fand sich kein Freiwilliger. Die Pfifferlinger liebten ihre Familien und einen friedlichen Alltag, und ihr Sinn drängte sie nicht zu gefährlichen Abenteuern.

Als der Bürgermeister das sah, verdüsterte sich seine Miene ein wenig, aber er verstand seine Schützlinge. Nun gut, wenn sich niemand freiwillig meldete, dann würde er jemanden dazu verpflichten.

»Martin Maute«, sagte er, »der Gegenstand befindet sich in deinem Garten, also musst du nachschauen, was es damit auf sich hat.«

»Ich gehe nicht!«, entgegnete der mutige Maute zornig. »Ist es denn nicht schlimm genug, dass die Bombe ausgerechnet in meinen Garten gefallen ist? Wenn sie nun hochgeht, jagt sie nicht nur mich, sondern auch mein Eigentum in die Luft, und das wäre ein zu großer Verlust für meine Familie. Soll doch jemand nachsehen, dessen Haus keinen Schaden zu befürchten hat, zum Beispiel Heinrich Konzelmann. Wenn es ihn selbst hochjagt, bleibt seiner Familie wenigstens das Haus.«

Das war ein berechtigter Einwand, und so wandte sich der Bürgermeister an Konzelmann.

»Niemals!«, rief Heinrich. »Das kommt mir ja gar nicht in den Sinn! Mit Mautes Bombe habe ich überhaupt nichts zu schaffen! Soll er doch machen, was er will!«

»Dann wird eben das Los entscheiden«, entschied der Bürgermeister. Aber damit waren die Ratsherren ebenfalls nicht einverstanden und auch sonst niemand: Schließlich konnte das Los auf jeden und somit auch auf jemanden fallen, der ganz und gar nichts mit der Sache zu tun hatte.

Niemand hier verließ sich jemals auf den Zufall, denn es gab nichts Törichteres auf der Welt, und die Pfifferlinger waren ein höchst verständiges Völkchen.

Als Bürgermeister Günter Konzelmann das alles hörte und sah, fasste er den historischen Beschluss, mit dem er für alle Zeiten die Herzen der Pfifferlinger für sich gewann. Er sagte: »Dann bleibt mir nichts anderes übrig, als selbst zu gehen!«

Die Polizisten gerieten in Bewegung, ebenso die Feuerwehrleute und die Angestellten des Rathauses. Sie alle kämpften mit sich selbst, blieben jedoch stehen.

Der Bürgermeister machte sich auf den Weg. Schweigend beobachteten die Bürger vom hohen Hang herab, wie ihr Stadtoberhaupt und Anführer der Gefahr entgegenging. Am rechten und am linken Hosenbein des Bürgermeisters bildeten sich abwechselnd scharfe Falten. Mit unverminderter Geschwindigkeit bog er in die erste Straße ein, verschwand hinter einer Ecke und tauchte dann wieder ganz nah beim Haus des mutigen Maute wieder auf.

Von oben herab war zu erkennen, wie geschickt der Bürgermeister den Hühnerstall, einen Holzstapel und die Abfallbehälter zur Deckung nutzte. So gelangte er bis zur Mühle von Hans Ammann, die nur durch die schmale Gasse vom Garten des mutigen Maute getrennt lag.

Der Bürgermeister versteckte sich hinter der Ecke der Mühle und nahm die Bombe in Augenschein. Sie lag quer über ganze acht Furchen Grünkohl und war tatsächlich riesig. Auf ihren Seiten waren bedrohliche Ziffern aufgemalt. Es war die größte Bombe, die der Bürgermeister je gesehen hatte. Vermutlich war es einer der berühmten Zehntonner, von denen man heimlich munkelte. Er musste sich fest zusammenreißen und konnte sich nur mühsam beherrschen, nicht auf der Stelle davonzulaufen.

Nun war rasches Nachdenken das Gebot der Stunde. Jede Fehlentscheidung konnte ihn das Leben kosten, jeden Augenblick konnte sich die sonnige Landschaft mitsamt den Hühnern in den Gartenfurchen, dem faul ausgestreckten Kater und den hübschen, sauberen Häuschen mit ihren Vorhängen und den zum Lüften aus dem Fenster heraus gehängten Federbetten in ein flammendes Inferno verwandeln, sodass nur rauchende Ruinen übrigblieben.

Ob es noch möglich war, die Stadt zu retten? Gewiss – wenn man die Bombe auf der Stelle wegschaffte. Aber durfte man eine solche Bombe überhaupt berühren? Es hieß, dass der Zeitzünder einer Bombe bei der geringsten Erschütterung losging. Das ließ sich nur durch einen Versuch in Erfahrung bringen.

Der Bürgermeister bückte sich nach einem Ziegelstein. Wenn die Bombe diese Erschütterung aushielt, würde man sie wegschaffen können. Und wenn nicht? Dann würden ihn vielleicht die massive Mauerecke der Mühle und ein Wunder retten. Der Bürgermeister zielte sorgfältig und holte zum Schwung aus.

Plötzlich klapperte hinter ihm eine Tür. Auf der Schwelle der Mühle tauchte ein kleines Männchen auf, ein polnischer Kriegsgefangener, der über und über mit Mehl bestäubt war. Offenbar hatte der Müller bei seiner Flucht vergessen, ihm Bescheid zu sagen, und so hatte er bis gerade eben die ihm zugewiesene Arbeit im Mehllager verrichtet, wo das Klappern der Mühle alle anderen Geräusche überlagert hatte.

»Guten Tag, Pan Birgermeister!«, grüßte der Kriegsgefangene unterwürfig, aber laut und deutlich.

»Leise!«, zischte der Bürgermeister, »siehst du nicht, dass dort eine Bombe liegt?«

»Bombe, Pan Birgermeister, was für eine Bombe?«

»Du Narr, siehst du sie nicht? Dort in Mautes Garten.«

»Im Garten von Pan Maute?«, fragte der Pole. »Aber das ist doch keine Bombe, das ist ein Tank.«

»Was redest du da für einen Unsinn? Was für ein Tank?«

»Fir Bensin, Pan Birgermeister.«

Der Bürgermeister geriet in Verwirrung, aber er begriff rasch: Nicht umsonst war er der erste Bürger von Pfifferlingen. »Weißt du ganz sicher, dass das ein Benzintank ist?«

»Ganz sicher, Pan Birgermeister. Ich habe friher im polnischen Krieg auf Flughafen gearbeitet. Abwurftanks befestigt man unter Fliegeln von Flugzeugen, und wenn sie leer, sie werden ausgeklinkt.«

Durch die am Hang und in den Buchenhainen versammelte Menge lief ein Raunen: Der Bürgermeister verließ seine Deckung, überquerte mit großen Schritten die Straße und ging hoch aufgerichtet durch das Tor in den Garten des mutigen Maute. Bevor die warnenden Rufe der Polizisten und Feuerwehrmänner den Bürgermeister erreichten, holte der Bürgermeister aus und trat mit seinem schweren Stiefel direkt gegen die Bombe.

Sie brach krachend entzwei. Der Bürgermeister packte sie an einem Ende mit seinen kräftigen Händen, richtete sie auf und stürzte sie mit verächtlicher Miene wieder um. Dann stellte er sich breitbeinig hin und bedeutete den Bürgern auf dem Hang, dass sie wieder sicher herunterkommen und nach Hause gehen konnten.

»Konrad!«, sagte er zu dem Polizeibeamten, der als Erster zu seinem Vorgesetzten geeilt kam, »lass diesen Schrott einsammeln und zum Altwarenlager des Rathauses bringen. Bring zur Erinnerung für die späteren Generationen die folgende Aufschrift an: »Gegenstand, der im Jahre des Herrn 1945 aus der Luft fiel, zum großen, aber unnötigen Schrecken der Bürger«.

LEUTNANT FROST

Als im Westen Donner erdröhnte, wollte kein Pfifferlinger an Kanonen glauben. Die alten Leute stiegen den Hang empor, hielten ihre Hände an die Ohren, lauschten lange und drehten ihre Köpfe hin und her.

»Ein Gewitter«, sagten sie, »in der Tat, ein überaus lang anhaltender Donner. Was soll es sonst sein?«

Einen Soldaten aus einem fremden Land hatte man in Pfifferlingen seit dem Dreißigjährigen Krieg nicht mehr gesehen, als sich schwedische Dragoner vorübergehend im Rathaus einquartiert hatten. Napoleons Feldzüge waren an dem zwischen hohen Bergen verborgenen Tal vorbeigezogen, und auch die Erschütterungen des Ersten Weltkriegs hatten nie bis hierher gereicht. Keine einzige Fernstraße führte hier vorbei, und niemand hatte je das Bedürfnis verspürt, in diese abgelegenen Berge vorzudringen.

Aber eines Morgens fuhren mehrere Autos und Lastwagen beim Rathaus vor, dass der Schlamm nur so spritzte. Heraus sprangen hellbraun gekleidete Parteiführer und stürmten zum Bürgermeister hinein.

Die Alliierten seien ihnen bereits auf den Fersen. Der Volkssturm und die Werwölfe hätten sich sofort dem Feind entgegenzustellen und ihn zurückzuschlagen, sei es mit Steinen und kochendem Wasser. Alle Brücken und Fabriken sollten zerstört, alle Straßen blockiert werden. Gemauerte Häuser seien zu sprengen und Holzhäuser anzuzünden, um dem Feind nur verbrannte Erde und qualmende Ruinen zu hinterlassen.

Sie luden Sprengkörper und Pechfackeln aus ihren Lastwagen und mahnten, sparsam damit umzugehen und mit einer Fackel gleich mehrere Gebäude in Brand zu stecken. Dann machten sich die hohen Offiziere auch schon wieder schleunigst auf in Richtung Osten, denn es wurde gemunkelt, dass dort der Führer in den Bergen bis zum Endsieg kämpfen wolle.

Der Bürgermeister berief den Rat ein, und der beschloss Folgendes:

Erstens sollten sich die Älteren zum Volkssturm versammeln und beraten, was zum Wohl der Stadt zu tun sei.

Zweitens sei es den Knaben streng zu untersagen, sich den Werwölfen anzuschließen, denn wenn sie Unfug mit Feuer anstellten, würden sie mehr Schaden als Nutzen stiften.

Drittens seien keine Häuser anzuzünden, solange keine anderen Unterkunftsmöglichkeiten geschaffen worden seien. Der Feind könne es sich schließlich in Zelten bequem machen, aber wo sollten die Pfifferlinger bleiben, für die es keine Zelte gab?

Viertens sollten die Fabrikbesitzer aufgefordert werden, Sprengstoff zur Zerstörung ihrer Fabriken abzuholen, doch sollten sie gleichzeitig dazu aufgerufen werden, Ruhe und Stillschweigen zu bewahren.

Fünftens seien Pechfackeln an die Hausbesitzer auszuteilen.

Die Fackeln fanden reißenden Absatz, weil Pech ein nützlicher Stoff und vor allem unter Handwerkern begehrt war. Dagegen fand sich niemand ein, um Sprengstoff abzuholen. Damit die Ladungen nicht durch ein Missgeschick von selbst explodierten, trug der Bürgermeister den Rathausangestellten auf, die gefährlichen Stoffe aus der Stadt hinauszubringen und möglichst behutsam in den Fluss zu legen, damit sie dort unschädlich gemacht und bis zur nächsten Anordnung gelagert würden.

Dann wandte sich der Rat der Frage einer Abriegelung der Straßen zu. Lange wurde überlegt, was zu tun sei: Sollten die Brücken zerstört werden oder sollte man eine Panzersperre errichten? Die Brücken abzureißen würde die Stadt um Einiges billiger kommen, doch stieß es bei den Pfifferlingern auf keine Zustimmung, etwas zu zerstören, das noch hervorragend zu verwenden war, und so beschloss der Rat, eine Sperre zu errichten.

Die Tischler, Rohrleger und Brunnenmeister der Stadt mitsamt ihren Gesellen und Gehilfen vom Volkssturm machten sich unverzüglich an die Arbeit. Sie wählten eine Stelle an der Hauptstraße gleich an der Stadtgrenze. An den Straßenrändern stemmten sie Pflastersteine heraus, gruben auf jeder Seite dicke Holzpfosten ein und teerten sorgfältig die unteren Enden, bevor sie sie in die Erde ließen. Zwischen den Pfosten stapelten sie Balken übereinander und errichteten auf diese Weise eine ordentliche Sperrwand. Alles wurde hübsch gestaltet, denn die Pfifferlinger Handwerker hassten nichts so sehr wie Stümpereien.

Buben, die nach Gockelfingen gerannt waren, wussten zu berichten, dass auch dort eine Panzersperre errichtet worden sei, doch sei diese nicht nur deutlich weniger hübsch, sondern auch offensichtlich um Einiges weniger stark. Als die Handwerksmeister dies hörten, lobten sie die Buben, und alle standen am Abend noch lange bei der Sperre beisammen und freuten sich über das Werk ihrer

Hände. Dabei wurde Most getrunken, und die Meister erzählten, dass die Pfifferlinger Handwerker schon seit jeher nicht nur die Gockelfinger, sondern auch die Truchtelfinger und Groffelfinger Meister übertroffen hätten.

Jedem sachverständigen Betrachter war auf der Stelle klar, dass kein Panzer diese Sperre jemals würde überwinden können. Sie umstürzen? Aber nicht doch! Auf der zur Stadt gewandten Seite hatten die schlauen Handwerker lange, mit Steinen verstärkte Stützen angebracht. Um die Sperre zu Fall zu bringen, hätte man diese Stützen zu feinem Staub zermalmen müssen, aber dazu war kein alliierter Panzer in der Lage. Sie zerschießen? Auch das war nach Ansicht der Handwerker gar nicht so einfach. Zunächst einmal musste man die Sperre treffen, aber sie bestand immerhin aus ganzen sechs dicken Balken aus gut gelagertem Holz, und ein einziger Schuss würde für wohl kaum für auch nur einen davon reichen. Bis man alle sechs zerstört hätte, würde man wieder laden und zielen müssen, und danach wäre die Straße mit Sicherheit endgültig zerstört und unbefahrbar.

Natürlich konnte man die Sperre auch umfahren. Dazu müsste ein Panzer freilich die Straße verlassen, den anderthalb Fuß tiefen Graben am Rand überwinden und auf die Weide fahren. Doch hatte man jemals gesehen, dass ein vernünftiger Mensch oder ein ehrlicher Soldat abseits der Straße fuhr? Nein, die Straße und die Einfahrt waren vorbildlich abgeriegelt, die Stadt auf das Allerbeste geschützt.

Als der Bürgermeister die Arbeit abnahm, strahlte er geradezu, und die Sachverständigen munkelten, er hätte erklärt, dass eine so ordentliche Sperre nicht nur den Feind, sondern auch die Parteibonzen aufhalten würde, falls sich diese erneut mit Befehlen und Anordnungen in Pfifferlingen einfinden sollten.

Auf der Alb wurde der Kanonendonner immer lauter, doch die Leute hatten sich rasch daran gewöhnt, und das Alltagsleben lief ungestört weiter. Ganz so friedlich, wie es zuerst den Anschein gehabt hatte, gingen aber die Kriegstage in Pfifferlingen dann doch nicht vorüber.

Gerade als die Brunnenmeister berieten, ob man den oberen Balken und die Pfostenenden nicht mit Blechdächern versehen sollte, und die Maler die Sperre schön gelb anstrichen – unbemaltes Holz ist bekanntlich nicht nur unschön, sondern im Freien auch weniger beständig – trafen in der Stadt einige abgerissene deutsche Soldaten ein, die von einem abgemagerten preußischen Leutnant namens Frost angeführt wurden.

Zerzaust, bleich und mit brennenden Augen wie ein Held aus einer Schillertragödie zog er ins Rathaus ein, berief den Rat ein und verkündete: »Kameraden, Parteigenossen! Das Vaterland steht in Flammen und ist in großer Gefahr, aber Deutschlands Ehre und der Befehl des Führers heißen uns kämpfen bis zum letzten Atemzug! Wir haben keinen Rückzugsort mehr, und darum werden wir dort, wo wir stehen, bis zum Endsieg kämpfen. Jetzt übernehme ich den Befehl, und ich schwöre, dass ich die Stadt verteidige, solange es noch einen Stein gibt, hinter dem man sich verschanzen kann, und solange noch ein letztes verbranntes Holzstück übrig ist, das man dem Feind in die Kehle jagen kann. Heil Hitler! Deutschland über alles!«

Leutnant Frost wollte unverzüglich den Pfifferlinger Volkssturm versammeln und bewaffnen, und sei es mit Mistgabeln, um sich unverzüglich dem Feind entgegenzustellen. Doch es gelang dem Bürgermeister, ihn zu überreden, ein wenig auszuruhen. Tatsächlich hatte Leutnant Frost auf seinem Rückzug von den Ufern des Rheins tagelang nichts gegessen und wenig geschlafen, sodass er sich kaum noch auf den Beinen halten konnte.

Der Bürgermeister ließ Frost zu seiner Base Marta bringen, der Witwe des Sattlermeisters Maute. Ein warmes reichhaltiges Mittagsessen, Zwetschgenschnaps und der gute schwäbische Most bewirkten wahre Wunder: In das graue Gesicht des Leutnants kehrte etwas Farbe zurück, das funkelnde Feuer in seinen Augen erlosch, und er ließ sich sogar dazu überreden, sich für einen kurzen Augenblick in einem Bett auszustrecken. Kaum war er in die weichen Federbetten der Witwe Maute geplumpst, schlief er auch schon wie in Abrahams Schoß.

Der Bürgermeister kehrte in den Rat zurück. Die Männer saßen lange schweigend beisammen.

»Was für einen Sinn hat es, Krieg zu führen, wenn schon fast ganz Deutschland besetzt ist? Wäre es nicht klüger, über eine Kapitulation nachzudenken?« Berthold Bitzer sprach damit endlich das offen aus, was allen auf dem Herzen lag.

»Der Befehl des Führers verlangt, dass wir alle bis zum letzten Atemzug kämpfen, Berthold«, antwortete der Bürgermeister.

»Liegt dir denn gar nichts an der Ehre der Partei und Großdeutschlands, Berthold?«, fragte Adalbert Ammann.

»Die liegt mir durchaus am Herzen, Adalbert«, räumte Berthold Bitzer ein. »Gerade deshalb bin ich zutiefst besorgt, dass dem Führer alles so gründlich misslungen ist. Das sollte uns jedoch nicht daran hindern, gründlich zu überlegen, ob sich Widerstand auszahlt. Die Franzosen könnten das Feuer eröffnen, und dann würden viele Häuser, auf jeden Fall aber die Fenster und Dächer zerstört.« Bertholds Haus lag gleich neben der Sperre, und insofern waren seine Sorgen durchaus nachvollziehbar.

»Aber was hatte es dann für einen Sinn, eine so schöne und teure Sperre zu errichten, wenn wir jetzt gar keinen Widerstand leisten? Erst heute habe ich geholfen, sie schön gelb zu streichen«, widersprach Adalbert Ammann, dessen Haus ganz am anderen Ende der Stadt lag.

»Das war sehr wohl sinnvoll«, erklärte der Bürgermeister. »Damit haben wir den Befehl des Führers erfüllt, und wie du selbst weißt, ist das Befolgen von Befehlen die erste und heiligste Bürgerpflicht. Der Führer hat angeordnet, bis zum letzten Atemzug zu kämpfen«, fuhr der Bürgermeister fort und musterte die Amtmänner hart und streng. »Seinen Befehl erfüllen wir wie einen heiligen Eid. Doch aus der Anordnung geht nicht eindeutig hervor, ob wir bis zu unserem oder bis zu seinem letzten Atemzug kämpfen müssen. Da der Führer in diesen schrecklichen Tagen schon lange nicht mehr zu seinem Volk gesprochen hat, muss bezweifelt werden, dass er noch atmet.«

»Wenn der Führer nicht mehr atmet, dann ist die Sache erledigt!«, rief Berthold Bitzer. »Wir müssen uns nicht mehr den Kopf darüber zermartern, ob wir Widerstand leisten oder nicht. Lasst uns lieber besprechen, wie wir diese verrückte Preußenschnauze Frost beschwichtigen. Seine Leute sollen bereits bei der Sperre ein Maschinengewehrnest graben.«

»Der Leutnant schläft bei meiner Base, der Witwe Maute«, sagte der Bürgermeister. »Ich glaube nicht, dass er vor morgen Mittag aufwachen wird. Bis dahin haben wir vermutlich den Feind ausfindig gemacht und uns ergeben müssen.«

Er wandte sich an seinen Unterwachtmeister. »Konrad! Nimm ein Fahrrad und fahr sofort los, um den Feind zu suchen. Sag ihm, dass er so schnell wie möglich herkommen soll, um zu verhindern, dass die Stadtverwaltung womöglich nicht mehr für Ruhe und Ordnung garantieren kann.«

Unterwachtmeister Konrad schlug die Hacken zusammen und machte sich auf den Weg. Bis zur Dämmerung hatte er die Franzosen gefunden, die auf ihrem Siegeszug in Gockelfingen Halt gemacht hatten, um zu essen und zu trinken. Als Konrad ihnen statt Most Kirschwasser und statt Lammfleisch eine fette Gans versprach, folgten sie ihm nach Pfifferlingen, das am 24. April im Jahre 1945 des Herrn von der französischen Armee besetzt wurde und vierzehn Tage früher kapitulierte als das Großdeutsche Reich.

Als Leutnant Frost am nächsten Morgen erwachte, griff er gleich nach seiner Uniform, fand aber zu seiner großen Überraschung auf dem Stuhl neben dem Kopfende seines Betts nur einen feinen graugestreiften Anzug. Er zuckte heftig zusammen, schob die verhasste Zivilkleidung angeekelt von sich, sprang aus dem Bett und eilte im langen weißen Nachthemd los, um nach der Witwe Maute zu suchen.

Er fand sie über den Herd gebeugt in der Küche, in der es herrlich nach in Butterschmalz gebackenen Pfannkuchen duftete.

Der Leutnant warf sich in die Brust und knallte mit militärischem Gruß die nackten Hacken zusammen. »Frau Maute, habe die Ehre, Ihnen einen guten Morgen zu wünschen!«, stieß er wütend hervor.

Die Witwe hob den Kopf, und als sie den zornigen Soldaten in einer so unpassenden Kleidung sah, vermochte sie es nicht, ein Lächeln zu unterdrücken.

Das Gesicht des Leutnants war vor Ärger rot angelaufen. »Geben Sie mir meine Uniform!«, forderte er barsch.

Die Witwe reichte ihm eine Handvoll Knöpfe mit Kriegsabzeichen.

»Was hat das zu bedeuten?«, rief Leutnant Frost verständnislos.

»Ich habe Ihre Uniform verbrannt.«

»Sie Wahnsinnige, Sie Verbrecherin und Verräterin!«, brüllte der Leutnant in seinem gewohnten Befehlston. »Wissen Sie, was Sie da angerichtet haben? Wie soll ich ohne Uniform meine Soldaten und den Volkssturm jetzt in die Schlacht führen? Man wird Sie vor ein deutsches Kriegsgericht stellen und erschießen lassen!«

Jetzt geriet aber auch die wackere Witwe Marta Maute in Rage. »Ach so!«, keifte sie schrill und nicht minder laut als der Leutnant. »So ein undankbarer Schurke sind Sie also! Ich habe Sie in mein Haus aufgenommen wie einen Bruder, wie einen Verwandten, koche Ihnen aus meinen letzten Vorräten die köstlichsten Gerichte, bringe Sie in meinem besten Bett unter, gebe Ihnen die Sonntagsstatt meines seligen Manns, und dafür drohen Sie mir mit Kriegsgericht und Erschießen? Ich gehe auf der Stelle zum Rathaus und beschwere mich beim französischen Kommandanten!«

»Beim französischen Kommandanten?«, entgegnete Leutnant Frost entgeistert.

»Jawohl, beim französischen Kommandanten. Pfifferlingen ist gestern von der französischen Armee eingenommen worden.«

»Und da haben Sie mich nicht aufgeweckt? Sie Vaterlandsverräterin und falsche Schlange!«

»Was hätte das denn für einen Sinn gehabt? Sie hätten die Stadt ja wohl kaum allein halten können!«

»Was heißt da allein? Und meine Soldaten, die Panzersperre und der Volkssturm?«

»Die Soldaten sind längst weggelaufen, die Panzersperre ist zu Brennholz zersägt, und der Volkssturm …«

Die Witwe Maute winkte ab und lachte.

»Zu den Waffen!«, schrie Leutnant Frost. »Noch ist nichts verloren! Wir machen einen Aufstand und schlagen den Feind von hinten! Hier in Pfifferlingen beginnt ihr Untergang und unser Vormarsch! Heil Hitler! Heil dem Führer!«

»Machen Sie doch nicht so einen Lärm!«, flüsterte die Witwe Maute, und nachdem sie vorsichtig die Vorhänge auseinandergezogen hatte, zeigte sie dem Leutnant einen Trupp siegreicher Soldaten, die nun schon seit dem Vortag unter heiterem Gelächter die Straße entlanggingen.

Der Leutnant presste sein Gesicht gegen die Fensterscheibe. »Die fünf da gehören mir!«, flüsterte er und streckte seine Hand nach hinten aus. »Reichen Sie mir meine Pistole!«

»Ihre Pistole ist im Rathaus. Der Bürgermeister hat angeordnet, dass alle Schusswaffen abgeliefert werden müssen.«

»Verrat! Verrat!«, brüllte der Leutnant, der vor Jammer und Wut fast den Verstand verlor. Ohne recht zu wissen, was er tat, riss er das Fenster weit auf, lehnte seinen Oberkörper weit hinaus und schrie, die hageren Fäuste gegen die Franzosen emporgereckt: »Tod den Boches! Heil Hitler!«

Die Franzosen fuhren durch das Geschrei zusammen und wollten sich schon aus dem Staub machen. Aber als sie gemerkt hatten, dass das Geschrei nur von einem

Mann in Nachthemd und Nachtmütze kam, näherten sie sich dem Fenster.

Mit einem verzweifelten Griff packte die wackere Witwe Maute den Leutnant am Hemdzipfel und zog ihn zurück ins Zimmer. Dann lehnte sie sich selbst zum Fenster hinaus, lächelte den Franzosen liebenswürdig zu und tippte mit dem Finger gegen die Stirn. Diese Geste, mit der man Verrückte bezeichnet, wird in der ganzen Welt verwendet. Auch die jungen Franzosen verstanden sie, lachten und gingen weiter. Sie waren zu berauscht von der lang herbeigesehnten Siegerrolle, als dass sie sich mit diesem Verrückten zanken wollten.

Leutnant Frost saß zusammengesunken auf der Bettkante und sagte halblaut zu sich selbst: »Ich weiß, dass die Pfifferlinger keine Draufgänger sind, aber ich werde ihre Herzen entflammen und sagen: ›Für den Führer! Zur Ehre der Waffen! Zum Ruhm der Helden!‹ Frau Maute, ich versammle den Volkssturm und die Werwölfe!«

»Um Gottes willen!«, rief die Witwe aufgeregt, »zeigen Sie sich bloß nicht auf der Straße! Man wird Sie sofort gefangen nehmen und nach Frankreich deportieren. Bleiben Sie einfach hier. Ich verstecke Sie. Ich habe zur Erinnerung an meinen seligen Mann noch seine Dokumente aufbewahrt. Wenn Sie einen Stempel brauchen, dann bitte ich meinen Vetter, den Bürgermeister, dass er ihn daraufsetzt. Preußen ist zerstört und den Russen preisgegeben, aber hier bei uns finden Sie ein neues Obdach. Vielleicht müssen Sie sich sicherheitshalber ein paar Monate lang verstecken, aber mit der Zeit wird alles in Ordnung kommen. Hier sind die Kleider meines seligen Mannes. Ziehen Sie sie an! Ich sehe doch, dass Sie frieren.«

Doch Leutnant Frost wies noch mehrere Male die verhasste Zivilkleidung von sich und verkroch sich auf dem Spitzboden. Dort kauerte er bis zum Abend, gestikulierte wild und murmelte zu sich selbst: »Im Namen des Führers! Das ist ein Befehl des Führers! Vorwärts, zum Ruhm der Waffen!«

Erst als er bis ins Mark durchgefroren war, zog er endlich den Sonntagsanzug des seligen Maute an, der ihm viel zu weit war, und ließ sich dazu überreden, ein Abendessen zu sich zu nehmen.

Doch die Witwe Maute mühte sich vergeblich. Zu ihrem heftigen Herzschmerz wollte Leutnant Frost um nichts in der Welt zum Sattlermeister Balzer Maute werden. Also glitt in der späten Nacht ein schlanker, aber merklich gebeugter Schatten in einem schlotternden Anzug durch die Pfifferlinger Gemüsegärten, nahm Deckung hinter Kuhställen und Holzschuppen und lief auf den Wald zu. Das war Leutnant Frost, der sich eilig zu den bayerischen Alpen aufmachte, wo der Führer und der Kern der Partei mit der neuen Geheimwaffe bis zum Endsieg kämpfen würden.

DIE LEDERUNIFORMEN

Als der Bürgermeister von Pfifferlingen allen noch irgendwie bewegungsfähigen Männern und Greisen befahl, sich zum Volkssturm zu versammeln und das Vaterland zu retten, meldete sich kein einziger. Den misstrauischen Pfifferlingern kam eine solche Aufforderung überaus verdächtig vor. Es halfen weder flammende Appelle in den Zeitungen noch Anschläge an Pfosten, auch keine erhabenen patriotischen Reden: Die Pfifferlinger hielten es in einer so unsicheren Zeit für vernünftiger, zu Hause bei ihren Familien zu bleiben, als sich zum Volkssturm anwerben zu lassen.

So dachten die Bürger, nicht aber Bürgermeister Günter Konzelmann. Er hatte die Anweisung erhalten, zum Volkssturm aufzurufen, und es kam ihm gar nicht in den Sinn, einen solchen Befehl einfach zu ignorieren. Die Frage war vielmehr, wie er die Gemüter der sturen Albbewohner zum Einlenken bewegen konnte. Der Bürgermeister verfügte zwar über Autorität, hatte aber nur wenig direkte Macht. Fünf Polizisten konnten fünf Ungehorsame im Zaum halten, aber wie sollten sie mit einer ganzen Stadt fertigwerden?

Doch wer sucht, der findet. Bürgermeister Günter Konzelmann heckte einen Plan aus, wie er nicht nur die Bürger aus ihren Verstecken locken, sondern darüber hinaus ihre Achtung und Anerkennung gewinnen konnte.

Am nächsten Morgen lief Ausscheller Bitzer, auch der lange Hugo genannt, mit der Amtsglocke durch die Straßen und verkündete, dass jeder, der sich dem Volkssturm anschloss, einen funkelnagelneuen prächtigen Lederanzug erhalten werde, und zwar genau so einen, wie er ihn trug.

Schon mehrere Tage lang hatte Hugo Bitzer bei seinem morgendlichen Gang durch die Straßen mit Läuten und Appellen an die Bürger, sich zum Volkssturm zu melden, als Reaktion nur Totenstille oder allenfalls ein leises Rascheln der Gardinen erhalten. Nun aber öffneten sich die Vorhänge umso weiter, und an den Scheiben drängten sich ganze Trauben von Köpfen und bewunderten die schwarze Lederuniform des langen Hugo mit ihren strahlenden Goldknöpfen auf der Brust, auf den Taschen und an den Faustenden. Nicht nur der blanke Lederrock glänzte, sondern auch die breiten und langen Lederhosen.

Hugo Bitzer war der größte Mann in Pfifferlingen und vermutlich auch darüber hinaus. Nicht einmal der stattliche Unterwachtmeister Konrad konnte sich auch nur annähernd mit ihm messen. Wenn nun der Lederanzug nicht einmal zu kurz für den langen Hugo war, dann konnte man sich leicht ausmalen, wie viel gutes Leder dort verarbeitet sein musste!

Schon an der nächsten Ecke wurde der lange Hugo von einer eifrigen Schar Neugieriger umringt, die über sein Lederwams und die Hosen strichen und ihm manchmal sogar in den Ausschnitt griffen, um das Futter aus warmem Tuch zu betasten. Die Männer schimpften zwar über den schmalen Matrosenkragen, wurden aber sofort von ihren Frauen zurechtgewiesen: Sobald man einen eigenen Rock hatte, konnte man schließlich nach Belieben einen Kragen aus Kanin anfügen. So wurden auch die letzten

Zweifel zerstreut, und die Leute stürmten scharenweise das Rathaus, um sich der letzten Reserve zur Rettung des Vaterlands anzuschließen.

Natürlich hielt der Bürgermeister seine Versprechen, ganz gleich, wie fantastisch sie in diesen ärmlichen Kriegsjahren klingen mochten. Mit Luftschlössern und leeren Versprechungen konnte sich kein Amtmann in Pfifferlingen halten. Die Pfifferlinger hatten Hitler und seinen Gehilfen keinen sonderlichen Glauben geschenkt, aber auf ihren Bürgermeister bauten sie wie auf Fels.

Zum Glück herrschte kein Mangel an Lederanzügen. Die großdeutsche Kriegsmarine war schwer von Bombenangriffen in Mitleidenschaft gezogen und aus allen Häfen vertrieben worden, weshalb sie ihre letzten Vorräte in süddeutsche Kleinstädte und Dörfer weitab der Küste gebracht hatte. In Pfifferlingen lagerte eine große Menge wind- und wasserdichter Lederkleidung für Seeleute, die diese üblicherweise trugen, während sie Wache standen. Es musste damit gerechnet werden, dass die Marine ihre Besitztümer irgendwann zurückfordern würde, aber der Bürgermeister hielt es für klüger, sie schon beizeiten an seine Bürger zu verteilen, denn andernfalls könnten die Vorräte dem Feind in die Hände fallen und als Kriegsbeute beschlagnahmt werden.

Der Ausscheller hatte noch nicht einmal die ganze Stadt abgelaufen, als schon alle Straßen von Bürger wimmelten, die sich lachend an den Ecken scharten und einander ihre neue schwarze Lederkluft vorführten.

Als Drusts die Szenerie aus seinem Fenster beobachtete, konnte er kaum glauben, dass es sich dort um die verzweifelten Bewohner eines kollabierten Staates handelte. Die fröhliche Menge erinnerte ihn vielmehr an einen heiteren

Fastnachtszug, und das umso mehr, weil die sparsamen Pfifferlinger möglichst große Kleidungsstücke gewählt hatten, um mehr wertvolles Leder einzuheimsen. Fast alle hatten deshalb ihre Ärmel und Hosenenden umgeschlagen.

Die Wirtin sah, wie Drusts lange am Fenster stand, und sagte: »Herr Drusts, Ihnen würde so ein schöner Lederanzug ebenfalls gut stehen.«

»Das schon, aber wie soll ich einen ergattern?«, erwiderte Drusts, dessen einziger, täglich getragener Anzug inzwischen glänzte wie eine Speckschwarte.

»Gehen Sie und erkundigen Sie sich«, riet ihm die Wirtin.

»Sie werden doch aber nur an den Volkssturm ausgegeben.«

»Unsinn. Die Hälfte der Empfänger taugt allenfalls für einen Platz am Ofen.«

»Aber sie sind trotzdem Deutsche, und ich bin ein Ausländer.«

»Sie sind mein Mieter. Sagen Sie, dass ich Sie geschickt habe.«

Zum Spaß machte sich Drusts tatsächlich auf den Weg. Er mochte es, mit den Pfifferlinger Amtmännern zu verhandeln, und heute Abend hatte er nichts Besseres vor.

Um das Rathaus drängten sich noch immer Freiwillige. Es stellte sich heraus, dass man nicht einmal eine Unterschrift leisten musste, denn der weitsichtige Bürgermeister erstellte keine Listen. Schließlich war das ohnehin vollkommen unnötig, da er und die Verwaltungsangestellten alle Bürger vom Sehen und dem Vornamen nach kannten.

Die Austeilung neigte sich ihrem Ende zu. Selbst Hinkende, Lahme und ergraute Greise mit Krücken hatten sich versammelt, einige waren sogar in Krankenstühlen herbeigebracht worden. Alle keuchten und schnauften vor Freude und Aufregung und zogen mühsam die prächtigen, dick gefütterten Marineuniformen über ihre krummen Rücken und steifen Beine, um dann mit goldenen Knöpfen wie pensionierte Admiräle wieder in ihre Krankenstühle zurückzufallen. Sogar kleine Hosenmätze waren gekommen, die in die viel zu großen Lederhosen nicht hineinstiegen, sondern regelrecht hineinplumpsten und darin fast verschwanden. Bei ihnen reichten die Lederwämse fast bis zum Boden, und die Ärmel hingen schlaff und leer herab wie bei Narrenkitteln. Trotzdem riefen alle weiterhin laut und beharrlich nach möglichst großen Anzügen.

Keine Frage: Der Bürgermeister machte seine Sache großartig. Der Pfifferlinger Volkssturm war bestimmt der umfassendste in ganz Deutschland, denn es hatten sich wirklich alle Personen männlichen Geschlechts versammelt, von Säuglingen und Wickelkindern einmal abgesehen. Vom Volkssturm war in der lärmenden Menge freilich keine Rede, sondern nur von den Wämsen.

Drusts meldete sich bei den mit der Verteilung beauftragten Beamten, die ebenfalls in blanke übergroße Lederanzüge gekleidet waren.

»Aber Mensch, als Ausländer können Sie doch keinen Anzug bekommen!«, unterbrach der eine Drusts mitten im Satz.

»Leni, die Witwe aus der Gartenstraße, hat gesagt, dass Sie mir einen Anzug zuteilen würden, weil ich ihr Mieter bin«, erklärte Drusts ruhig und freundlich.

»Das ist eine überaus alberne und ungehörige Bitte«, erwiderte der Beamte erzürnt.

»Warte mal, Eugen, Moment!«, schaltete sich der andere Beamte ein, denn jedem Pfifferlinger sind Streit und

Widerspruch zu eigen. »Lass uns nachdenken. Wir wollen nichts überstürzen. Schau mal, Eugen, die Leni ist eine Witwe. Das bedeutet, dass ihr Mann tot ist. Wenn der selige Jakob noch am Leben wäre, würde er sich jetzt bestimmt einfinden und seinen Lederanzug in Empfang nehmen.«

»Aber dann könnten ja alle Witwen der Stadt herkommen und Anzüge für ihre verstorbenen Männer beantragen!«, rief Eugen erbost.

»Sollen sie doch kommen! Solange es genug Anzüge gibt, können wir sie auch austeilen!«

So kam Drusts zu einem Lederanzug.

Lange konnten sich die Pfifferlinger ihrer Lederanzüge allerdings nicht erfreuen, denn schon drei Tage später ergab sich die Stadt dank der klugen und entschlossenen Vorgehensweise von Bürgermeister Günter Konzelmann den Franzosen. Das geschah erst spät am Abend, und die Sieger legten sich nach einem guten Abendessen schlafen, denn von Widerstand hatte man in dieser Gegend weit und breit nichts gehört.

Als der französische Offizier ausgeschlafen hatte, forderte er die Auslieferung von Kriegsgefangenen. Die gab es nicht. Dann forderte er die Auslieferung der Teilnehmer des Volkssturms. Auch damit konnte der Bürgermeister nicht dienen, denn vorausblickend hatte er, wie bereits erwähnt, keine Listen erstellt, um nicht die ganze Stadt in ein Gefangenenlager zu bringen. Da tuschelte ihm jemand ins Ohr, dass an die Männer von Pfifferlingen Lederuniformen ausgeteilt worden seien. Da man also keiner Männer habhaft werden konnte, forderten die Franzosen diese Kleidungsstücke und befahlen, sie auf der Stelle ins Rathaus zu bringen.

Und siehe da: Ein weiteres Mal zeigte sich, welch große Macht in Deutschland klare Befehle haben, denn binnen einer Stunde stapelte sich im geräumigen Sitzungssaal des Rathauses ein riesiger Haufen schöner Lederanzüge.

Da es nicht viele Eroberer gab, zogen diese sie nicht nur selbst an, sondern wussten in ihrer überwältigenden französischen Großzügigkeit nichts Besseres damit anzufangen, als alle Ausländer und Deportierten Pfifferlingens in Leder zu kleiden. Genau wie ein paar Tage zuvor wimmelte es erneut auf allen Straßen von Leuten, die in blanke schwarze Uniformen gekleidet waren und sie unter Gelächter den anderen vorführten. Die Anzüge waren dieselben, nur die Leute waren andere.

Während Drusts staunend an der Straßenecke stand, eilte ein in Leder gekleideter Holländer auf ihn zu. »He, Sie da! Sie sind doch Ausländer! Warum tragen Sie dann keinen Lederanzug? Kommen Sie mit zur Kommandantur und holen Sie sich einen!«

Da blieb Drusts wohl kaum etwas anderes übrig, als dem freundlichen Holländer zu folgen und einen zweiten Anzug in Empfang zu nehmen.

»Mein Besitz mehrt sich! Erst durch die Besiegten, dann durch die Sieger. Das nehme ich einfach mal so hin!«, dachte er und hängte grinsend einen zweiten Anzug neben den ersten in seinem Schrank.

Aber dann kamen russische Gefangene, die aus dem Lager in einem Nachbardorf entsprungen waren, und feierten den Sieg auf ihre Weise. Sie brachen in Weinstuben ein, plünderten Schankwirtschaften und betranken sich. Als sogenannte Alliierte erbettelten sich die Russen von den Franzosen Waffen, sodass es zu Schießereien und Randalen kam. Geschäfte und Häuser wurden geplündert, Eigentum gleich an Ort und Stelle zerstört. Als die Getränke zur Neige gingen, betranken sich die Russen mit giftigen Flüssigkeiten aus Apotheken oder Resten aus Fabriken, starben reihenweise und bezichtigten alle Nichtrussen der Giftmischerei.

In nur zwei Tagen kam die ordentliche gepflegte Stadt auf den Hund. Sämtliche Winkel waren verdreckt. Alle anderen Leute waren von den Straßen verschwunden, sodass sich dort nur noch Russen herumtrieben. Die Luft war erfüllt von den übelsten und unflätigsten Flüchen und Schimpfwörtern. Dazu kreischten Russinnen, die sich auf den verunreinigten Straßen reihenweise untergehakt hatten oder sich mit den Männern im Gebüsch herumwälzten.

Die schwarzen Lederanzüge verliehen dem Bild einen ganz besonderen Farbton. Es sah genauso aus wie in Petrograd während der Oktoberrevolution. Man musste sich bloß noch vorstellen, dass unmittelbar hinter der Stadt der von Kommunisten begeistert gefeierte Panzerkreuzer »Aurora« angelegt und Scharen betrunkener rebellischer Matrosen ausgespien hatte.

Voller Abscheu zerrte Drusts seine beiden schwarzen Marineanzüge aus dem Schrank und brachte sie der Wirtin, damit sie diese bei sich verstaue. Um nichts in der Welt wäre er jetzt noch in der Lage gewesen, eine Uniform zu tragen, die unter den Bolschewiken auf einen solchen Anklang stieß.

Am dritten Tag kamen die Amerikaner und beendeten die Revolution aus dem Osten. Man nahm den Russen ihre Waffen ab und brachte sie zurück in ihr Lager. Nach diesem kurzen Tumult fand das Leben im Städtchen wieder in seine ruhigen geregelten Bahnen zurück.

Wie reibungslos hier in Europa doch eine Machtübernahme ablief! Wer keine Waffen trug, wurde von niemandem behelligt. Der Bürgermeister blieb einfach im Amt, und hätten ihn die Franzosen abgesetzt und durch irgendeinen überraschend aufgetauchten Kommunisten ersetzt, wäre auch das doch nur eine vorübergehende Phase bis zu den nächsten Wahlen gewesen. Die Polizisten behielten ebenso ihre Ämter wie auch alle übrigen städtischen Angestellten.

Betrübt dachte Drusts daran, dass seine Heimat von Russen erobert worden war, die lautstark den Klassenhass schürten, Polizisten ermordeten und Beamte deportierten. Was für ein gewaltiger Unterschied doch zwischen dem Westen und den Russen bestand! Spielte es bei Deutschen und Franzosen überhaupt eine Rolle, wer über wen herrschte? Ein wenig gekränkte Selbstliebe, mehr nicht. Aber es war etwas ganz anderes, wenn die sowjetische Meute jemanden in ihre Klauen bekam!

Am achten Mai, als der Sieg mit Glocken begrüßt wurde und der König von Großbritannien und der Premierminister seiner Majestät feierlich verkündeten, dass auf der Welt wieder Friede und Gerechtigkeit herrschten, sah man auf den Straßen Pfifferlingens zweierlei Gesichter: die jubelnden französischen Besatzer und die erschrockenen, verständnislosen Flüchtlinge aus Ländern, die von der Sowjetmacht unterworfen worden waren.

Und die Pfifferlinger selbst? Sie lebten weiter, als sei nichts geschehen. Die Frauen riefen in aller Ruhe aus den Fenstern über die Straße einander zu, klopften auf den Höfen ihre Decken aus oder reinigten Ofenrohre; die Männer standen entweder stundenlang an den Ecken herum oder hackten vor ihren Häusern schwere Buchenklötze zu Brennholz für den Winter. Diese Stadt hatte eine wundersame Macht über ihre Leute.

Auch diejenigen, die aus Krieg und Gefangenschaft nach Hause zurückkehrten und große ferne Länder gesehen hatten, begaben sich nach ihrer Rückkehr unmittelbar wieder in ihre Häuser und zu ihren Familien. Sie legten ihre gewohnten Hemden und Arbeitsschürzen an und wurden im Nu wieder zu ebenso echten und unveränderlichen Pfifferlingern wie einst ihre Väter und Großväter. So kehrten sie in ihr früheres Leben mit seinen gewohnten Bahnen zurück, als hätten sie nie etwas anderes erlebt oder gesehen. In der Tat: Wenn es das »Ewige Deutschland« irgendwo gab, dann musste es hier in Pfifferlingen liegen.

HEINZ DIETER FAIGLE

Heinz Dieter Faigle, Direktor der Pfifferlinger Versicherungskasse, lehnte sich in seinem Arbeitszimmer in den breiten Lehnstuhl zurück und schnitt mit seinem silbernen Öffner den letzten Brief der morgendlichen Post auf. Darin stand in Großbuchstaben geschrieben: *»Sie Narr!«*

Ein verächtliches und überhebliches Grinsen zog über das eingefallene Gesicht des Direktors. Dieses Grinsen kannte ganz Pfifferlingen, und es hatte ihm schon so manchen unnötigen Feind beschert. Der Direktor grinste über die Schwäche seiner Neider und Gegner, wenn diese jetzt nur noch dazu in der Lage waren, ihn in anonymen Briefen zu beschimpfen.

Gelassen warf er das Schreiben in den Papierkorb, aber es überschlug sich tückisch in der Luft und landete wieder auf seinem Schreibtisch.

Unwillkürlich las der Direktor:

»Sie glauben wohl, dass Sie alles sehen und wissen, aber würden Sie sich an die Nase fassen, würden Sie dort auf den Ring stoßen, an dem Sie Ihre eigene Familie herumführt. Wissen Sie, was sich in Ihrem Haus abspielt? Locken Sie Ihre Frau und Ihre Töchter aus dem Haus und kommen Sie während der Arbeitszeit nach Hause, wenn Sie dort nicht erwartet werden. Sonst werden Sie weiter zum Narren gehalten. Schauen Sie sich das Schlafzimmer auf dem Dachboden an. Dann werden Sie erkennen, dass Sie nicht der klügste,

sondern der einfältigste Ehemann in ganz Pfifferlingen sind und sich Ihr Grinsen künftig in den Stiefel stecken können.

Ein Freund.«

Das Grinsen des Direktors erstarrte zu einer Grimasse. Auf einmal überkamen ihn seltsame Sorgen, die in ihm eher Schmerz als Furcht auslösten. Er blickte starr in den Raum und dachte nach.

Seine vor Kurzem erfolgte Beförderung in das Amt des Direktors hatte seine Beliebtheit nicht im Geringsten gesteigert. Heinz Dieter Faigle war allseits bekannt, selbst nachdem das einstige Dorf Pfifferlingen groß geworden war und das Stadtrecht erhalten hatte. Mitunter kam es sogar vor, dass auf der Hauptstraße Leute ohne Gruß aneinander vorbeigingen.

Man kannte Heinz Dieter wegen seines eigenartigen Gangs. Er beugte sich beim Gehen nach vorne, zog ungeschickt die Füße hinter sich her und schwankte dabei so heftig, dass es aussah, als werde er jeden Augenblick der Länge nach hinfallen. Jeder Pfifferlinger Bub konnte diesen seltsamen Gang nachahmen, und wenn Heinz Dieter Faigle die Straße entlanghumpelte, torkelte ihm manchmal eine ganze Schar Lausebengel hinterher. Wer den Namen Heinz Dieter Faigle erwähnte, fügte immer auch gleich »der mit diesen Beinen« hinzu.

Heinz Dieter Faigle war im Ersten Weltkrieg von einer Kugel im Kopf getroffen worden. Erst nach langem Siechtum brachte man ihn nach Hause, in Riemen und Verbände eingeschnürt und in Stangen mit Federn eingezwängt, die es den gelähmten Beinen ermöglichen sollten, sich irgendwie zu bewegen. Aber er brauchte noch lange, bis er wieder gehen gelernt hatte.

Die Verlobte von Heinz Dieter fiel in Ohnmacht, als

sich der mit einem Eisernen Kreuz ausgezeichnete Invalide bei ihr hereinschleppte. Aus seinem eingefallenen Gesicht ließen sich weder ein Lächeln noch Spott herauszulesen. Sie wusste von seiner schweren Verletzung, hätte sich aber nicht einmal im Traum vorstellen können, dass die Folgen so entsetzlich sein würden. Trotzdem heirateten sie, denn in diesen Zeiten hielten die Leute noch ihr Wort. Auch waren alle Nachbarn geradezu erpicht darauf, sich das Maul darüber zu zerreißen, dass Anna Helena Gonser den verkrüppelten Verlobten im Stich ließ, dem sie bei seinem Abschied ins Feld hoch und heilig versprochen hatte, auf ihn zu warten.

Heinz Dieter Faigle war ein zäher Mann. Obwohl er zunächst nicht mehr als seinen geschundenen Körper besaß, schwor er sich, beim Lebenskampf nicht schlechter abzuschneiden als jeder Gesunde. Mit einer schier unglaublichen Beharrlichkeit lernte er, ohne Krücken und lediglich auf einen Stock gestützt zu gehen. Ebenso beharrlich machte er sich auf die Suche nach einer Arbeitsstelle. Als es ihm in den schweren Nachkriegsjahren nach unzähligen Misserfolgen endlich mühsam gelungen war, die unterste Karrierestufe eines Beamten der Pfifferlinger Versicherungskasse zu erklimmen, gratulierten ihm alle Bekannten überschwänglich.

Aber Heinz Dieter grinste nur. Sein Ehrgeiz reichte viel weiter. Er trat umgehend in eine linke Partei ein, weil diese seiner Ansicht nach wegen ihrer breiten internationalen Vernetzung früher oder später gewiss alle inländischen Parteien mit weniger Kontakten übertreffen werde. An seinem Kassenschalter lernte er die Pfifferlinger viel besser kennen als andere, die auf gesunden Beinen liefen. Schon bald erwies er sich als überaus nützlich für seine Partei, denn die gesprächigen Pfifferlinger verließen nie seinen Schalter, ohne mit ihm auch ein paar Gedanken über tiefergehende Themen ausgetauscht zu haben.

Heinz Dieter Faigle grinste überheblich, war gerissen wie ein Fuchs und schien sich trotzdem schüchtern für seine Verkrüppelung entschuldigen zu wollen. Darüber hinaus hatte er Antworten auf alle Fragen des Lebens und der Politik parat. Eine Partei kann nie eine Partei sein, wenn sie nicht auch Universalpflaster für jedes Leiden bereithält. Die klebte Heinz Dieter überall auf, wo er nur hinkam. Sein Grinsen am Schalter nach Art eines Wunderarztes wurde immer geheimnisvoller und schlauer.

Er hatte die Unterstützung seiner Partei, eignete sich beharrlich sowohl politische als auch kaufmännische Kenntnisse an und stieg nach und nach die Karriereleiter empor. Gleichzeitig sparte er, wie es nur die Schwaben können. Nach zehn Jahren nannte er wie jeder ordentliche Pfifferlinger ein Häuschen sein Eigen und hatte zwei Söhne und eine Tochter, die alle so wohlgeraten waren, dass ihn selbst die Väter mit den gesündesten Beinen beneideten. Heinz Dieter Faigle hatte den Lebenskampf gewonnen – das mussten selbst seine größten Neider einräumen.

Aber niemand wusste, welch schwindelerregenden Preis er dafür gezahlt hatte. Anna Helena, seine Frau, wusste es sehr wohl. Unzählige Male hatte sich Heinz Dieter von Kopf bis Fuß mit Schlamm besudelt nach Hause geschleppt, weil er auf einer glatten Straße gestolpert oder gestürzt war, als er einem Fahrzeug auswich. Oft überbrachte man Anna Helena nur die Nachricht, sie möge ihren Mann aufsammeln, weil sich dieser bei einem Sturz übel zugerichtet habe oder in dem komplizierten Apparat, der seinen Körper und seine Glieder umfasste, irgendein

Riemen gerissen oder eine Feder gesprungen sei. Zu Hause war er hilflos, musste angezogen und versorgt werden, während seine Frau alle Männerarbeiten verrichtete.

Doch Heinz Dieter mochte körperlich noch so stark eingeschränkt sein, er hatte doch dasselbe erreicht wie die anderen. Er war stolz auf seinen scharfen Verstand, sein waches Auge und seine Fähigkeiten als leitender Angestellter. Nie wurde auch nur die kleinste Kleinigkeit ohne sein Wissen erledigt. Er bestimmte, wann und wie seine Frau die Türangeln ölte, in welcher Ecke der Waschküche das Holz zu stapeln sei, wo welche Eimer stehen sollten, welche Knöpfe auf die Bettbezüge aufzunähen seien und wie der Haushalt einzurichten sei, damit man das elektrische Licht nur bei vollständiger Finsternis anschalten musste. Alles war genau abgemessen, praktischer, billiger und besser durchdacht als bei den anderen. Das reichte von den Kleinigkeiten des Lebens bis zur großen Politik, weil sich Heinz Dieter nicht mit dem zufriedengeben mochte, was alle konnten. Natürlich schwieg er weise, und allein an seinem Grinsen war zu erkennen, dass er in anderen Sphären schwebte als das gemeine Volk. Und es gab viele, die eben dieses Grinsen sehr verärgerte.

Heinz Dieter hatte alles vorausgesehen, mit einer einzigen Ausnahme: dass Hitler die Macht in Deutschland ergreifen würde und binnen kurzer Zeit alle Gegner des neuen Reichskanzlers von ihren Posten verschwanden. Auch Heinz Dieter war gezwungen, seine Arbeit aufzugeben. Damit schwanden auch seine Hoffnungen, leitender Kassierer zu werden und sich den Traum eines Autos erfüllen zu können, um nicht länger zum Gespött der Pfifferlinger die Straße entlanghumpeln zu müssen. Er schloss sich der Opposition an, aber die landete bald hinter Stacheldraht. Bloß der Heinz Dieter Faigle »mit diesen Beinen« wurde nicht inhaftiert, denn er war zum Krüppel geworden, als er für dieselbe Vorstellung von einem Großdeutschland gekämpft hatte, wie sie auch Hitler verkündete. Man drohte ihm, ließ ihn aber in Ruhe.

Seine Invalidenrente reichte zum Leben, aber das war ein entsetzlicher Schlag für seinen Ehrgeiz, der Krüppeln immer stärker zu eigen ist als Gesunden. An seinem Schalter war er von allen gebraucht worden. Er konnte helfen, Zahlungsfristen zu verlängern, bei wichtigen Besprechungen ein Wörtchen mitreden, vor allem aber die Wege Deutschlands und die Weltpolitik erklären. Jetzt war er nur noch der Heinz Dieter Faigle »mit diesen Beinen«, der es nicht rechtzeitig vermocht hatte, den Weg Deutschlands zu Macht und Größe zu erkennen, obwohl dieser so offen zu Tage gelegen hatte. So dachte auch seine ganze Familie, denn die Kinder wurden in Hitlers Schulen unterrichtet, und für die Mutter war es schmerzlich anzusehen, wie viele Möglichkeiten den Sprösslingen des Rebellen verschlossen blieben.

Heinz Dieter zog sich in sein Haus zurück wie eine Schnecke. Sein Grinsen wurde noch hoffärtiger und rätselhafter, aber das bekamen nur die Hühner zu sehen. Ihnen widmete er jetzt all die Kraft, die er nicht mehr für die Arbeit an der Kasse und für die Partei aufwenden konnte.

Dann kam der Krieg. Heinz Dieter Faigle verabschiedete erst den einen und dann den anderen Sohn in den Kampf für eine Macht, die er hasste. Erst kam die eine, dann die andere Nachricht, dass sie gefallen waren, der eine in Afrika, der andere bei Kertsch.

Die Frauen weinten und tobten. »Als Genossen der

Nationalsozialistischen Partei wären unsere Söhne in irgendeiner sicheren Abteilung als Leibwächter oder als Flugzeugpersonal untergekommen«, ließ Anna Helena unermüdlich verlauten. Heinz Dieter biss die Zähne zusammen. Aber als Anna Helena in ihrem großen Schmerz hervorstieß: »Lieber tot als verkrüppelt!«, warf er ihr einen langen seltsamen Blick zu. Von da an herrschte zwischen ihnen eisiges Schweigen.

Die Entbehrungen infolge des Kriegs wurden immer drastischer, und Heinz Dieters Familie musste hart um ihr Auskommen ringen. Nur gut, dass die ältere Tochter Traudel so tüchtig und unternehmungslustig war. Sie reiste ständig in den Schwarzwald, zum Bodensee oder sogar in das milchreiche Allgäu und brachte Essbares nach Hause. Aber dann verbreitete sich das Gerücht, dass sie im Auto irgendeines Offiziers der Organisation Todt gesehen worden sei, und bevor sich Faigle von dem jähen Schrecken erholt hatte, traf dieser Mann in Pfifferlingen ein.

Er trug eine stattliche Uniform, knallte die Hacken zusammen, ließ gleichzeitig seine rechte Hand in die Höhe schnellen und rief wie von oben herab: »Heil Hitler! OT-Hilfsingenieur Horst Günter Hassis, eingesetzt als Aufseher für die Pfifferlinger Kriegswirtschaft!«

Heinz Dieter hatte diesen Horst Günter in eben diesem Städtchen als Knirps mit löchrigen kurzen Hosen gesehen. Dann aber fuhr dieser in den Norden, trat in die Partei ein und war jetzt in seine Heimatstadt zurückgekehrt, wo er sogar noch mächtiger als der Bürgermeister war.

Heinz Dieter wusste gut, wie wertvoll solche Bekanntschaften in diesen schweren Zeiten waren, aber er nickte ihm nur zu und reichte ihm nicht die Hand. Wenn er dem OT-Mann schon nicht das Haus verwehren durfte, sprach er zumindest kein Wort mit ihm, nicht einmal am Mittagstisch. Später erhielt Traudel eine fürchterliche Zurechtweisung für ihren Umgang mit einem Vertreter der Macht, der die Karriere ihres Vaters zerstört, ihre Brüder in den Tod getrieben und ganz Deutschland zerstört habe. Er brüllte, dass er sich lieber von Hühnerfutter und verschimmeltem Mais ernähren wolle als von dem Fett, das mit Hilfe eines Manns der Organisation Todt beschafft worden sei. Traudel weinte, aber sie schwieg, und auch das Nesthäkchen, die neunjährige Siegburg, schrie. Anna Helena schloss sich in der Küche ein.

Von diesem Tag an wurde Heinz Dieter Faigle zu einem Fremden in der eigenen Familie. Ihm blieben nur die Hühner. Er verbrachte ganze Tage bei ihnen sowie am Radio. Je aberwitziger das Elend der letzten Kriegsmonate wurde, desto mehr überkam Heinz Dieter Faigle eine unbändige Freude und eine seltsame Genugtuung. Genau das hatte er vorausgesehen, dagegen hatte er angekämpft. Er war und blieb im Recht!

Dann kam die Kapitulation.

Nach kurzer Zeit kehrten Heinz Dieters versprengte Parteigenossen aus ihren Lagern zurück und nahmen wieder ihre alten oder sogar noch höhere Posten ein. Dann war auch Heinz Dieters Stunde gekommen: Er wurde Direktor der Versicherungskasse.

Nun erwies sich Heinz Dieter Faigle »mit diesen Beinen« als einer der einflussreichsten Männer im ganzen Ort. Er war die Nummer zwei nach dem Bürgermeister, denn die Versicherungskasse war die einzige Behörde im Ort, bei der es noch Geld gab.

Zügig wollte sich Direktor Faigle daran machen, seine

Behörde von Nationalsozialisten zu säubern. Aber plötzlich gab es gar keine Nationalsozialisten mehr. Kein Beamter, kein Pfifferlinger hatte jemals für Hitler gestimmt oder überhaupt etwas von ihm wissen wollen. Nie hatte Hitler so viele Gegner gehabt wie nach der Kapitulation. Selbst der Pförtner, der Heinz Dieter nach seiner Entlassung nicht einmal mehr gegrüßt hatte, schlug sich jetzt auf die Brust. Alle schworen sie Stein und Bein, nur unter Druck und wegen der Drohungen der Parteibonzen so gehandelt zu haben. Die Parteibonzen waren wiederum durch unglaubliches Pech, eine unheilvolle Verkettung von Zufällen oder durch Zwang und Drohung seitens noch höherer Bonzen in ihre Führungspositionen gedrängt worden. Folgte man der natürlichen Ordnung von oben nach noch weiter oben, landete man zwangsläufig ganz oben bei Hitler, der die schlimmsten Drohungen ausgestoßen hatte. Aber der Führer war mit Benzin übergossen und verbrannt worden und hatte damit die Schuld aller auf sich genommen.

Einige Beamte hatten es trotzdem für vernünftiger gehalten, die Grenzen der Stadt und des Kreises hinter sich zu lassen. Darunter war auch der für die Pfifferlinger Kriegswirtschaft eingesetzte Aufseher Horst Günter Hassis. Genau diesen OT-Mann hätte Direktor Faigle am liebsten inhaftiert gesehen. Aber solche Dinge waren in Wahrheit nur Kleinigkeiten.

Direktor Faigle triumphierte. Seine Berechnungen hatten sich als richtig erwiesen. Seine Partei jubelte, seine Feinde zitterten. Erneut wurde er von allen gebraucht. Diesmal versammelten sich die Bürger nicht am Schalter, um freimütig zu plaudern, sondern drehten ihre Mützen in der Hand, drückten sich im Wartezimmer herum und warteten geduldig darauf, vor das gnädige Antlitz des Direktors ins Kontor vorgelassen zu werden. Alles war gut, nur dass Heinz Dieter Faigle mit seinem Erfolg allein war. Die Familie brachte dafür nicht das geringste Interesse auf.

Hektische Monate voller Arbeit vergingen, und eines Tages geschah plötzlich ein Wunder: Die Familie taute auf. Anna Helena setzte sich einfach neben ihren Mann wie in alten Tagen und fragte ihn über seine Arbeit und seine Pläne aus. Traudel war heiter und lachte, und die kleine Siegburg wollte Mensch-ärgere-dich-nicht spielen. Heinz Dieter wurde ganz verlegen. Dann überwältigte ihn eine tiefe, aber auch fast fieberhafte Freude. Er konnte kaum noch seine Tränen zurückhalten. Erst jetzt wurde ihm klar, wie sehr er sich nach der Liebe der Seinen gesehnt hatte. Endlich waren die finsteren Jahre vorüber. Er hatte Arbeit, Ehre und Familie zurückgewonnen. Er umarmte die Seinen herzlich und hätte schwören können, dass von diesem Tag an kein Familienvater in ganz Pfifferlingen liebevoller verwöhnt und verehrt wurde als er.

Oft dachte Faigle, dass Anna Helena jetzt eher sagen würde: »Lieber verkrüppelt als tot.« Trotz seiner Verkrüppelung war ihr Mann einer der Oberen im Ort. Erfolge faszinierten Frauen, ob jung oder alt.

Die Familie saß abends wieder beisammen wie einst vor dem Krieg, plauderte und besprach allerlei. Heinz Dieter ließ sich manchmal sogar so weit herab, dass er sich halb im Spaß nach den Gedanken seiner Frau in Angelegenheiten der Kassenverwaltung erkundigte. Die Familie kannte jetzt alle seine großen Pläne. Direktor Faigle wollte nach oben in die Kreisfinanzverwaltung aufsteigen, zur Bezirksverwaltung, gar bis zu den obersten deutschen

Behörden, die man irgendwann in dem besetzten Staat würde gründen müssen und in denen seiner Partei maßgeblicher Einfluss zukommen würde. Seine Hände und sein Name waren während der gesamten Zeit des Dritten Reichs untadelig und rein geblieben.

Rein! Tausendmal hatte er gegenüber den Seinen betont, wie wichtig es selbst bei Kleinigkeiten war, Gesetze und Anordnungen zu befolgen. Wenn ihm, dem Vertrauensmann und Direktor, jetzt auch nur der geringste Fehler unterlief, wäre er als Mensch für alle Zeiten erledigt.

Und nun dieser Brief! Es gab Heimlichkeiten in seinem Haus, und was geheim war, war auch verboten.

Der widerwärtige Brief klebte vor ihm auf dem Tisch. Wie gern wollte er ihn von sich stoßen, vernichten, zurück ins Nichts jagen! Aber irgendetwas in der Tiefe seines Herzens sagte ihm, dass der Brief die Wahrheit enthielt.

»Seit zwei Monaten«, stand dort geschrieben. Genauso lange dauerte sein neues Familienglück. Er verzog das Gesicht, als hätte er Gift geschluckt, und verbarg das Gesicht in den Händen. Diese Versöhnung war zu schnell gekommen. Die Frauen verhielten sich ihm gegenüber viel zu süßlich und liebenswürdig. Sie verwöhnten und umsorgten ihn viel zu sehr. Selbst die einst so ausgelassene und verzogene Siegburg war brav geworden und lächelte ihn immer liebevoll an. Nur ihre Hände zuckten und zitterten, wenn er sie streicheln wollte. Plötzlich war sie schüchtern und zaghaft geworden. Das gesunde kräftige Kind, das sich nicht vor Lärm und Schüssen gefürchtet hatte, sprang jetzt beim leisesten Geräusch auf, wurde bleich und jammerte oder schrie sogar im Schlaf.

Erst gestern war er ein bisschen früher als sonst nach Hause gekommen. Als er zum Abendessen Platz nahm, polterte etwas auf der Treppe in der Diele. Siegburg schrie auf und wurde totenbleich, um dann plötzlich laut zu singen und zu lachen. Der Direktor wand sich schmerzvoll in seinem Sessel. Wer hatte in der Diele poltern können, während sie alle vier zu Tisch saßen? Sein Gedächtnis bohrte sich in die jüngere Vergangenheit wie in einen lebenden Körper. Er erinnerte sich, wie er erst kürzlich bis Mitternacht wach gelegen und nachgedacht hatte. Plötzlich war es ihm gewesen, als hätte jemand leise die Haustür geöffnet und wieder geschlossen. Er selbst konnte natürlich nicht nachsehen, denn es dauerte eine gute halbe Stunde, bis er sich in seinen Apparat gezwängt hatte. Er wollte seine Frau losschicken, aber die lachte nur und beschwichtigte ihn.

Ein Vorfall nach dem anderen, eine Kleinigkeit nach der anderen, Andeutungen, Gesten und Geräusche krochen aus dem Morast seiner Erinnerungen hervor wie ekelhafte Insekten. Die Zweifel wurden immer heftiger und schnitten wie scharfe Messer in seine Adern.

Zuletzt hatte ihn Anna Helena um den Haustürschlüssel gebeten, weil sie ihren angeblich verloren hatte. Von da an musste er jedes Mal bei der Rückkehr von der Arbeit klingeln wie ein Fremder. Sofort tauchten dann im Küchenfenster seine Frau oder Traudel mit einem reizenden Lächeln auf und ließen ihn eintreten. Nun tastete der Direktor in seiner Tasche nach dem verlorenen Schlüssel, den er erst an diesem Morgen bei der Suche nach einem weiteren Kragenknopf im Nähkästchen seiner Frau entdeckt hatte. Er hatte sich den Kopf darüber zerbrochen, mit welchem Scherz er seine Frau zur Rede stellen sollte, doch jetzt verwünschte er seine Begriffsstutzigkeit – schließlich war seine Frau ständig am Nähen und

Flicken. Natürlich! In seinem Haus hielt sich ein Fremder versteckt. Ein Fremder? Die Armlehnen knackten in seiner steifen Umklammerung. Es war gut möglich, dass er diesen Menschen nur allzu gut kannte!

Ihn überkam eine fürchterliche Wut. Diese Frauen waren nicht davor zurückgeschreckt, ihn am Nasenring herumzuführen, ihn, den weitsichtigen scharfsinnigen Politiker, den klügsten und findigsten Mann in ganz Pfifferlingen! Wo war sein klarer Blick geblieben, sein scharfer Verstand, den alle so sehr rühmten? Der Direktor wusste nicht, was ihn mehr erboste – der Verrat als solcher oder dass es den Frauen gelungen war, ihn hinters Licht zu führen.

Richtig, er war ein Narr! Er war jahrelang nicht mehr auf den Dachboden hinaufgestiegen. Jeder konnte dort tun und lassen, was er wollte. In den Dachkammern türmten sich nicht benötigte Möbel, alte Flaschen und allerlei anderer Krempel. Was hätte er dort auch zu suchen gehabt? Außerdem war Klettern für ihn die mühsamste Sache der Welt. Sein Apparat gestattete ihm nur, die Beine hinter sich herzuziehen, nicht aber, sie anzuheben. Deshalb musste er auf jeder Stufe seine Hände gegen die Geländer pressen. Die drei Stufen bis zum Arbeitszimmer des Direktors, die er jeden Morgen vor den Augen der vielen Wartenden überwinden musste, waren das Einzige gewesen, das ihn in der letzten Zeit noch geärgert hatte.

Eine heftige Bitterkeit erfasste den Direktor wie ein todbringender Sandsturm. Die goldenen Staubkörner, die im Sonnenstrahl tanzten, senkten sich auf ihn herab wie ein Aschereregen. Galle stieg empor und gerann in seinem Mund. Was für einen Sinn hatte es, sich so zu quälen und sich durch mitleidige oder verächtliche Blicke erniedrigen zu lassen, was für einen Sinn hatten die Karriere und das ganze Leben, wenn alles, selbst das eigene Haus, das zuletzt so sonnig und fröhlich gewesen war, nur eine Brutstätte von Betrug und Verrat war? Zum ersten Mal in seinem Leben fühlte sich der zähe Invalide gebrochen und ohnmächtig. Viel ohnmächtiger, viel niedergeschlagener als damals, als ihn die Nationalsozialisten aus seinem Amt jagten und seine Partei zerschlugen.

Sein Kragen drückte so, dass er kaum noch Luft bekam und würgen musste. Mit Schaudern dachte er an seine Pflichten als Direktor. Alle Anträge, Anordnungen und Auskünfte hatten sich zu einem einzigen Knäuel zusammengeballt.

Dann ging dieser Augenblick der Schwäche vorüber. Wütend griff er nach dem Telefonhörer und rief zu Hause an.

»Traudel! Hol deine Mutter und komm sofort mit ihr zum Rathaus! Ihr müsst hier allerhand Unterlagen unterzeichnen. Nein, ich kann das nicht an eurer Stelle tun. Das ist eine Anordnung der Militärverwaltung. Beeilt euch!«

Dann ließ der Direktor das Auto vorfahren. Heinz Dieter Faigle stand das einzige Kraftfahrzeug mit einem Vergaser zur Verfügung, das man nach all den durch den Krieg verursachten Umwälzungen der lokalen Verwaltung überlassen hatte. Auch dieser Traum war in Erfüllung gegangen, wenngleich zu spät, wie das üblicherweise mit Träumen der Fall ist. Jetzt humpelten und hinkten unendlich viele auf Krücken gestützte Kriegsversehrte ohne Beine und mit Kopfverletzungen über die Pfifferlinger Straßen, und keinem Lausebengel wäre es jetzt noch in den Sinn gekommen, ihnen nachzustellen. Doch Auto blieb Auto, und wenn sich der Direktor bequem in den Sitz zurücklehnte und an den Fußgängern vorbeiglitt, die sich mühsam die mal schlammige, mal staubige Straße entlangquälten, überkam den Direktor stets das warme Gefühl der Überheblichkeit. Als er heute den Wagen für sich kommen ließ, fühlte er zum ersten Mal weder Freude noch Stolz.

Das Wartezimmer und der Flur waren voller Leute, die verwundert und enttäuscht beobachteten, wie der Direktor davonging. Nur unter Mühen zog er sein verächtliches überhebliches Grinsen auf und klammerte sich fieberhaft am Geländer fest. Eine seltsame Schwäche hatte ihn erfasst. Er schaffte es gerade eben, die drei grässlichen Stufen hinunterzuklettern und sich durch die Tür des Autos zu zwängen, das sofort von Bittstellern umringt wurde. Es war bekannt, dass der Direktor viel zugänglicher war, wenn er durch das Autofenster sprach, als in seinem Arbeitszimmer. Aber diesmal befahl Heinz Dieter barsch, sofort loszufahren.

Einen Augenblick lang verfluchte er von Herzen den misslungenen Wurf, der den verheerenden Brief zurück auf seinen Tisch hatte flattern lassen und seinen Herzensfrieden zerstört hatte. Vielleicht waren die Geheimnisse der Frauen gar nicht so schlimm? Er war immer so streng gewesen, und vielleicht hatten die Frauen deshalb Angst. Womöglich versteckten sie nur eine Verwandte, eine ausgebombte Base, die sich für ein paar Tage hierher verirrt hatte? Ganz Deutschland war überfüllt mit Flüchtlingen und Vertriebenen, und ein kluger Mann sollte nie seine Nase in die Angelegenheiten von Frauen stecken.

Der Direktor sehnte sich so sehr nach dem alten unbeschwerten Frieden und den behaglichen Abendstunden im gemütlichen Wohnstübchen, dass er schon den Chauffeur am Ellbogen berühren wollte, um ihm zu bedeuten, er möge wieder umkehren.

Doch das Auto kam auch so zum Stehen, denn da winkte die kleine Siegburg auf dem Heimweg von der Schule. Der Chauffeur wusste, wie gerne der Direktor mit seiner Jüngsten spazieren fuhr, und hielt aus alter Gewohnheit an. Aber als Heinz Dieter Faigle das Lächeln im Gesicht der kleinen Verräterin sah, schnaubte er verächtlich: »Weiterfahren!« Das Auto rollte davon, und Siegburg riss verständnislos die Augen auf.

Als sich der Direktor seinem Haus näherte, beobachte er scharf die Vorhänge. Sie regten sich nicht. Aber waren sie nicht vor ungefähr zwei Monaten durch deutlich dickere ausgewechselt worden?

Er schloss rasch die Tür auf und kämpfte sich die Stufen empor. Das Haus hatte nur einen Ausgang: Wer auf dem Dachboden war, saß in der Falle.

Im ersten Stock fiel ihm nichts Verdächtiges auf. Die Tür zum Esszimmer stand halb offen, aber das hatte noch nichts zu bedeuten. Als er sich den halben Weg zum nächsten Stockwerk emporgekämpft hatte und seinem Atem lauschte, war es ihm, als seien weiter oben leichte Schritte in Pantoffeln zu vernehmen. Er umklammerte mit den Kräften der Verzweiflung das Geländer. Aber vielleicht war das nur der Blutdruck in seinen Schläfen?

Die Schlafzimmer auf dem Dachboden waren wie üblich nicht abgeschlossen. Eines war vollgestopft mit allerlei Krempel, den Fahrrädern der Söhne, Skiern und sonstigem Hausrat. In der Mitte stand ein Bett, aber die Matratze lag oben über den alten Decken. Es machte einen überaus unordentlichen Eindruck. Das war in einem so sorgfältig aufgeräumten Haus recht ungewöhnlich, doch fühlte sich Heinz Dieter durch diesen Anblick zutiefst erleichtert. In einem solchen Bett schlief bestimmt niemand. Zudem war es schwer, sich einen so geschickten und findigen Einfaltspinsel vorzustellen, der es bei seiner überstürzten Flucht auch noch geschafft hätte, alles von unten nach oben zu drehen.

Heinz Dieter stieß die Tür zum Dachboden auf. Dort war alles leer, der Boden sauber gekehrt. Wie bei allen anständigen Pfifferlingern war an den Wänden gut getrocknetes Holz ordentlich aufgeschichtet. In der Mitte führte eine steile schmale Stiege zum Spitzboden empor. Heinz Dieter spürte, wie in ihm neues Leben erwachte. Der Brief war eine Lüge!

Plötzlich drang ein Sonnenstrahl durch das schmale Fenster und ließ den Raum warm und behaglich wirken. Der Stiege warf einen verspielten Schatten auf den Boden, und Heinz Dieter blickte zu der Luke in der Decke empor. Es gehörte zu seiner Natur, nichts unerledigt zu lassen. Er wollte bis ganz nach oben steigen, um auch die letzten Zweifel auszuräumen. Das war mühsam, weil die Stufen und das Geländer besonders steil anstiegen. Auf halbem Wege wollte Heinz Dieter es schon damit bewenden lassen und sich wieder nach unten begeben, aber er wurde von einem seltsamen Trotz und der eigenartigen Freude angetrieben, sich von der Lügenhaftigkeit des Briefs zu vergewissern.

Schweißüberströmt, mit zitternden Händen und rasendem Puls erreichte Heinz Dieter den Spitzboden. Nur zweimal in seinem Leben war er überhaupt heraufgeklettert: als das Haus gebaut wurde und heute.

Der Spitzboden war leer.

Das verächtliche und hoffärtige Grinsen, das Heinz Dieter in seinem Arbeitszimmer unter solchen Qualen in sein Gesicht gezwungen hatte, war jetzt triumphierend und erstrahlte ganz von selbst. Wie immer hatte er recht gehabt!

Es war gut, wenn ein Mensch alles so scharf und aufmerksam beobachtete und deutete wie er, Heinz Dieter Faigle, aber dieses Mal hatte er es dennoch ein wenig übertrieben. Schließlich mussten Vorhänge ab und zu gewechselt werden, seine Frau mochte den Schlüssel erst an diesem Morgen wiedergefunden haben, und die Scheu von Siegburg, der Kriegstochter, war leicht nachvollziehbar, zumal auch seine Nerven nicht mehr dieselben waren wie früher. Er hatte in der Nacht Gespenster gehört, und nun war es schon so weit gekommen, dass ihn die Freundlichkeit seiner eigenen Familie misstrauisch werden ließ.

Heinz Dieter weidete sich an dem leeren Raum, liebkoste mit seinem Blick den kleinen Haufen Dachpfannen, die Späne und einige zerbrochene Möbelteile, die zu klein waren, um sich dahinter zu verstecken. In der Mitte des Spitzbodens erhob sich der Rauchfang, der durch das ganze Haus verlief und der einzige Ort war, hinter dem sich hier ein Mensch hätte verstecken können.

Direktor Faigle schmunzelte über seine Hirngespinste und machte noch ein paar Schritte in Richtung Rauchfang, um sich ein weiteres Mal über seinen Scharfsinn zu freuen. Als er jedoch wegen seiner besonderen Gangart vorneüber auf die Knie fiel, blickte er wie zufällig auf den verstaubten angeschlagenen Spiegel, der den Raum hinter dem Rauchfang zeigte.

Direktor Faigle erstarrte in seiner gebückten Haltung, als wollte er wie ein wütender Stier mit gesenkten Hörnern auf den Rauchfang zustürmen. Zwanzig Sekunden lang war in der drückenden Stille des Raums nur das scharfe Rasseln seines Atems zu hören.

Dann gaben die Federn seines Beinapparats einen scharfen Klang von sich. Die Hände des Direktors ruderten in der Luft herum, aber zum Glück bekam er die quer durch den Raum gespannte Wäscheleine zu fassen.

Unten fiel eine Tür ins Schloss, erklangen weibliche Stimmen, hallten Schritte auf der Treppe. Seiner Frau und den Töchtern hatte Ungutes geschwant, und so waren sie vom Rathaus nach Hause geeilt.

Heinz Dieter ließ die Wäscheleine los, machte auf dem Absatz kehrt und griff nach dem Geländer. Auf dem Holzboden standen Anna Helena und seine beiden Töchter, reckten die Hälse starrten mit aufgerissenen Augen und Mündern nach oben. Ihre Hände verkrampften sich, und sie sahen verblüfft zu, wie der Hausherr die steile Treppe herunterkletterte und mühsam die Beine hinter sich herzog, sodass sein Gesicht vor Anstrengung dunkelrot, ja fast lila anlief und die Venen auf der Stirn und an den Händen anschwollen.

Als Direktor Faigle unten angekommen war, wischte er sich die Schweißperlen von der Stirn, atmete tief durch und fragte mit seinem überheblichen giftigen Grinsen: »Wo wart ihr denn? Als ich nach Hause gekommen bin, habe ich das Haus leer vorgefunden. Vollständig leer. Da dachte ich: Vielleicht habt ihr euch aus dem Staub gemacht, um mir einen Possen zu spielen. Oder einfach nur Verstecken?«

In drei Gesichtern spiegelten sich blankes Entsetzen und unerträgliche Spannung wider. Heinz Dieter sah, wie rasch sich Traudels Brust hob und senkte und wie sehr sie versuchte, ihre Aufregung zu überspielen.

»Dort oben liegt ein alter Spiegel. Er hat zwar einen Sprung, zeigt aber noch eine ganze Menge. Das Ding muss da weg. Ihr wundert euch darüber, dass ich oben war? Ein guter Hausherr muss ja schließlich von Zeit zu Zeit überprüfen, ob im Haus alles in Ordnung ist. Nicht wahr, Anna Helena? Nicht wahr, Traudel? Und was sagst du dazu, Siegburg?«

Der Direktor beobachtete, wie in den Gesichtern der Frauen ein Fünkchen Hoffnung aufglomm, wenngleich dies nur eine von entsetzlichen Sorgen gequälte Hoffnung war. Unwillkürlich streifte die Hand des Direktors unter der Nase entlang, als wolle er prüfen, ob dort der Ring steckte, an dem ihn die Frauen herumführten wie einen Farren. Dann zitterten seine Wangen, und er biss die Zähne zusammen.

»Ich muss jetzt losfahren. Ihr werdet morgen wiederkommen, um zu unterschreiben.«

Als er den Dachboden verließ, war es, als ob hinter seinem Rücken ein erleichtertes Seufzen erklang. Anna Helena lief sogleich ihrem Mann hinterher: »Heinz Dieter, willst du nicht Mittag essen?«

»Dafür ist es noch zu früh.«

»Ich brate dir schnell etwas. Traudel hat gestern schöne Eier vom Land mitgebracht …«

»Die will ich nicht. Und Traudel muss nicht so auffallend oft zu den Verwandten fahren.«

»Magst du vielleicht du ein Glas Most?«

»Nein!«

Siegburg eilte dienstbeflissen herbei, um ihm seinen Stock zu reichen, den er immer an das Treppenende lehnte, um die Hände für den Aufstieg frei zu haben.

»Du scheinst deinen alten hinkenden Vater sehr zu

lieben, Siegburg?«, fragte der Direktor mit zusammengekniffenen Augen.

»Ja, sehr«, flüsterte das Mädchen verlegen und wurde rot.

Heinz Dieter Faigle ließ sich wie bewusstlos auf den Autositz gleiten, ohne Gedanken und Gefühle. Erst als er im Direktorenstuhl in seinem Arbeitszimmer saß, kam er wieder zu Bewusstsein.

Für einen kurzen Augenblick fühlte er sich merkwürdig erhaben. Er war ein wahrer Mann und Meister. Wie wunderbar hatte er sich beherrscht! Mit keiner Wimper hatte er gezuckt! Und jetzt? Noch war nichts passiert, er hatte nichts gesehen, noch standen ihm alle Wege und Möglichkeiten offen. Trotzdem stand er jetzt vor dem Scherbenhaufen seines Lebens. Sah so das würdevolle Verhalten eines großen Staatsmannes aus? Der Direktor hieb mit der Faust auf den Tisch. Man würde sehen, wer wen an der Nase herumführte!

Doch was für ein kläglicher Triumph wäre das! Nicht durch seinen scharfen Verstand war der Verrat entdeckt worden, sondern durch einen Brief, den irgendein allzu aufmerksamer Nachbar verfasst hatte. Der würde ab jetzt immer sagen können: »Heinz Dieter, dein hoffärtiges Grinsen ist nichts als eine erbärmliche Maske. Du bist ein Narr!«

In seinem Kopf drehte sich alles. Unzählige zornige Gedanken durchfuhren sein Gehirn, der eine abstoßender und schrecklicher als der andere. Er wälzte seinen Kopf von der einen Hand in die andere wie eine heiße Kartoffel. Die teuflische Schlinge hatte sich längst um seinen Hals zusammengezogen. Selbst wenn er es dem hinter dem Rauchfang verborgenen Mann ermöglicht hätte, heimlich, still und leise zu verschwinden, als sei er nie da gewesen, wäre doch nichts erreicht.

Direktor Faigle kannte seine Nachbarn, kannte seine Pfifferlinger. Wenn jemand ein Fangnetz nach ihm ausgeworfen hatte, konnte er mit Sicherheit davon ausgehen, dass alles bis zum allerletzten Detail genau ausgeklügelt war. Sollte er den versteckten Betrüger einfach entkommen lassen? Wieder sah der Direktor vor seinem inneren Auge, wie sich die Blicke seiner Frau und seiner Töchter bleich vor Furcht in ihn bohrten, wie Traudel gegen ihre Erregung ankämpfte und sich bemühte, ihren Atem zu beherrschen. Der Mann hinter dem Rauchfang war keineswegs irgendein Flüchtling, sondern hatte gesunde, voll bewegliche Beine und konnte viel besser die Rolle des Hausherrn erfüllen als er, der Heinz Dieter Faigle »mit diesen Beinen«. Vermutlich tat er das während seiner Abwesenheit auch. Sogar für Siegburg war er ein besserer Gefährte als der strenge, ewig misstrauische Vater. Wie erschreckend überflüssig und gnadenlos einsam er plötzlich geworden war!

Dann dachte er wieder daran, wie er im Spiegel das verhasste rotwangige Gesicht des Mannes gesehen hatte, den man zwei Monate lang dort versteckt und reichlich verpflegt hatte, und wie dieser Mann hinter dem Rauchfang sehnsüchtig zur Dachluke emporgeblickt hatte, seine letzte Rettung, die er nicht mehr rechtzeitig erreicht hatte. In der Vorstellung des Direktors schwoll das fette Gesicht zu einem bedrohlichen Fleischberg an, der alles Licht, alle Wege, Gänge und Ritzen überwucherte und ihn, den mächtigen Direktor, für alle Zeiten wieder zurück in die Bedeutungslosigkeit zwang, ihn zum bemitleidenswerten Heinz Dieter »mit diesen Beinen« machte. Alle würden darüber frohlocken, dass er es nicht geschafft hatte, sich in einem Amt zu halten, das für einen Narren wie ihn eine Nummer zu groß war.

Heinz Dieter rieb sich das Gesicht und die Augen, als wäre er aus einem gruseligen Albtraum erwacht. Rasch griff er nach einer Feder und schrieb mit ungelenker Hand:

»An die Pfifferlinger Kriegskommandantur.

Im Haus des Bürgers Heinz Dieter Faigle in der Bismarckstraße versteckt sich der lange gesuchte OT-Hilfsingenieur Horst Günter Hassis, der von Hitlers Kriegswirtschaft für Pfifferlingen eingesetzte Aufseher.«

Dann nahm er ein weiteres Blatt und verfasste folgendes Schreiben:

»Sehr geehrter Herr Landrat!«

Eine namenlose Müdigkeit ergriff seinen Körper und Geist. Trotzdem fuhr er fort:

»Bitte entbinden Sie mich vom Amt des Direktors der Pfifferlinger Versicherungskasse …«

An dieser Stelle fiel die Hand des Direktors auf den Tisch herab, die Feder entglitt seinen Fingern und rollte über den Tisch. Als kurze Zeit später der Sekretär den Raum betrat, war Direktor Heinz Dieter Faigle bereits tot.

FABRIKANT EMIL

Von Weltschmerz und Seelenpein geplagt lief Emil Maute auf dem Pfifferlinger Friedhof auf und ab. Unter die Bilanz seines Lebens konnte er schon jetzt einen Strich ziehen, und zwar einen dicken Strich. Wozu taugte diese Welt eigentlich und was war das Leben wert, wenn man immer nur Kriege verlor und weiteres Ungemach erdulden musste? So betrachtet war es keinen roten Heller wert. Was blieb beispielsweise von einem Menschen nach so viel Gram und Leid übrig? Höchstens ein Grabstein, auf dem außerdem nicht einmal etwas Vernünftiges stand.

Würde auch nur einziger Mensch im Vorbeigehen innehalten und sich die Mühe machen, die verwitterte Inschrift »Emil Maute, Wirker« zu lesen? Natürlich nicht. Warum also sollte er der Nachwelt so etwas mitteilen?

Eben dieser Mensch würde auch dem ganzen anderen Unsinn keine Beachtung schenken, wie »Ruprecht Seller, Zuschneider«, »August Illg, Näher«, »Berta Leontine Ammann, Hutmachergattin« und erst recht nicht »Friedbert Merz, Kaufmann«. Gerade der Bezeichnung »Kaufmann« brachte niemand eine besondere Wertschätzung entgegen, denn als Kaufmann bezeichnete man in Pfifferlingen jeden Bürolaufburschen und alle, die es in keine anständige geregelte Position geschafft hatten. Aber sein Blick würde unweigerlich auf den großen Stein mit der Inschrift »Balzer Blickle, Fabrikant« fallen und lange dort ruhen. »Ach«, würde er sagen, »ein Fabrikant!«

Ganz genau, ein Fabrikant! Wie gut war es Balzer Blickle doch im Leben ergangen, und wie gut mochte es ihm gar im Tod ergehen! Wer trug schon auf seinem Grabstein den Titel »Fabrikant« und konnte allen widrigen Umständen zum Trotz von sich sagen, dass er nicht vergeblich gelebt hatte und dass das irdische Treiben keineswegs nur albern, nutzlos und ungerecht war?

Fabrikant! Wie eindrücklich, elastisch und vornehm dieses Wort doch klang! Das »F« verlieh ihm etwas Stolzes und Aristokratisches, das rollende »r« eine wirbelnde Wucht und eine erwartungsvolle Unrast, und die Endung »-ant« stand immer für ein bedeutendes Amt oder eine wichtige Position, zum Beispiel »Intendant«, »Leutnant«, »Kommandant« oder »Repräsentant«.

Natürlich konnte keine dieser Bezeichnungen auch nur im Entferntesten mit dem Begriff »Fabrikant« konkurrieren. Das Wort »Fabrikant« war etwas ganz Besonderes, rund und vollkommen. Fabrikant stand für Macht und bedeutete Ruhm im Diesseits wie auch im Jenseits.

Aber verhielt es sich so? Emil Maute quälte sich mit dieser schicksalsschwangeren Frage herum und kehrte wieder und wieder zu ihr zurück: Warum sollte nicht auch er zum Kreis dieser Auserwählten gehören? Warum konnte nicht auch er eines Tages unter einem Stein ruhen, auf dem »Emil Maute, Fabrikant« stand und der stets die Vorübergehenden zum Betrachten und Nachdenken veranlasste? Verdient hatte er sich das mehr als jeder andere Pfifferlinger. Sein ganzes Wirkerleben lang, all die zähen zweiundzwanzig Jahre bis zu den letzten Monaten vor dem Zusammenbruch, hatte er nicht eine einzige Arbeitsstunde versäumt.

Freilich verlief das Leben in Pfifferlingen in geregelten Bahnen, und solange einem Gott Gesundheit verlieh, durfte niemand bei der Arbeit fehlen. Doch was war der Lohn für diesen Lebenskampf? Die einen hatten ein winziges Eigenheim in einer langen Reihe ähnlicher Häuschen, Balzer Blickle besaß dagegen eine Fabrik und eine Villa.

Fabrikant Blickle war erst im vergangenen Jahr gestorben, Emil Maute hatte ihn gut gekannt. Anfangs war Balzer ein Wirker gewesen wie alle anderen auch. Sogar ein schlechterer, da er nur mit sechs Wirkstühlen auf einmal zurechtkam, während alle Wirker aus der Familie von Emil Maute mit Leichtigkeit acht oder sogar deren zehn bedienten.

Die Sparsamkeit der Pfifferlinger war weit und breit sprichwörtlich. Tatsächlich wurde in der ganzen Stadt so gut wie kein einziger Pfennig unnötig oder voreilig ausgegeben. Aber selbst die knauserigsten Pfifferlinger behaupteten, dass es Balzer damit übertrieb und ein Sonderling sei. Er heiratete erst spät, aß nur trocken Brot, strebte nicht nach einem Häuschen und gönnte sich nicht einmal Sonntagskleidung. Selbst an Feiertagen, wenn sich die ganze Stadt gemäß althergebrachtem Brauch zu einem Spaziergang in die Umgebung aufmachte, saß er zu Hause und war mit irgendetwas beschäftigt. Doch eines schönen Tages erfuhr die Stadt zu ihrer Überraschung, dass Balzer die Wirkerei verlassen hatte und allein zu Hause mit zwei eigenen Wirkstühlen arbeitete, und an seiner Tür prangte ein schwarzes Schild, auf dem mit goldenen Buchstaben geschrieben stand: »Balzer Blickle, Trikotfabrik«.

Zuerst lachten Balzers frühere Arbeitskameraden und machten sich über seine Fabrik mit ihren zwei Wirkstühlen lustig, aber schon bald verging ihnen das Lachen. Von Jahr zu Jahr verdoppelte Balzer die Zahl seiner Wirkstühle, mietete immer größere Räumlichkeiten an und errichtete schließlich ein eigenes prächtiges Fabrikgebäude. Nach seiner Konfirmation begann Emil in Balzers Wirkerei zu arbeiten, webte dort zwanzig Jahre lang und schaffte auch dann weiter, als Balzers Sohn Jakob die Fabrik erbte.

Warum hatte er, Emil Maute, nicht ein bisschen mehr aus sich gemacht und Geld für wenigstens einen Wirkstuhl gespart? Wer würde all die Gründe jemals erklären können? Einer war beispielsweise die schöne Wirkerin Marta gewesen, der es nicht an Verehrern gefehlt hatte. Emil lächelte selbstbewusst: Es war keine Kleinigkeit gewesen, sogar den Meister der Fabrik aus dem Sattel zu heben. Balzer hatte dagegen eine unansehnliche Witwe geheiratet, die überdies als dumm galt. Aber ihre Anziehungskraft rührte von dem Grundstück, auf dem Balzer später sein Fabrikgebäude errichtete.

War Balzer letzten Endes nicht doch klüger gewesen? Seine Fabrik wuchs und gewann an Wert, während die schöne Marta nach vielen Ehejahren zu einer ganz gewöhnlichen Frau mittleren Alters geworden war und heute wohl keinen Verehrer mehr finden würde. Plötzlich wurde Emil Maute von einer heftigen Trauer erfasst, denn er erkannte, dass er sich lieber auch ein bisschen mehr angestrengt hätte und ein Eigenbrötler geworden wäre.

Doch dann brach der Krieg aus, ging verloren, und dann ging alles blitzschnell. Der einzige Pfifferlinger Kommunist kehrte aus einem Konzentrationslager zurück, und die Franzosen ernannten ihn in ihrer ersten Begeisterung gleich zum Bürgermeister. Als solcher sorgte er dafür, dass die Pfifferlinger Fabrikanten in das Kreisgefängnis gebracht wurden, entweder wegen der gegen sie erhobenen Anschuldigungen oder einfach nur, weil sie Parteimitglieder gewesen waren. Der neue Bürgermeister sah sie vor sich im Geist bereits liquidiert, ihr Vermögen verstaatlicht und sich selbst als Verwalter. Also wiegelte er die Arbeiter auf.

»Eure Stunde hat geschlagen oder ist so gut wie gekommen! Bald werden alle Menschen gleich sein!«

Die Wirker schüttelten ungläubig ihre Köpfe. Gleich? Das wollten sie gar nicht sein. Jeder sparsame Mensch hoffte voranzukommen. Aber voranzukommen bedeutete auch, dass man dann andere hinter sich zurückließ. Alle gleich? Das würde bedeuten, dass auch der einzige Pfifferlinger Saufbruder, ein verkrachter Fuhrmann, gleich wie alle anderen wäre. Es war nur allzu klar, dass man so jemanden nicht einfach auf eine Stufe mit einem ehrlichen Wirker stellen konnte. Um Gleichheit zu erreichten, hätten sich folglich die anderen zu ihm herablassen müssen. Nein, die Idee von der Gleichheit aller begeisterte die Pfifferlinger Wirker nicht im Geringsten.

Aber der Bürgermeister hatte noch weitere Versuchungen im Köcher. Er rief: »Genossen, wenn ihr euch der Partei anschließt, dann werden diese Fabriken euch selbst gehören!«

Doch die Wirker schüttelten erneut ihre Köpfe. Die Fabriken sollten ihnen allen gehören? Was für ein Unsinn war das denn? Die Pfifferlinger wussten genau, dass jede Sache mit auch nur zwei Eigentümern zu endlosen Unannehmlichkeiten und Missverständnissen führte. Zu Pfifferlingen gehörten beispielsweise ausgedehnte Schafweiden auf den unfruchtbaren Kalkhängen rings um die Stadt. Viele Pfifferlinger hielten dort Schafe, die alle gemeinsam von einem entlohnten und gut ausgebildeten Schäfermeister gehütet wurden. Wer sich kein ganzes Schaf leisten konnte, dem gehörte die Hälfte oder ein Viertel an einem Tier. Aber wie unglücklich waren diese Teilhaber! Wenn einer sein halbes Schaf schlachten wollte, dann wollte der andere mit Sicherheit seine Hälfte behalten, um Wolle zu gewinnen. Gab es vier Eigentümer, wurde die Lage erst recht vertrackt. Was würde da erst passieren, wenn Pfifferlingens Fabriken allen gehörten? Dann drohte wahrlich die Hölle auf Erden!

Die misstrauischen sturen Pfifferlinger blieben zurückhaltend und mochten nicht einmal die Stirn runzeln. Je aufmerksamer Emil den einstigen Wirker und jetzigen Bürgermeister beobachtete, desto mehr verstärkte sich bei ihm der Eindruck, dass dieser gar nicht so sehr nach der gepredigten Gleichheit strebte. Aus den gelblichen Augen des Kommunisten las Emil etwas ganz anderes heraus, nämlich den Wunsch aller Pfifferlinger, selbst irgendwann zum Fabrikanten aufzusteigen. Irgendjemand würde ja doch die Rolle des Anführers erfüllen und Arbeiter einstellen, entlassen, abmahnen und befördern müssen. Wer sonst käme als Verwalter in Frage außer dem Bürgermeister, der das Vertrauen der Partei genoss? In Pfifferlingen gab es viele Fabriken. Ein solcher Verwalter wäre der Fabrikant der Fabrikanten, ein echter Treuhanddirektor, ein Anführer im Kleinformat und besser geschützt als alle anderen Industriellen gemeinsam!

Während Emil diese machtgierigen gelblichen Augen betrachtete, vergaß er sogar, wie die anderen Wirker den Kopf zu schütteln. Das hielt der Bürgermeister vermutlich für ein gutes Zeichen, denn als er die Wärter für die Websäle der inhaftierten Fabrikanten auswählte, erhob er

Emil in die Position des Aufsehers für das Unternehmen von Jakob Blickle.

Das Leben kehrte nicht so rasch in seine gewohnten Bahnen zurück. Viele Monate lang war in Pfifferlingen kein einziger Wirksaal in Betrieb. Nur Emil und einige andere Aufseher begaben sich wie gehabt zu Beginn ihrer alten Arbeitszeit in die Fabriken, blieben dort bis zur Mittagspause und danach bis zum Abend. Nachts passte niemand auf die Fabriken auf, denn die Pfifferlinge schätzten ein geregeltes Leben so sehr, dass auch ein Dieb nur in den für das Tageswerk vorgesehenen Stunden etwas gestohlen hätte.

Wenn Emil den leeren Wirksaal betrat, überkam ihn immer ein erhabenes Gefühl. Die Fabrik wirkte dann nicht leer, sondern sie war einfach nur vor lauter Ehrfurcht beim Eintreten des Fabrikanten verstummt. Wenn Emil das Tor öffnete, nickte er stets wohlwollend zu dem kleinen Fenster, hinter dem sonst der Pförtner saß. Dann ging er gemessenen Schritts zum Kontor, durchmaß den Raum mit den kleinen Tischen an der Wand, auf denen abgedeckte Schreibmaschinen standen, und betrat das Kabinett des Direktors.

Ach, diese Kabinette der Pfifferlinger Fabriken, das Allerheiligste einer jeden Fabrik! Sie waren ein ganzer Roman für sich. In ihnen demonstrierten die Industriellen ihren Geschmack, ihre Weltsicht und ihre gesamte Haltung gegenüber dem Leben. Das Kabinett von Balzer hatte dunkle Tapeten und braune Vorhänge gehabt und mit seinen lederbezogenen Stühlen und schwarzen Eichenschränken so düster und kalt wie eine Katakombe gewirkt. Sein Sohn Jakob hatte das Kabinett dagegen umgehend hell tapezieren lassen. Die Sitzmöbel wurden mit reizenden geblümten Stoffen bezogen, der schwarze Eichenschrank gegen goldene karelische Birke ausgetauscht, und auf den Fensterbrettern prangten Blumen in bunten Vasen. Nun war es war ein freundliches Arbeitszimmer. Es fühlte sich gut an, sich an dem breiten Arbeitstisch in einem bequemen Sessel niederzulassen und den Mikrofonknopf zu drücken.

In solchen Momenten kam es Emil vor, als hätte er schon ganze Generationen hier gesessen. Der Lehnstuhl des Fabrikanten war wie gemacht für seinen Rücken, der mächtige Schreibtisch genau auf seine Größe zugeschnitten. Mehr als das: Seit Jakob Blickle in irgendeinem französischen Kriegsgefangenenlager einsaß, war es Emil, als sei dieser hier nie etwas Besseres als ein einfacher untertäniger Wirker gewesen wie er selbst.

»Was gibt es heute Neues, Fräulein?«, fragte Emil in das Mikrofon. »Ach so? Der Wirker Jakob Blickle wünscht mich zu sprechen? Aha, in einer ernsten Angelegenheit? Was mag für ihn ausgerechnet jetzt so wichtig sein? Es ist ihm sehr daran gelegen, vorgelassen zu werden? Hm. Sofort? Warum diese Eile? Ach so … Nun gut, dann lassen Sie ihn in zehn Minuten hier vorsprechen.«

Für einen Fabrikanten schickte es sich nicht, Besucher sofort zu empfangen wie ein Krämer, bei dem jeder nach Belieben ein- und ausgehen konnte. Ein Fabrikant ließ warten. Was die Länge dieser Wartezeit betraf, war es wie mit der Sprache der Briefmarken oder der Blumen: Man konnte damit vortrefflich ausdrücken, in welchem Verhältnis man zu dem Besucher stand oder stehen wollte. Es war dies ein entzückendes Spielchen. Wenn man allerdings wie in diesem Fall einen eigenen Arbeiter empfing, reichten zehn Minuten Wartezeit vollkommen aus, denn es wäre albern gewesen, aus Stolz eine unnötig lange Abwesenheit von der Arbeit zu veranlassen.

Auch diese zehn Minuten waren kostbare Zeit, und so griff Emil nach einem Staublappen und wischte den Tisch, das Fensterbrett und die Vasen ab, in denen jetzt freilich keine Blumen standen.

Zehn Minuten später lehnte sich Emil mit gewichtiger Miene in seinem Sessel zurück. Als könnte er sich nur mit Mühe von seinen Gedanken und seiner Arbeit losreißen, sagte er: »Na, Jakob, ich habe gehört, dass du mir etwas zu sagen hast? Ach so? Du möchtest heiraten? In so jungen Jahren? Nun ja, das macht gar nichts, lieber zu jung gefreit als zu spät bereut. Ich habe jedenfalls nichts dagegen. Ach so, die Marta, meine Wirkerin? Sieh mal einer an, du hast gar keinen so schlechten Geschmack. Nun ja, hier reden alle die ganze Zeit darüber, dass Marta dem Meister Wohnhas nachläuft. Jetzt bist also du an der Reihe. Tja, der Jugend gehört die Welt. Meinen Segen habt ihr. Was gibt es denn jetzt noch? Wie, eine Gehaltserhöhung? Hm, na ja, mein lieber Jakob, das ist nicht so einfach, wie du dir das vorstellst. Du bist ein guter Arbeiter, ein guter Wirker, da habe ich nichts zu beanstanden. Gerne würde ich eine Mark zu deiner Hochzeit beisteuern. Aber was würden dann die anderen Wirker sagen? Manche von ihnen sind nicht schlechter als du, und schließlich kann ich nicht allen den Lohn erhöhen. Ach so, du willst die Stelle eines Meisters? Dazu bist du noch zu jung, Jakob. Wer behauptet, dass der alte Meister geht? Ach, das soll er selbst gesagt haben? Zu wem denn? Zu der Marta? Ach, deshalb, glaubst du? Mir hat er jedenfalls nichts gesagt. Vielleicht überlegt er es sich ja noch einmal anders, Jakob. Ich glaube sogar, dass er es sich bestimmt noch einmal überlegen wird. Gib dich jetzt vorläufig mit der Marta zufrieden und lass dem Wohnhas wenigstens den Posten des Meisters. Bis zum nächsten Mal, Jakob!«

Na also! Mit Arbeitern musste man freundlich verfahren und trotzdem gleichzeitig streng bleiben – und gerecht.

Als in dem Kabinett keine weiteren Angelegenheiten mehr auf den Fabrikanten warteten, konnte er nachsehen, was im Wirksaal oder in der Spulerei, Zuschneiderei und Näherei geschah. Am liebsten hielt sich Emil freilich in dem großen Wirksaal auf, dem er seine besten Jahre gewidmet hatte. In vier langen Reihen standen dort einhundertzwanzig Wirkstühle, je dreißig in einer Reihe. Die mit Kronen aus Spulen und Nadeln verzierten Walzen waren an langen Eisenstangen an der Decke befestigt. Wenn die Walzen in Betrieb waren, wirkten sie Trikotrollen, die sich darunter langsam zu immer größeren Haufen auftürmten. Wenn es an Platz fehlte, schnitt man sie ab und brachte sie in die Wäscherei, Färberei und später in die Zuschneiderei, wo man den Stoff in längliche Streifen schnitt, um daraus Hemden, Hosen und alles zu machen, wonach das Herz verlangte. Der Wirksaal war das Herz der Trikotfabrik, und die Wirkstühle waren das Symbol Pfifferlingens, sodass die Stadt sogar eine Garnspule ihrem Wappen trug.

In dem weitenläufigen Raum waren sämtliche Maschinen völlig in Ordnung und einsatzbereit. Die Spulen waren voll, das Garn eingezogen. Es hätten nur der Meister den Strom einschalten und die Arbeiter an die Wirkstühle treten müssen, und schon hätten neue Trikotrollen entstehen und die Macht, den Ruhm und das Vermögen des Fabrikanten mehren können. Emil hatte die Maschinen abgedeckt, so gut er es vermochte, und die eine oder andere in Falten herabhängende Zeltbahn erinnerte ihn an

Kittel der unsichtbaren Arbeiter, die an den Wirkstühlen beschäftigt waren.

Emil hielt kurz auf der Schwelle inne und schenkte allen im Raum ein wohlwollendes Nicken. Er blickte mal nach links, mal nach rechts, und schritt gemächlich die Reihe der Wirkstühle ab. Beim letzten blieb er stehen.

»So so, Jakob«, sagte Emil mit gönnerhafter Stimme, »das machst du schon recht gut. Du hast ein gutes Händchen für die Arbeit. Na, sieh mal einer an, mit acht Wirkstühlen kommst du gut zurecht. Willst es dann nicht auch einmal mit zehn versuchen? Zu viel, sagst du? Das ist mitnichten zu viel. Dreh dich nicht um. Ich glaube, Marta arbeitet ein bisschen zu nah bei dir.«

Emil schritt noch die anderen Reihen ab, sprach mit Konrad, Richard und Ludwig und blieb dann bei Marta stehen.

»Ach Marta«, seufzte er, »du bist ein schönes Mädchen. Du kannst so manchem Wirker zum Verhängnis werden. Gott allein weiß, ob sich sein Schicksal durch dich zum Guten oder zum Schlechten wendet.«

Plötzlich drohten ihn düstere Gedanken zu überwältigen. Um sie zu verscheuchen, griff Emil nach einem Besen und begann den Boden des Wirksaals zu kehren. Als er damit fertig war, wischte er ein weiteres Mal mit einem weichen Lappen über die Maschinen und ölte sie ein wenig an der einen oder anderen Stelle.

Emil war ein gewissenhafter Arbeiter. Er verehrte die Maschinen und pflegte sie mit Hingabe, ganz gleich, ob sie Jakob Blickle oder, wie der neue Bürgermeister hoffte, den Wirkern unter der Obhut eines besonders vertrauenswürdigen Parteimanns gehörten.

Am Ende eines solchen langen Tages begab sich Emil

nach Hause und steckte manchmal im Vorbeigehen eine kleine Garnspule in die Tasche. Emil war ein ehrlicher Wirker aus einem ehrlichen Wirkergeschlecht. Nie wäre es ihm in den Sinn gekommen, etwas zu entwenden oder gar zu stehlen. Überhaupt, in Pfifferlingen gab es keine Diebe, und die Stadt war stolz darauf. Wenn die Pfifferlinger das Haus verließen, schlossen sie ihre Türen nicht ab. Taten sie es doch, dann hängten sie den Schlüssel direkt an den Türpfosten als Zeichen dafür, dass der Hausherr nicht daheim war. Ein fremdes Haus zu betreten und dort irgendetwas mitgehen zu lassen war für die Pfifferlinger eine vollkommen abwegige Vorstellung. Aber wenn ein Wirker auf dem Heimweg eine kleine Garnspule mitnahm, hatte das nicht das Geringste mit Diebstahl zu tun. Solange man das nicht jeden Tag machte, sahen die Fabrikanten darüber hinweg. Sie wussten, dass man dem kleinen Mann dann und wann die Gelegenheiten verschaffen musste, den Großen ein bisschen Schaden zuzufügen. Geschah das nur im dafür vorgesehenen Rahmen, kam das beiden Seiten zugute.

Der Lohn eines Wächters war lächerlich niedrig, viel niedriger als der Verdienst eines Wirkers. Außerdem war die alte Reichsmark so gut wie wertlos geworden, sodass diese beiläufig eingesteckten Garnspulen in Wahrheit der einzige echte Lohn waren, den Emil für seinen Einsatz bekam. Die Wartung der Maschinen und das Reinigen der Räume waren zusätzliche Tätigkeiten, die nicht zu seinen Pflichten als Wächter gehörten, auch wenn es Emil nie in den Sinn gekommen wäre, dafür eine zusätzliche Entlohnung zu verlangen. Weil jetzt nur Emil Maute die Fabrik betrat, war er sogar dazu berechtigt, auch die Spulen der anderen Arbeiter mitzunehmen, die vorläufig zu

Hause saßen. Es ließ sich leicht ausrechnen, dass ihm auf diese Weise mindestens ein gutes Dutzend Spulen pro Tag zustanden.

Maßhalten war die wichtigste Tugend der Pfifferlinger und damit auch von Emil Maute. In der Zuschneiderei und in der Näherei lagen jede Menge Scheren, Bügeleisen und Maßbänder, von denen viele vollkommen überflüssig waren. Steckte Emil deshalb etwa die Hand nach fremdem Eigentum aus? Während seiner ganzen langen Zeit als Wächter hatte er lediglich fünf Scheren, ein paar Bügeleisen und ein paar Maßbänder mit nach Hause genommen, und dafür hütete und pflegte er die verbliebenen umso aufmerksamer.

* * *

So verging ein Jahr. Das Leben verlief in seinen gewohnten Bahnen. Es gab wieder Wahlen. Der kommunistische Bürgermeister erhielt sieben Stimmen, und damit genau so viele, wie es in seiner Familie wahlberechtigte Mitglieder gab. Also musste er zurücktreten, und damit zerschlugen sich auch seine Hoffnungen auf eine staatliche Vermögensverwaltung, weil die inhaftierten Fabrikanten nach und nach zurückkehrten und ihre Fabriken wieder selbst übernahmen. Auch von Jakob Blickle kamen Nachrichten. Als ehemaliger Leiter der Pfifferlinger nationalsozialistischen Zelle des Reichskolonialbunds zur Zurückgewinnung deutscher Kolonien hatte er die schwerste Strafe erhalten und saß noch immer im Lager. Der kommunistische Bürgermeister behauptete, alles dafür getan zu haben, dass Jakob Blickle seine Fabrik nicht zurückerhalte, falls er doch noch auf freien Fuß gesetzt würde.

Kurz darauf wurde Pfifferlingen von der Nachricht erschüttert, dass alle Fabriken demontiert und nach Frankreich gebracht werden sollten. An diesem Tag lief Emil vollkommen aufgelöst im Wirksaal auf und ab. Eine solche Demontage käme einer Katastrophe gleich. Dann gäbe es für die Stadt keine Hoffnung auf eine wirtschaftliche Erholung mehr, und was am schlimmsten war: Sie würde ihre herausragende Stellung unter den umliegenden Ortschaften verlieren. Das würden die Pfifferlinger nicht überleben.

Emil hielt im Wirksaal eine lange beseelte Ansprache an seine eingebildeten Zuhörer. Er forderte sie auf, nicht den Mut zu verlieren, sondern durchzuhalten und für die Ehre Pfifferlingens und für die Zukunft ihrer Kinder zu kämpfen. Danach trat Emil entschlossen zu den Wirkstühlen. Mit sicherem Griff lüpfte er die über eine der Maschinen gebreitete Zeltplane und enthüllte blankes, ölig glänzendes Metall. Der Wirkstuhl streckte ihm wie bittend seine schimmernden Schnäbel und Kurbeln entgegen. Emil strich über die eine oder andere davon. Das war eine gute Maschine, ein neues Modell, das Tag für Tag meterweise teures Trikot gewirkt hatte. Sollten die jetzt etwa alle die Franzosen abtransportieren?

Emil schraubte ein wenig an dem Wirkstuhl herum und löste eine Eisenstange. Er atmete erleichtert auf: Nun würde man ihn nicht mehr zum Laufen bringen können, und es war wenig wahrscheinlich, dass den Franzosen der Sinn nach der Demontage untauglicher Wirkstühle stand. Wenigstens dieser eine war gerettet. Als er abends nach Hause ging, nahm er die Stange mit.

In dieser Nacht konnte Emil nicht einschlafen. Im Wirksaal gab es keine einzige Garnspule und keine einzige Schere mehr. Größere Gegenstände konnte er nicht mehr in seiner Tasche verstauen, sondern nur mühsam unter seinem Rock verbergen. Auf dem Heimweg von der Fabrik war er unglücklicherweise seinem Nachbarn Konrad in die Arme gelaufen. Während sie nebeneinander liefen, schwieg Konrad erst eine Weile und erkundigte sich dann mit der Unschuldsmiene, die für die Pfifferlinger in solchen Fällen so charakteristisch war: »Emil, was trägst du da unter deinem Rock?«

»Das ist nur ein alter Besen, Konrad. Er ist zerbrochen und muss zu Hause geflickt werden.«

»Schämst du dich so für einen Besen, dass du ihn am Busen trägst, Emil?«

»So ist es, Konrad«, entgegnete Emil in der vergeblichen Hoffnung, das Gespräch mit einer schroffen Antwort abwürgen zu können.

Der Nachbar ließ nicht locker. »Du bewachst doch immer noch Jakobs Fabrik, Emil?«

»So ist es, Konrad. Warum fragst du?«

»Einfach nur so.«

Damit wünschten sie einander gute Nacht und gingen auseinander.

Dieser verdammte Konrad mit seinem neugierigen bohrenden Blick! Was mochte er gemerkt, was sich dabei gedacht haben? Na schön, er, Emil Maute trug unter seinem Rock ein Stück Eisen. Aber nichts auf der ganzen Welt war normaler, als ein Stück Eisen unter seinem Rock zu tragen. Nach dem Krieg türmte sich an allen Wegrändern Eisen. Warum sollte nicht auch er etwas Nützliches gefunden haben? Welchem ehrlichen Bürger gefiel es, wenn man ihn mit Altmetall antraf? Darum versteckte er es unter seinem Rock. Aber er kam von der Arbeit, aus Jakobs Fabrik. Also hatte er keine Zeit gehabt, an den Wegrändern nach Schrott zu suchen. Der verdammte Konrad wusste, dass seine Last aus der Fabrik stammen musste. Noch schlimmer: Konrad war selbst Wirker, kannte alle Teile eines Wirkstuhls genau und hatte scharfe Augen.

Aber dann gingen Emils Gedanken einen Schritt weiter. Geschah hier nicht eine patriotische Tat? Deutsche Wirkstühle wurden auf diese Weise vor der Demontage gerettet. Es stimmte zwar, was in den neuesten Nachrichten stand, nämlich dass in Pfifferlingen nur Maschinen zur Metallverarbeitung demontiert wurden, die als Teil der deutschen Rüstungsindustrie hierhergebracht worden waren, um sie vor Bombenangriffen in Sicherheit zu bringen. Aber sollte man diesem Geschwätz Glauben schenken? Wenn Jakob vorsichtshalber Wirkstühle in Sicherheit brachte, würden wenigstens diese gerettet, und Jakob Blickle könnte anschließend erneut die Laufbahn eines Industriellen einschlagen wie seinerzeit sein Vater Balzer. Wenn also nicht nur Nachbar Konrad, sondern ganz Pfifferlingen genau wusste, was woher stammte, würde niemand behaupten können, Emil sei ein Dieb.

Ein Dieb! Allein bei diesem Gedanken musste Emil so laut lachen, dass sein Bett schaukelte und quietschte, seine Frau und die Kinder davon aufwachten und sich grummelnd unter ihren Decken auf die andere Seite rollten.

Er und ein Dieb? Emil Maute, ein Patriot und ehrlicher Wirker aus einem ehrlichen Geschlecht sollte ein Dieb sein? Was für ein alberner Scherz! Und das auch noch in einer Stadt, die sich damit rühmte, dass es dort nie Diebe gegeben habe und nie geben würde! Also wälzte sich Emil auf die andere Seite und versank in einen friedlichen gesunden Schlaf.

Als Emil am nächsten Morgen den Wirksaal betrat,

wurde er trotzdem unruhig. Was, wenn die Franzosen die Wirkstühle auch dann mitnähmen, wenn sie nicht vollständig waren? In Frankreich gab es genug geschickte Handwerker, die die fehlenden Teile würden ersetzen können. Wenn dem so war, musste man ihnen wenigstens die Arbeit nach Möglichkeit erschweren.

Nachdenklich zog Emil das Garn heraus und überlegte, wie er die Wirkstühle am besten zerlegen können. Er seufzte: Wenn man alle losen Teile entfernt hatte, blieb immer noch das Gestell übrig, das so ungeheuer schwer war, dass es nur zwei starke Männer zu bewegen vermochten. Würde es aber tatsächlich gelingen, einen Wirkstuhl erfolgreich wegzuschaffen, würde in der Reihe eine hässliche Lücke klaffen, die zwangsläufig allen sofort auffallen würde.

Dagegen half nur eins: Man musste die ganze Reihe entsprechend ausdünnen. In Wirklichkeit standen die Wirkstühle ohnehin viel zu eng beieinander. Der alte Balzer Blickle hatte an allem und natürlich auch am Platz gegeizt. Die Wirker standen einander im Weg. Also würde auch eine geringere Anzahl sinnvoll aufgestellter Wirkstühle ihrem Fabrikanten mehr einbringen, weil die Produktivität steigen würde. Aber eine solche Ausdünnung der Reihen und die Versetzung aller Wirkstühle wäre Arbeit für einen ganzen Monat und für einen ganzen Trupp Arbeiter …

Emil Maute schossen alle möglichen Gedanken durch den Kopf. Schließlich denkt jeder Handwerker ständig über Verbesserungen nach, wenn er seine Arbeit liebt und versteht.

Von Tag zu Tag wurde Emil verschlossener und geheimnistuerischer. Im Unterschied zu früher sah man ihn fast nie mehr aus den Fenstern des Kontors und des Wirksaals auf die Straße blicken, aber vermutlich war er damit beschäftigt, die Maschinen instand zu halten und die Böden zu wischen.

Als im Winter die dunklen Abende früh hereinbrachen, und erst recht, wenn es regnete oder schneite und sich kein Pfifferlinger gerne auf die Straße begab, wusste man sich zu erzählen, dass Emil dann und wann gesehen worden sei, wie er einen schweren, mit einer Plane bedeckten Wagen hinter sich herzog. Das hatten freilich nur wenige beobachtet, und in der Winterzeit hatten schließlich alle Familienväter ihre liebe Not damit, ausreichend Kohlen und Brennholz heranzuschaffen. Davon brauchte man reichlich, denn der Winter war hart und lang.

In Emils Häuschen ging es beengt zu. Die Kinder wurden größer. Über die Jahre hinweg hatte sich dort allerlei Gerümpel angesammelt, und es wäre schade gewesen, es einfach wegzuwerfen. Auf dem Dachboden war nicht einmal mehr Platz für Brennholz. Also nutzte Emil die Gunst der Stunde, von guten Bekannten ein leerstehendes Häuschen am Nordrand von Pfifferlingen zu einem überaus günstigen Preis anzumieten. Emils Familie schaffte alles hinüber, was zu Hause nicht unmittelbar und ständig benötigt wurde.

So vergingen nach dem Kriegsende zwei Jahre wie im Flug. Als Emil Maute eines Tages seine Gänge als Aufseher und Maschinenwärter erledigte und wieder einmal auf die Leiter gestiegen war, um die elektrischen Anlagen des Wirksaals zu überprüfen, bemerkte er, dass viele Birnen vollkommen überflüssig und an den falschen Stellen angebracht waren. So blendeten sie die Wirker unangenehm, behinderten ihre Arbeit und verringerten die Kapazität der Fabrik.

Emil hat schon mehrere Birnen herausgeschraubt und in seine Tasche gesteckt, als die elektrische Glocke an der Außentür heftig läutete. Der schrille Klang erinnerte Emil daran, wie der Zahnarzt bei ihm einmal einen Nerv angebohrt hatte. Er wurde bleich und riss sich zusammen. Was mochte das zu bedeuten haben? Zwei Jahre lang hatte niemand die Ruhe der Fabrik gestört. Eine Weile überlegte Emil, was zu tun sei. Natürlich würde er nicht öffnen. Sicher erlaubten sich nur Kinder einen Klingelstreich. Es war unglaublich, wie viele ungezogene Lausebengel es heutzutage gab! Emil verschwendete keine unnötigen Gedanken an diese traurige Tatsache.

Doch die Glocke schrillte noch hartnäckiger und ungeduldiger. Emil schraubte die in die Tasche gestopften Birnen wieder in ihre Fassungen und ging langsam und wütend zur Tür.

Draußen stand Jakob Blickle.

»Ach du bist es, Emil!«, lächelte der Fabrikant. »Man hat mir schon im Rathaus erzählt, dass du auf meine Fabrik aufpasst.«

»So ist es, Jakob. Ich habe die ganze Zeit deine Fabrik bewacht, während du abwesend warst. Ich habe sie nicht nur bewacht, sondern auch instandgehalten«, sagte Emil und überwand tapfer seine Aufregung. Er duzte den Fabrikanten, denn das war in Pfifferlingen so üblich. Wer zusammen in die Schule gegangen war, duzte sich das ganze restliche Leben, und zwar unabhängig vom Vermögensstand oder von der beruflichen Stellung.

»Gott sei Dank ist meiner Fabrik nichts zugestoßen, Emil. Sie war zwar die ganze Zeit konfisziert, aber angeblich ist nichts angetastet worden. So hat man mir wenigstens auf dem Rathaus erzählt.«

»Aus einer Fabrik, die ich bewache, kann man nichts entfernen, Jakob!«, sagte Emil selbstbewusst und fügte hinzu: »Bleibst du jetzt hier?«

»Ja, Emil, ich werde die Fabrik sofort wieder in Betrieb nehmen. Ich bin entnazifiziert und wieder in alle Rechte eingesetzt. Ich habe Bestellungen von der französischen Regierung, die Rohstoffversorgung ist gesichert. Noch heute werde ich alle ehemaligen Arbeiter davon in Kenntnis setzen. Und dir, Emil, ist deine frühere Stellung garantiert!«

»Hm«, brummte Emil, »ich weiß recht nicht, ob ich noch länger bei dir arbeiten werde, Jakob.«

»So? Du willst nicht mehr bei mir arbeiten?«, fragte der Fabrikant verdutzt. »Aber du hast doch die ganze Zeit meine Wirkerei bewacht, und das in den letzten Monaten auch noch ohne Lohn!«

»Ich habe sie tatsächlich bewacht. Ganz richtig. Aus alter Freundschaft«, sagte Emil seufzend.

»Natürlich wirst du deinen Wächterlohn von mir bekommen«, fügte Jakob eilig hinzu.

Ins Gespräch vertieft erreichten sie den Wirksaal. Der Fabrikant blieb stehen und stellte befriedigt fest: »Alles ist sauber gekehrt. Die Maschinen sind sorgfältig abgedeckt. Nirgends gibt es auch nur eine Spur von Rost. Es liegt nicht einmal Staub auf den Treibriemen und Stangen. Sehr schön. Selbst die Garnspulen sind alle von den Wirkstühlen entfernt. Und das hast alles du in Ordnung gehalten?«

»Wer denn sonst, Jakob?«

»Wieder in der eigenen Fabrik! Du weißt gar nicht, was das für ein Gefühl ist, das einen da überkommt, Emil!«, rief der Fabrikant, von einer plötzlichen Rührung überwältigt.

»Ich weiß es nicht, aber ich kann es mir vorstellen!«, entgegnete Emil trocken.

»Wie merkwürdig, Emil«, sagte der Unternehmer, während er zwischen den Reihen mit den Wirkstühlen auf und ab ging, »die Fabrik erscheint mir so viel weiter und größer … Die Räume wirken irgendwie freier …«

»Das ist durchaus nachvollziehbar, Jakob. In der Haft war es eng, und jetzt in der Freiheit kommt dir alles weiter vor.«

»So ist es vermutlich … Und du willst wirklich nicht mehr bei mir bleiben? Wirklich schade! Du bist ein pflichtbewusster Arbeiter, Emil. Du liebst deine Arbeit. Du liebst Maschinen.«

»So ist es, Jakob, ich liebe meine Arbeit. Ich liebe Maschinen.«

»Warte mal, wie lange arbeitest du schon bei mir?«

»Wenn man die beiden Jahre als Wächter hinzuzählt, habe ich bei deinem Vater und bei dir vierundzwanzig Jahre lang gearbeitet, Jakob.«

»Das ist eine lange Zeit, Emil. Tatsächlich hättest du Meister werden müssen, ein Arbeitsleiter.«

»Würde es nach dem Wissen und den Fähigkeiten gehen, hätte ich schon vor fünfzehn Jahren Meister werden müssen«, entgegnete Emil nicht ohne Bitterkeit.

»Ich mache dich zum Meister, Emil. So oder so. Auf jeden Fall bald. Du verstehst aber sicher auch, dass ich den alten Wohnhas nicht sofort entlassen kann.«

»Das verstehe ich, Jakob«, antwortete Emil ohne zu lächeln.

»Aber ich befördere dich zum Meistergehilfen. Mit einem deutlich höheren Gehalt als ein gewöhnlicher Wirker.«

»Danke, Jakob. Aber das ist nicht nötig.«

»Verdammt! Du hast dich doch gewaltig für mich ins Zeug gelegt. Dann soll es halt so sein: Ich befördere dich schon jetzt zum Meister und zum Aufseher über den Wirksaal. Mit dem Alten … Na, mit dem werden wir schon irgendwie fertig.«

»Du bist mir wirklich wohlgesonnen, Jakob. Trotzdem verlasse ich dich«, sagte Emil leise, aber bestimmt.

»Planst du möglich, deine eigene Fabrik zu eröffnen?«, scherzte Jakob. Diesen Scherz, den Fabrikanten dann und wann bei solchen Gelegenheiten von sich gaben, mochten Wirker nicht.

Emil grinste wie im Fieberwahn und sagte: »Ich hoffe nur, dass du mir meinen Wächterlohn nicht verweigerst, Jakob.«

»Darüber mach dir keine Sorgen«, rief der Unternehmer. Dann blickte er eine Weile forschend in Emils verschlossenes, wie aus Buchenholz geschnitztes Gesicht, als hätte er etwas Ungewöhnliches bemerkt. Er betrachtete die gewölbte Stirn, von der die Haare schon recht weit zurückgewichen waren. Die hellbraunen Augen lagen tief in den Höhlen wie kleine Haselnüsse, und die Venen an Emils Schläfen schienen immer stärker anzuschwellen. Er atmete geräuschvoll durch die Nase: Ganz offensichtlich musste der sonst so stille und friedliche Mann mühsam seine Aufregung unterdrücken.

Der Fabrikant zögerte noch einen Augenblick, dann reichte er seinem langjährigen und besten Wirker mit Bedauern zum Abschied die Hand.

»Meister!«, flüsterte Emil, als er auf die Straße trat, »das ehrlich verdiente Meisteramt, um das mich so viele beneiden würden …«

Auf seinem hölzernen Gesicht zuckte wieder sein eigenartiges zorniges Grinsen. Meister! Schön und gut, aber wie unermesslich weit stand ein Meister noch unter einem Fabrikanten!

Die Wirkerei von Jakob Blickle nahm bereits drei Tage später wieder ihren Betrieb auf. Aber an demselben Tag ging um sieben Uhr morgens wie in allen anderen Pfifferlinger Wirkereien auch hinter den schmalen Fenstern des kleinen Häuschens am Nordende der Stadt das Licht an. Auch dort brummten Wirkstühle, die von Emils Frau, der tüchtigen Wirkerin Marta, bedient wurden. Das Nebenzimmerchen war Zuschneiderei, Näherei und Konfektionsfabrik in einem. Dort ratterte eine Nähmaschine, die von Emils alter Mutter bedient wurde, einer längst pensionierten Näherin. Aus dem dritten und kleinsten Kämmerlein, das als Kontor diente, rannte ein Laufbursche zur Post nach Briefmarken, Emils Erstgeborener.

Um neun Uhr, also zu der Zeit, in der sich die Unternehmer gewöhnlich mit dem Automobil von weiter entfernten Villen oder auch zu Fuß in ihren Fabriken einfanden, näherte sich diesem Häuschen gemessenen Schritts ein untersetzter Mann mittlerer Größe in einem Sonntagsanzug und mit einem Sonntagshut. Er trat überaus würdevoll auf, denn er spürte, dass man ihn aus den benachbarten Fenstern beobachtete. Vor der Tür blieb er genau so lange stehen, dass er die Inschrift lesen konnte, die mit goldenen Buchstaben in eine dunkelrote Granitplatte eingehauen war. Dort stand »Emil Maute, Trikotfabrik«.

Sein hölzernes Gesicht hellte sich auf. Er nahm den Hut ab, tupfte mit einem Taschentuch seine gewölbte Stirn ab und betrat die Fabrik.

* * *

Jetzt ging Emil schon zum dritten Mal in seine Fabrik seine Fabrik. Das erste Mal war frühmorgens am Vortag gewesen, das zweite Mal nach der Mittagspause, und nun war wieder ein neuer Tag angebrochen. Ach, was für ein unaussprechliches Gefühl es doch war, Herr seiner eigenen Fabrik zu sein! Selbst beim dritten Mal hatte dieses Gefühl nichts von seiner Heftigkeit und seiner gleichzeitig süßen wie schmerzlichen Verlockung eingebüßt. Genau wie bei den ersten Malen verschwammen die Buchstaben auf der Granittafel mit der Aufschrift »Emil Maute, Trikotfabrik« vor seinen Augen zu weißem Nebel, und ihm lief so viel Schweiß die Stirn herab, dass er die Mütze abnehmen und ein Taschentuch zum Trocknen hervorholen musste.

Aber als Emil seinen Fuß über die Türschwelle gesetzt hatte, erstarrte er. In seiner Fabrik war weder das bekannte Wummern der Wirkstühle noch das gewohnte Rattern der Nähmaschinen zu hören.

Was sollte das heißen? Emil zuckte zusammen. Ob womöglich der Elektromotor kaputtgegangen war? Aber in der Stadt gab es Strom – davon zeugte das Licht in den umgebenden Gebäuden. Rasch betrat er die Fabrik.

Die Tür zum Kontor stand offen. Dort saßen drei breitschultrige Männer, die den engen Raum mit ihren massigen Körpern fast vollständig füllten.

»Aha, da sind schon die ersten Kunden eingetroffen«, dachte Emil stolz und näherte sich ihnen mit einer wohlwollenden und gleichzeitig entschlossenen Miene, in der jeder, der wollte, den himmelhohen Unterschied zwischen Handelsreisenden und Fabrikanten herauslesen konnte.

Einer der Käufer erhob sich und fragte. »Sind Sie Emil Maute?«

»Ja«, antwortete Emil und fügte hinzu: »Der Fabrikant.«

»Sie sind festgenommen wegen der ungesetzlichen Aneignung von acht Wirkstühlen, von Nähmaschinen, einem Elektromotor, Schreibmaschinen, ungefähr dreißigtausend Garnspulen und einiger weiterer kleinerer Gegenstände. Diese sind bereits sichergestellt.« Der Beamte wies mit seinem Kopf in Richtung des Maschinenraums.

Emil sank in seinem Sessel zusammen. »Wie kann das sein?«, stieß er vollkommen verständnislos hervor. »Welche Beweise liegen Ihnen vor?«

»Ist Ihnen nie in den Sinn gekommen, dass man Wirkstühle zählen kann?«

»Das Gedächtnis eines Menschen mag trügen. Haben Sie die letzte geprüfte Erfassung des Inventars?«

»Jawohl!«, antwortete der Fremde ruhig. Und als er Emils Überraschung bemerkte, fügte er hinzu: »Sie, mein Herr, haben die Berichte sorgfältig in allen Aktensammlungen vernichtet, die im Kontor der Fabrik aufbewahrt wurden, aber die Fabrik von Jakob Blickle wurde von der Landesbank konfisziert, und deshalb befinden sich dort Abschriften.«

Emil schwieg erschüttert. So ein Fabrikant war dieser Jakob also! Der unwürdige Sohn seines Vaters Balzer. Emils Lippen verzogen sich zu einem verächtlichen Grinsen. Pfifferlingen vernichtete alle, die Schulden hatten, nun war er selbst erledigt. Zu viele hatten gesehen, wie er Gegenstände aus der Fabrik transportierte, zu der nur er Zutritt hatte. Er hatte seinen Wächterlohn zu hoch veranschlagt.

»Wer hat Ihnen geholfen?«, fragte der Beamte plötzlich, der nach alter Gewohnheit die erste Überraschung eines Festgenommenen nutzte, um ihm so viele Informationen wie möglich zu entlocken.

Emil schüttelte betrübt den Kopf. »Ich arbeite allein.«

»Aber wer hat Ihnen geholfen, die schweren Wirkstuhlteile hinauszutragen, die Reihen auszudünnen und dazu die ganze Fabrik umzuräumen? Das ist doch Arbeit für eine ganze Heerschar!«

»Ich hatte zwei Jahre Zeit und zweiundzwanzig Jahre Erfahrung«, antwortete Emil melancholisch. Dann wurde es in seinem Kopf vollständig leer. Er erhob sich und bewegte sich wie ein Automat.

»Passt auf, wohin man den Fabrikanten bringt!«, erklang es aus einem benachbarten Fenster, als man Emil auf die Straße führte. In seine grauen Wangen kehrte plötzlich wieder Farbe zurück, seine Augen blitzten wie in Trance. Er erhob sein Haupt und lächelte. Ein Mensch, der wenigstens für einen einzigen Augenblick Fabrikant gewesen war, blieb sein ganzes Leben und für alle Zeiten Fabrikant. Das war ein Titel, den man ihm nicht aberkennen konnte. Ein Fabrikant konnte in Schulden geraten, enteignet und sogar verhaftet oder verurteilt werden, aber er war und blieb trotzdem Fabrikant. Emil Maute mochte gerade in der Patsche stecken, aber trotzdem würde er immer der Fabrikant Emil Maute bleiben!

Also schritt Emil hoch erhobenen Hauptes die Straße entlang. »Mein Herren Beamte, erlauben Sie mir eine, Herzensbitte vorzutragen«, sagte Emil mit der ungezwungenen Liebenswürdigkeit eines Weltmannes. »Lassen Sie uns auf dem Weg zum Rathaus einen kleinen Umweg an der Grabsteinwerkstatt vorbei machen.«

»Das soll geschehen, Herr Fabrikant«, antwortete einer der Beamten, »doch ist Ihre Sache wohl kaum so schwerwiegend, dass Sie deshalb an den Tod denken müssten. Alle Gegenstände wurden aufgefunden und sind in gutem

Zustand. Sie werden höchstens zwei Jahre bekommen, selbst wenn Ihr Anwalt nicht das mindeste Geschick an den Tag legt.«

Emil lächelte. »Ich denke nicht an den Tod, sondern an das ewige Leben.«

»Meister Ulrich«, sagte Emil, als die Gruppe zu dem Steinmetz gelangt war, »hast du meinen Stein bereits poliert?«

»Ja, Emil, ich habe ihn poliert.«

»Nicht wahr, Ulrich, ich habe dir bereits alles im Voraus bezahlt?«

»Richtig, Emil, alles ist im Voraus bezahlt.«

»Dann schreib auf meinen Stein: ›Emil Maute, Fabrikant‹! Und jetzt, meine Herren Polizisten, können Sie mich hinbringen, wohin Sie wollen. Ab jetzt kann mir nichts Schlimmes mehr passieren!«

DAS GESCHENK

Im Winter fauchten heftige Winde über die Schwäbische Alb. Besonders schlimm fegten sie durch das Tal von Pfifferlingen, denn dort versperrten ihnen Gipfel den Weg und lenkten sie wie durch einen Trichter wieder in das Tal zurück, sodass sie an seinem schmalen Ende in Pfifferlingen wie verrückt heulten und pfiffen.

Einen so boshaften Sturm wie an jenen Weihnachten hatten die Leute dort allerdings noch nie erlebt. Die leichtgebauten Häuschen erzitterten, Blech donnerte, Läden klapperten und Scheiben klirrten, sodass in dieser Nacht kein Pfifferlinger auch nur ein Auge zutun konnte. Wie es in bergigen Regionen üblich ist, verstummte der Sturm gegen Morgen auf einen Schlag, und die erschöpften Bürger fielen endlich in ihren wohlverdienten Schlaf.

Wirklich alle? Nein. Der Hausherr Gottlieb Gonser, der sich nicht ohne Grund für den besonnensten und gescheitesten Mann in der ganzen Stadt hielt, ließ sich von der plötzlichen Stille nicht im Mindesten hinters Licht führen. Er wusste, wie gefährlich die Stürme der Schwäbischen Alb waren, und so legte er seinen Mantel an und trat auf den Hof.

Es war bewölkt, aber der Mond sorgte für ein sanftes Halbdunkel auf dem schneebedeckten Boden, und sobald sich die Augen daran gewöhnt hatten, konnte man mit Mühe Häuser und Zäune ausmachen. Wie immer nach einem Sturm schien die Luft warm, als würde es bald tauen. Alles schien in Ordnung zu sein. Kein einziger Baum war umgestürzt. Nicht einmal die Fallrohre der Regenrinnen an den Hausecken hatten sich verzogen. Ja, Gottlieb Gonser hatte sein Haus nicht so eilig und nachlässig erbaut wie die anderen. Kein Sturm vermochte seinem Hause Schaden zuzufügen.

Bevor sich Gottlieb Gonser wieder zufrieden zurück in sein Bett begab, warf er noch einen Blick um die Hausecke in den Gemüsegarten. Da fiel ihm die Kinnlade herunter: Dort befand sich etwas Großes und Dunkles.

Unwillkürlich zog er sich rasch zurück. Alles war still. Er lugte noch einmal hervor: Das dunkle Etwas rührte sich nicht. Es erinnerte an ein großes Zelt. Aber Gottlieb Gonser hatte niemandem erlaubt, in seinem Gemüsegarten ein Zelt aufzuschlagen.

»Hallo, ist da wer?«, rief er.

Niemand antwortete. Vorsichtig machte er ein paar Schritte nach vorne. Wie gespenstisch alles im nächtlichen Dunkel aussah! Noch ein paar mutige Schritte, und Gottlieb Gonser konnte erleichtert aufatmen: In seinem Garten lag ein mittelgroßes Dach. Offenbar hatte der Sturm es irgendwo losgerissen und auf sein Grundstück getragen.

»Was für eine verdammte Fahrlässigkeit!«, hätte Gottlieb Gonser beinahe gerufen. Wo es doch so gefährlich war, Dächer nicht gründlicher zu befestigen! Hatte er denn nicht unzählige Male allen Nachbarn eingeschärft, wie man vorzugehen habe? Hatte er nicht ständig erzählt, wie sorgfältig und überlegt er seine eigenen Gebäude errichtet hatte? Er hatte seinen Standpunkt zu dieser Angelegenheit so oft geäußert, bis er ihn flüssig vortragen konnte; allerdings wollte ihm dann niemand mehr zuhören.

Doch jede Übeltat zog ihre verdiente Strafe nach sich. Wenn Dächer durch die Luft flogen, bedrohten sie die öffentliche Sicherheit und konnten fremde Gemüsegärten verwüsten. Tatsächlich hatte sich eine Ecke dieses Dachs quer durch die Erde gepflügt und eine tiefe Furche hinterlassen. Was für eine Gemeinheit!

Gottlieb Gonser trat an das Dach heran und musterte es sachverständig. Es musste das Dach einer Garage, einer kleineren Scheune oder eines größeren Hühnerstalls sein. Ja, eines Hühnerstalls: Die Pfifferlinger waren leidenschaftliche Hühnerhalter. Gottlieb Gonser klopfte mit seinen Fingerknöcheln dagegen: gutes Blech, darunter trockenes Buchenholz. In den entbehrungsreichen Nachkriegsjahren war so etwas ein Vermögen wert. Wie dumm die Leute waren, es einfach durch die Luft fliegen zu lassen. Was sollte man dazu noch sagen?

Gottlieb Gonser schritt um das Dach herum. Es musste ein gutes Stück geflogen sein, denn die Dächer der Nachbarn waren mit Ziegeln gedeckt, obwohl er ihnen unzählige Male die Vorzüge von Blech dargelegt hatte. Gottlieb Gonser kalkulierte kühl (er liebte theoretische Verstandesarbeit über alles): Das Dach war mit dem Sturm von Südwesten über die Nachbarsgärten geflogen. Noch zehn Schritte weiter, und es hätte seine Garage zerstört, aber jetzt hatte es nur den Zaun von Nachbar Martin Maute umgeworfen. Der würde sich vielleicht ärgern, wenn man ihn aus dem Schlaf riss! Das war genau das richtige Weihnachtsgeschenk für diesen Einfaltspinsel.

Da pfiff Gottlieb Gonser leise auf. Ein Weihnachtsgeschenk? War das nicht vielmehr ein Weihnachtsgeschenk für ihn selbst, das der liebe Gott über seinem Garten hatte herabgehen lassen? Blech war nirgends mehr zu bekommen, und gut getrocknetes Holz war längst zu einer großen Rarität geworden. Gottlieb Gonser sah sich um. Es herrschten tiefe Stille und vollkommene Einsamkeit, wie es bisweilen in der Weihnachtsnacht der Fall war. Bestimmt war es noch nicht einmal fünf Uhr. Am Weihnachtsmorgen würden alle später als sonst aufstehen. Flink und leise wie ein Schatten glitt Gottlieb in seine Garage, in der er in Ermangelung eines Autos allerdings nur seinen Handwagen aufbewahrte und die man deshalb richtiger als Remise hätten bezeichnen müssen. Er holte ein Beil, eine Säge, eine Beißzange und ein Brecheisen heraus. Eilig und doch vorsichtig machte er sich daran, das schöne graugefleckte Blech herauszulösen. Es sprang ziemlich leicht heraus. Wenn es jemanden gab, der so etwas zustande brachte, dann war es Gottlieb Gonser. Er konnte viel. Während er sich über seine eigene Geschicklichkeit freute, dachte er, dass in zwei oder vielleicht sogar in anderthalb Stunden das Dach verschwunden wäre und sich diese hervorragenden Materialien in seiner Remise stapeln würden.

Würde womöglich jemand behaupten, dass dieses Dach einem anderen gehörte? Völlig ausgeschlossen! Dächer auf Häusern mussten halten. Nirgends stand geschrieben, dass sie durch die Luft fliegen durften. Im Gegenteil: In irgendeinem Gesetzbuch gab es einen Paragrafen, wonach das, was in Gottlieb Gonsers Garten lag, auch Gottlieb Gonser gehörte. Außerdem war der Verlust des Dachs die verdiente Strafe für eine so stümperhafte Befestigung. Nichts hasste Gottlieb Gonser so sehr wie Nachlässigkeit. Behutsam trieb er das Brecheisen unter die Blechblätter, und schon löste sich das erste mit einem melodischen Klingen von den Dachsparren und landete zu seinen Füßen.

»Grüß Gott, Herr Nachbar! Schon so früh auf den Beinen? Und schon munter bei der Arbeit?«, erklang plötzlich der Gruß von Nachbar Martin Maute.

Gottlieb Gonser stieß innerlich einen heftigen Fluch aus. Welcher Teufel hatte diesen verdammten Kerl so früh am Weihnachtsmorgen aus dem Bett gescheucht? Aber da Gottlieb Gonser bekanntlich ein kluger Mann war, beherrschte er sich und entgegnete betont gleichgültig: »Grüß Gott, grüß Gott!«

Martin Maute stellte keine weiteren Fragen. Er hatte auf der Stelle erfasst, was Gottlieb Gonser dachte und was er tat, weil auch er selbst und jeder andere Pfifferlinger genau dasselbe gedacht und getan hätte. Martin Maute fühlte sich durch den unwirschen Morgengruß des Nachbarn keineswegs beleidigt. Martin war sehr besonnen und hielt sich nicht ohne Grund für den klügsten Mann am schmalen Ende des Tals von Pfifferlingen. Darum grinste er nur schlau und fragte scheinbar unschuldig, in Wahrheit jedoch überaus giftig: »Lieber Nachbar, warum fängst du an, gerade den Rand des Dachs abzutrennen, der sich in meinem Garten befindet?«

»Ach, wirklich? Ich … Ich wollte dein Grundstück räumen.

»Oh, wie nett! Danke! Aber ich löse das Blech jetzt lieber selbst ab. Geh du währenddessen zu deiner Ecke. Zu zweit geht es schneller!«

Gottlieb Gonser blieb einen Augenblick unschlüssig stehen. Es hatte keinen Sinn, mit dem Nachbarn einen Streit vom Zaun zu brechen, denn der würde sich mindestens bis zum Mittag hinziehen. Die Hälfte des Dachs befand sich tatsächlich in einem fremden Garten. Da Gottlieb ein gerechter Mann war, fragte er: »Weißt du, wem dieses Dach gehört?«

»Was sich in meinem Garten befindet, gehört mir«, erwiderte Martin Maute und grinste spitzbübisch. »Wir sollten uns lieber beeilen, statt Maulaffen feilzuhalten.«

Beide Nachbarn stießen ihre Brecheisen kräftig, aber leise unter das Blech. Es war noch nicht einmal das zweite Blatt herausgelöst, als erneut der übliche schwäbische Gruß ertönte: »Grüß Gott! Schon so früh auf den Beinen? Und schon munter bei der Arbeit?«

So ein Pech! Konrad Konzelmann war jetzt schon der dritte Nachbar, der hier auftauchte.

»Da muss ich euch wohl zur Hilfe kommen«, fuhr Konrad mit halblauter Stimme fort. Er holte sein Werkzeug und stieg über den Zaun.

»Was willst du denn?«, fragte Gottlieb Gonser erstaunt. »Was hast du mit dieser Sache zu schaffen? Auf deinem Grundstück ist nichts zu liegen gekommen.«

»Aber wenn der Wind aus dem Südwesten gekommen ist, muss er das Dach zuerst über meinen Garten getragen haben.«

»Ha! Willst du dann etwa behaupten, dass alle Tauben, die über deinen Garten fliegen, ebenfalls dir gehören?«, rief Gottlieb Gonser aufgebracht.

Konrad Konzelmann war ein beherrschter und vor allem ein verständiger Mann. Er wusste ganz genau, dass er der Klügste in dieser Straße war. Er wurde nicht ausfallend. Er wurde nicht wütend. Er erkundigte sich nur bescheiden: »Wie wäre es, meine Herren, wenn wir den Bürgermeister fragen, wie in dieser Angelegenheit zu verfahren ist?«

Gottlieb Gonser und Martin Maute wechselten zornige Blicke und gaben schließlich nach: Dann sollte es so sein, aber nun hieß es, rasch ans Werk zu gehen, denn es würde bald tagen.

So begann am Weihnachtsmorgen hinter einer der dichten Thujahecken, die die Pfifferlinger Hausgärten von der Straße und voneinander trennten, emsiges Treiben. Bald waren die Bleche abgetrennt und auf drei gleiche Haufen getürmt. Jetzt knirschten die sorgfältig geschärften Handsägen leise und zerteilten flink das Holz der Dachsparren. Es wurde ebenfalls auf drei gleiche Stapel verteilt, denn nichts liebten die Pfifferlinger so sehr wie Ordnung. Noch zehn Minuten, und das Dach würde in drei Remisen verschwunden sein, und drei kluge Männer würden in ihre warmen Betten kriechen.

Aber da ertönte unglücklicherweise schon zum dritten Mal an diesem Morgen der freundliche schwäbische Gruß: »Grüß Gott! Schon so früh auf den Beinen? Und schon munter bei der Arbeit?«

Das war Berthold Bitzer, der vierte Nachbar. Die drei Sägen hielten inne. Die Augen der Arbeiter senkten sich zu den drei Blech- und Holzhaufen.

»Ich habe gleich zu meiner Marta gesagt, dass so ein Sturm nicht ohne Verwüstungen vorüberzieht. ›Weible, glaub mir, bestimmt sind einige Dächer abgedeckt oder sogar weggetragen worden.‹ Genau das habe ich gesagt«, fuhr Berthold fort.

Die Arbeiter ballten ihre Fäuste um die Sägen und schwiegen. Berthold Bitzer trat näher und prüfte das Blech und das Holz. »Anständiges Holz und gutes Blech«, bestätigte er. »Ein hervorragend gebautes Dach. Nur dass es falsch angebracht war. Schaut her, die Sparren darf man nicht so legen, hier hätte man sie so und dort so legen müssen, oder etwa nicht?«

»Willst du mich jetzt etwa belehren, wie man das Dach für einen Hühnerstall baut, Berthold?«, rief Gottlieb

Gonser empört, denn die Schwaben lieben es zwar, andere zu belehren, können es aber auf den Tod nicht ausstehen, selbst belehrt zu werden.

»Man lernt sein Leben lang nicht aus«, antwortete Berthold Bitzer bescheiden. »Aber sag selbst, Gottlieb, warum zersägst du dieses Dach? Es ist nicht groß, man hätte es leicht aus dem Garten heraustragen können. Starke Männer gibt es hier an jeder Ecke, ebenso einen mit einer guten Stimme, der die Kommandos gibt. Dann wäre die Sache im Handumdrehen erledigt.«

Die drei Männer mit den Sägen zwinkerten einander zu. Kluge Männer hatten vor Berthold Bitzer keinen Respekt: Sein Häusle war das kleinste von allen und hatte nicht einmal eine Garage. Er hielt keine Hühner, vertrug kein Bier und mochte kein Kartenspiel. Nicht einmal in Hitlers Großdeutschland war er in der Lage gewesen, in irgendein Amt aufzusteigen. Berthold Bitzer war unfähig, für seine Interessen einzutreten, und war schlicht und ergreifend ein Einfaltspinsel. Mit ihm war kein vernünftiges Gespräch möglich. Also wandten sich die Männer rasch wieder ihren Sägen zu, ohne auf seine törichten Fragen einzugehen.

Kurze Zeit darauf sagte Berthold Bitzer: »Zersäg doch wenigstens nicht den unteren Rahmen, Gottlieb. Sonst ist er danach nicht mehr zu gebrauchen.«

Die Sägen knirschten unbeirrt weiter.

»Aus und vorbei!«, seufzte Berthold Bitzer. »Ist ein Balken einmal durchgesägt, lässt er sich nur schwer wieder zusammenfügen. Man kann ihn nur mit Eisenbolzen verstärken und dann zusammenschrauben.«

Die Sägen knirschten unbeirrt weiter.

»Jetzt ist der Rahmen schon in vier Teile zersägt. Da braucht man nur noch mehr Eisenbolzen.«

Die Sägen knirschten unbeirrt weiter.

»Jetzt taugt das Dach nur noch als Brennholz«, stellte Berthold fest.

Die Arbeit war abgeschlossen. Die Männer richteten sich auf, wischten sich den Schweiß von der Stirn und verschwendeten nicht einmal mehr einen Blick auf den dummen Bitzer.

Doch der konnte sich einfach nicht beherrschen. »Ach Gottlieb, ich kann einfach nicht verstehen, warum du das Dach zersägen musstest.«

»Bist du von allen guten Geistern verlassen? Damit ich es in meine Garage bringen kann, du Tölpel!«

»Aber warum willst du es in die Garage bringen?«

»Na, wohin hätte ich es denn sonst bringen sollen?«

»Nun, ich dachte, zurück auf deinen Hühnerstall, Gottlieb.«

Eine ganze Weile stand Gottlieb Gonser über seinen Holzhaufen gebeugt, bis die Information endlich zu den zuständigen Gehirnzellen durchdrang. Dann drehte er sich blitzschnell um. Ja, hinter der Garage, verborgen hinter dem Vogelbeerbaum, zeichnete sich vor dem dunklen Himmel sein Hühnerstall ab – ohne Dach.

In diesem Augenblick stimmten die Bläser des Pfifferlinger Posaunenchors lautstark ein Weihnachtslied an. Die Säge entglitt Gottlieb Gonsers Hand, und tiefe Trauer erfüllte seine Seele.

DIE WELT

Marieluise Margarete Blickle aus Truchtelfingen hatte das neunundsiebzigste Lebensjahr erreicht. Da geschah es ausgerechnet an ihrem Geburtstag, dass sie stürzte und sich den Arm brach. Marieluise Margarete war in ihrem ganzen Leben nie krank gewesen, und keinen Augenblick hatte sie ohne Arbeit verbracht. Jetzt aber kamen lange Tage, an denen sie müßig im Bett verweilen musste. Dabei wurde ihr so langweilig, dass ihr alle möglichen Gedanken durch den Kopf gingen, und worüber denkt der Mensch nach, wenn nicht über sein Leben?

Ein Dreivierteljahrhundert hatte Marieluise Margarete den ehrlichen und fleißigen Alltag einer Truchtelfinger Bäuerin durchlebt. Im Sommer war sie mit einer Hacke auf der Schulter den steilen Hang emporgestiegen, um die kleinen Felder zu bearbeiten, im Herbst war sie mit dem Handwagen in den Wald gezogen, um Reisig zu suchen, im Winter hatte sie gestrickt, gehäkelt und den langen Abzug des kleinen Blechofens gereinigt. Mit beständiger, stets wiederkehrender Arbeit war ihr Leben wie unbemerkt vorübergeglitten, und Marieluise Margarete kam es jetzt wie ein einziger langer Tag vor, so gleichförmig waren ihre Stunden verstrichen.

Alle diese neunundsiebzig Jahre hatte Marieluise Margarete in Truchtelfingen verbracht, genau wie ihre Nachbarinnen und Nachbarn auch. Zwar hatte man gelegentlich das eine oder andere Wort über andere Gegenden und fremde Dörfer verloren, doch Marieluise Margarete hatte dann gar nicht richtig zugehört. Was konnte es Traurigeres geben, als wenn ein Mensch sein Haus verließ und heimatlos herumirrte?

Doch jetzt, wo sie müßig im Bett saß, erwachte in ihr zum ersten Mal das seltsame Verlangen, nicht mehr nur das enge und gewundene Tal zu sehen, in dem Truchtelfingen lag, sondern die große weite Welt. Also überraschte Marieluise Margarete eines schönen Tages, als ihr Arm schon fast geheilt war, ihre tüchtige Schwiegertochter Berta Barbara mit der Ankündigung, sie wolle auf Reisen gehen. In heller Aufregung wandte sich Berta Barbara an ihren Mann um Rat. Auch der wunderte sich, aber da die Zugkuh gerade zur Verfügung stand, beschlossen die beiden, der Mutter diesen Gefallen zu tun, denn man konnte schließlich nicht wissen, wie lange sie sich noch an den schönen Dingen dieser Welt würde erfreuen können. An einem Werktag umherzufahren wäre in den Augen der Welt gar zu anstößig gewesen, und so verlegte man die Reise auf den nächsten Sonntag.

Eine ganze Woche lang bereitete sich Marieluise Margarete auf die Fahrt vor. Sie machte Waffeln in dem großen schweren Waffeleisen, das man im offenen Herdfeuer wendete wie in alten Zeiten einen Braten, buk Zwiebelbrötchen, Apfelküchle und Kirschkuchen, kochte viele Eier, kaufte eine gute Wurst und ein großes Stück Leberkäse. Sie überlegte lang, was sie zum Trinken mitnehmen sollte: Most oder Selters? Schließlich entschied sie sich für Selters, denn zu viel Most ermüdete einen alten Menschen unnötig auf seinem Weg. Um für jeden Fall gewappnet zu sein, legte sie auch ihre Lebensmittelkarten bereit, denn auf einer solchen Fahrt konnte allerhand Unvorhergesehenes passieren.

Am Sonntag zog Marieluise Margarete ihre schwarze Feiertagstracht mit den eingewebten Seidenblumen an, legte ein schwarzes Seidenkopftuch und ein schwarzes gehäkeltes Schultertuch um und trat auf die Straße. Ihre Schwiegertochter hatte bereits die Kuh vor den großen Arbeitswagen gespannt, ein braves Tier, das schwere Lasten zog und überdies Milch gab. Dort hatte sie einen bequemen Sitz eingerichtet und auch den Proviantkorb aufgeladen. Noch nie in ihrem Leben hatte sich Marieluise Margarete so stolz und glücklich gefühlt wie auf dem weichen Heusack zwischen dem Proviantkorb und dem Selterskasten.

Die Nachbarinnen öffneten ihre Fenster und wunderten sich: »Nanu, Marieluise Margarete, wohin geht die Reise?«

»In die weite Ferne, meine Lieben«, entgegnete Marieluise Margarete stolz und geheimnisvoll.

Ihre Schwiegertochter rief der Kuh zu: »Hü!«, und das große Tier setzte sich langsam und würdevoll in Bewegung.

Kaum war der Wagen losgerollt, griff Marieluise Margarete nach dem Proviantkorb, denn bekanntlich schmeckt Essen nirgendwo so gut wie unterwegs. Überall wo das Gespann vorbeifuhr, öffneten sich Fenster, erklangen Glückwünsche und Fragen. Allen Entgegenkommenden rief Marieluise Margarete ihr lautes »Grüß Gott!« zu und wechselte ein paar Worte über das schöne Wetter. Die Kuh trottete langsam voran, und die weite Welt lag ausgebreitet vor ihnen. Ja, es gab wirklich nichts Schöneres als zu reisen!

Das Gespann zog am Rathaus, an der Post, an der Kirche und an den Häusern vorbei, die Marieluise Margarete von ihrem täglichen Weg zu den Feldern kannte. Aber dann kam ein weniger bekannter Abschnitt der Straße, in den Marieluise Margarete schon seit vielen Jahren nicht mehr eingebogen war. Tatsächlich war das seit der Hochzeit ihres Sohnes mit Berta Barbara nicht mehr vorgekommen. Ihre Schwiegertochter stammte vom anderen Ende des Dorfs, und obwohl sie auch Blickle hieß, war sie nicht mit Marieluise Margarete verwandt. Daran war nichts Merkwürdiges, denn gut die Hälfte der Truchtelfinger hieß mit Nachnamen Blickle. Aber wie lange lag diese Hochzeit schon zurück! Selbst ihre Enkel sahen sich bereits nach Ehemännern und -frauen um.

Dann führte der Weg um den Hang herum, und Marieluise Margarete stieß einen erstaunten Ruf aus: Wo sich in ihrer Jugend Wiesen ausgebreitet hatten, erstreckte sich heute eine ganze Reihe neuer Häuser! Was mochten das für Häuser sein, und seit wann standen sie dort? Dann fiel ihr ein, dass in ihrer Familie schon davon die Rede gewesen war, aber es war doch etwas ganz anderes, zu wissen, dass das eine oder andere gebaut worden war, oder es mit eigenen Augen zu sehen.

Dann machte das Tal eine weitere Biegung, sodass sich ein Blick auf das Nachbardorf Onstmettingen bot. Auch an dieses Bild erinnerte sich Marieluise Margarete: Einst war sie als Halbwüchsige gemeinsam mit Freundinnen bis zu dieser Stelle gebummelt, und sie hatten neugierig und furchtsam zu diesem fremden Ort hinübergeblickt. Was für eine Zurechtweisung hatte sie von ihrer Mutter für einen solchen Leichtsinn erhalten!

Ein eigenartiges, geradezu abenteuerliches Gefühl überkam Marieluise, als sie in das fremde Dorf hineinfuhr. Ihr kamen unbekannte Leute entgegen, die ihr auf ihr »Grüß Gott!« fest und forschend ins Gesicht blickten. Nur gelegentlich wurde ein Fenster geöffnet, und die Gesichter, die dort auftauchten, waren fremd, ernst und still. Nicht ein einziger Bekannter war zu sehen. Was für ein entsetzlicher Ort! Nur Berta Barbara wechselte ein paar Worte mit manchen der Entgegenkommenden, doch keiner von ihnen wollte wissen, wer Marieluise Margarete war und wohin die Fahrt ging.

Nicht nur die Menschen in Onstmettingen waren sonderbar, auch die Kirche sah seltsam aus, das Rathaus wirkte klein und lächerlich, vom Postamt ganz zu schweigen. Du liebe Zeit, was war dieses Onstmettingen für ein durch und durch eigenartiges Dorf! Marieluise Margarete atmete erleichtert auf, als die brave Kuh es durchschritten hatte.

Das Tal machte einen weiteren Bogen und öffnete sich zu dem von steilen Hängen umgebenen großen und stolzen Pfifferlingen. Es war dreimal so groß wie Truchtelfingen und Onstmettingen zusammen, und der Name Pfifferlingen klang in den Ohren der Onstmettinger wie eine Legende und eine Lasterhöhle in einem. In Pfifferlingen herrschten Trubel und Geschäftigkeit. Dort gab es sogar Fabriken, riesige Gebäude, in denen hundert oder noch mehr Menschen arbeiteten. Wenn ein Truchtelfinger aus irgendeinem Grund gezwungenermaßen Pfifferlingen besucht hatte, kehrte er verstört zurück und wiederholte immer nur das eine: Wie wunderbar es sich doch in Truchtelfingen lebte, und wie ausschweifend es in diesem liederlichen Sündenpfuhl namens Pfifferlingen zuging!

Diese Stadt verstörte Marieluise Margarete so sehr, dass sie sogar vergaß, Kuchen zu essen und Selters zu trinken.

Hier kamen ihr so viele Leute entgegen, dass sie einen trockenen Mund bekam, so oft musste sie »Grüß Gott!« rufen. Außerdem war die Hauptstraße so breit, dass die Fußgänger auf der anderen Seite schon zu weit entfernt waren, als dass man ihnen etwas hätte zurufen können.

Da passierte etwas, das Marieluise Margarete in ihrem ganzen Leben noch nicht widerfahren war: Ein junger, fremdartig gekleideter Mann erwiderte ihr »grüß Gott« nicht! Er starrte sie nur mit großen Augen an und ging weiter.

»Was für ein unverschämter Rüpel!«, schimpfte Marieluise Margarete, aber Berta Barbara erklärte: »Das war ein Ausländer.«

Marieluise Margarete riss sich zusammen und wandte sich ab, als hätte sie die Pest oder gar den Leibhaftigen angetroffen.

Was für eine eigenartige Stadt dieses Pfifferlingen doch war! Die Häuser waren so hoch, und vor ihnen lagen keine Misthaufen, weshalb die Straßen ganz wunderlich aussahen. Die Stadt war unglaublich, ja geradezu quälend groß. Die Kuh lief und lief, aber die Häuserreihen mochten einfach kein Ende nehmen.

»Berta Barbara!«, rief die Alte, »hast du auf den Weg geachtet und erinnerst du dich an die Straßen, damit wir wieder zurück nach Hause finden?«

»Ich habe schon aufgepasst, bleib nur ganz ruhig sitzen«, rief ihre Schwiegertochter, die durch den langsamen und gleichmäßigen Schritt der Kuh vorübergehend eingenickt war.

Marieluise Margarete seufzte und lehnte sich erschöpft mit der Seltersflasche in der einen und einem Stück Kirschkuchen in der anderen Hand in ihr Heupolster zurück.

Alles kommt doch irgendwann an sein Ende, so auch das unermessliche Pfifferlingen. Das Tal wurde breiter, Felder und Gärten kletterten nicht mehr an steilen Hängen empor, sondern breiteten sich behaglich in der Ebene aus. Im Talgrund wanden sich Eisenbahnschienen und eine Landstraße, auf der Autos dröhnten. Die Schwiegertochter bog in einen Seitenweg bergan ein, und das Gespann fuhr den hohen Hang hinauf. Von dort aus sah man, dass Pfifferlingen keineswegs der letzte Ort im Tal war, denn in der dunstigen Ferne schimmerten die Dächer von zwei, drei oder sogar noch mehr Dörfern, von denen Marieluise Margarete noch nie etwas gehört hatte.

Die Weite der Welt blies die Alte mit ihrem fürchterlich kalten Atem an. Da überkam sie eine plötzliche Angst, als müsste sie in dieser unermesslichen lebensfeindlichen Weite verloren gehen und würde nie mehr zurück nach Hause kommen und weder das gute Truchtelfingen noch ihre Kaninchenställe, ihr Hühnerhaus und das eingehegte Feld am steilen Hang jemals wiedersehen.

»Berta Barbara!«, rief sie nach ihrer Schwiegertochter. »Weißt du überhaupt noch, wo unser Zuhause ist?«

»Sei ganz unbesorgt«, antwortete die Schwiegertochter schläfrig. »Bleib ruhig sitzen und sieh dir die Welt an.«

Marieluise Margarete hatte schon längst genug von der Welt und vom Reisen, aber die Kuh trottete unerbittlich um eine Kurve nach der anderen.

Alles war aus den Fugen geraten. Die guten Zwiebelbrötchen schmeckten bitter, die Apfelküchle fad. Das Selters hatte sich in der Sonne erwärmt und erfrischte nicht mehr. Marieluise Margarete wurde schwindlig. Ihr Kopf schmerzte, eine Übelkeit bemächtigte sich ihrer, drückte auf ihre Brust und stach in die Seiten.

Alles hatte sich verändert, war unheimlich geworden. Der seit Jahrzehnten vertraute Wagen sah fremd aus, der Rücken der alten Kuh wankte bedrohlich. Der Heusack wurde auf einmal hart wie ein Stein, und als sie danach tastete, war es, als wäre er mit einem fremdartigen groben Stoff überzogen. Marieluise Margarete wollte der vorne dösenden Berta Barbara etwas zurufen, aber plötzlich kam ihr die eigene Schwiegertochter wie ein großer Heuschober vor, und von der Seite betrachtet hatte sie ein unnatürlich rotes Gesicht. Vielleicht war das gar kein Mensch, sondern eine Spukgestalt, irgendein boshaftes Irrlicht, das die arme Marieluise Margarete narren wollte? Verzweifelt sah sich die alte Bauersfrau in der fremdartigen verwunschenen Landschaft um. Es war genau Mittag. Alles war still und wie erstarrt. Jedes Blättlein, jedes Sandkörnchen schimmerte in einem fahlen stummen Licht. Nur die Kuh stapfte gemessenen Schritts voran, als folgte sie dem unabwendbaren Gang des Schicksals.

Es gibt nichts Entsetzlicheres, als sich plötzlich einsam und verlassen zu fühlen. Das geliebte Truchtelfingen schien nur noch ein weit entfernter unerreichbarer Traum. Krank, verlassen und hinterhältig allen bösen Mächten zum Opfer vorgeworfen, blieb Marieluise Margarete nichts anderes übrig, als das Gesicht mit ihrem Tuch zu verhüllen und sich hilflos in den Wagen zu kauern. Die einzige Rettung war jetzt, sich vor der Sonne zu verstecken, wie auch in der Nacht die einzige Rettung vor einem Spuk darin besteht, sich eine Decke über den Kopf zu ziehen.

Als sie die Augen wieder öffnete, brach bereits die Dämmerung herein. Die Kuh war müde und trabte nur noch ganz langsam. Berta Barbara, so groß wie fremd, döste zusammengesunken vorne im Wagen. Das Tal war wieder eng geworden. Die steilen Hänge ragten feindselig am Wegesrand empor, drohten mit knorrigen Bäumen und grusligen Schatten. Wie schrecklich war doch die große weite Welt! Die Erzählungen von all ihren Gefahren, Geheimnissen und Täuschungen waren keine Lüge gewesen.

Plötzlich bot sich zwischen den Hängen ein vertrautes Bild: Dort lag ihr liebes altes Truchtelfingen, nur dass sie jetzt von der anderen Seite hineinfuhren. Marieluise Margarete richtete sich mit einem Ruck auf. Ihre Kraftlosigkeit, die Kopfschmerzen und die Übelkeit verflogen, als hätte es sie nie gegeben. Das Gespann zog an der Kirche, an der Post und am Rathaus vorbei, Fenster wurden geöffnet, von allen Seiten waren Grüße und Rufe zu hören, es kamen bekannte Leute entgegen, die alle grüßten und irgendetwas sagten oder fragten. Marieluise Margarete griff wieder tüchtig nach Zwiebelbrötchen und Leberkäse, schälte Eier und trank von dem Selters, das im Schatten abgekühlt war und nun wieder erfrischte.

Dann war Marieluise Margarete wieder zu Hause.

»Brrr!«, rief Berta Barbara der Kuh zu, und das zu Tode erschöpfte Tier blieb stehen.

»Marieluise Margarete ist wieder zu Hause!«, riefen die Nachbarinnen aus ihren Fenstern.

»Gott sei Dank, ich bin wieder zu Hause, gesund und munter«, rief die Weitgereiste.

»Und, hast du dir die Welt angeschaut?«, fragte der Sohn, als er seiner Mutter die Haustür aufhielt.

Marieluise Margarete stieß einen schweren Seufzer aus. »Ach herrjemine! Man redet ja viel darüber, wie groß und weit die Welt ist, aber dass sie *so* groß und weit ist, hätte ich mir im Leben nicht träumen lassen!«

DAS FEUER

In Pfifferlingen war Mittagszeit. Es bot sich ein friedvolles und behagliches Bild. Stille herrschte. Der Frühling lag in der Luft. Fliegen summten leise, nirgends war eine lebendige Seele zu sehen. Selbst der Wind war ermattet, nachdem er den Essensgeruch von einem Fenster zum anderen getragen hatte, und er schien sich leise im Straßenstaub zur Ruhe gelegt zu haben.

Plötzlich kam aus dem Keller des Einfamilienhauses in der Bachstraße 15 ein rundlicher Mann mittleren Alters gerannt. In großer Eile und sichtlich aufgeregt rannte er hin und her, fuchtelte mit den Händen, als wollte er jemanden herbeibitten oder ihm etwas zurufen. Dann stolperte er die Treppe zum Eingang empor und verschwand im Haus.

Wenn man das besonnene Gemüt der Pfifferlinger Bürger und ihre unabänderliche Gewohnheit kannte, sich nie und nirgends zu beeilen, mutete eine solche Szene geradezu gespenstisch an. Zur Mittagszeit saßen alle Bürger am Esstisch, und deshalb war es so gut wie unvorstellbar, dass dann jemand außerhalb seines Hauses herumrannte und mit den Händen fuchtelte. Aber da auch Wachsamkeit zu den herausragenden Eigenschaften der Pfifferlinger gehörte und alle selbst beim Mittagessen mit einem Auge die Straße im Blick behielten, tauchten bei den Nachbarn sogleich dunkle Schatten hinter den Vorhängen auf.

Man musste nicht lange warten, bis der gedrungene Mann so ganz und gar nicht nach Pfifferlinger Art wieder aus der Haustür stürmte und Hals über Kopf mit einem Eimer in der Hand die Treppe zurück in den Keller beziehungsweise in die sogenannte Waschküche rannte.

Im Nachbarhaus ging sofort ein Fenster auf. Jemand steckte den Kopf heraus und fragte: »Hanno, was ist denn mit dir los? Warum rennst du wie eine gesengte Sau?«

Der Hanno genannte Mann hielt in der Kellertür inne und rief zurück: »Es ist eine unglaubliche Sauerei, Berthold! Ich mag es gar nicht erzählen. Ich habe im Keller Holz gehackt, und dabei ist meine Lampe umgefallen.«

»Warum hast du das Holz nicht vor dem Haus gehackt wie sonst immer, Hanno?«

»Ich brauchte nur ein kleines bisschen, Berthold. Das Holz wollte nicht richtig brennen …«

»Aber Hanno, wenn du das Holz im Keller lagerst, wird es nie anständig brennen. Da unten ist es feucht. Warum bewahrst du dein Holz nicht auf dem Dachboden auf?«

»Mein Dachboden ist längst mit Brennholz vollgestopft, Berthold.«

Das Gespräch beruhigte Hanno, und seine Bewegungen wurden weniger hektisch: Die Pfifferlinger waren überaus gesellig und liebten nichts so sehr wie eine gemütliche Plauderei. Deshalb wandte sich Hanno nur widerstrebend wieder seinem Keller zu und fasste nach dem Türgriff.

»Hanno, hast du gesagt, dass deine Lampe umgefallen ist?«

»Na und ob! Umgefallen ist sie und zerbrochen. Das Petroleum ist auf den Boden gelaufen. Ich weiß nicht, was man da machen soll, Berthold.«

»Was heißt da, du weißt es nicht, Hanno? Nimm einen Lumpen und wisch es auf.«

»Das geht nicht, Berthold. Das Petroleum brennt.«

»Es brennt, Hanno? Na, das ist ja eine verflixte Angelegenheit! Dann kann sogar das ganze Haus in Flammen aufgehen!«

»Natürlich kann es in Flammen aufgehen. Darum bin ich in die Wohnung gelaufen, um Wasser zu holen. Aus dem Waschkessel wollte ich es nicht nehmen, weil es dort schon ordentlich warm ist. Die Leni will doch heute waschen.«

»Du spinnst ja, Hanno! Willst du wirklich brennendes Petroleum mit Wasser löschen? So ein Feuer kann man nur mit Sand löschen!«

»Na so was, daran habe ich ja gar nicht gedacht! Aber woher soll ich jetzt Sand nehmen?«

»Du kannst von meinem Sand nehmen, Hanno. Auf meinem Dachboden stehen zwei Kästen mit hervorragendem trockenem Sand. Der ist noch aus der Kriegszeit, als wir mit Brandbomben rechnen mussten. Nimm dir einfach etwas davon. Ich bin gleich mit dem Mittagessen fertig.«

Berthold verschwand vom Fenster, während Hanno sorgenvoll seinen Keller betrachtete, aus dem bereits dichte Rauchschwaden hervorquollen. Dann kam ihm ein erhellender Gedanke. Er stellte den Eimer ab, sprang in den Rauch hinein und kam schon kurz darauf mit einem Spaten bewaffnet aus dem Keller zurück.

Unglücklicherweise war der Pfifferlinger Kalksteinboden so hart, dass man eine schwere Hacke brauchte, bevor man graben konnte. Hanno konnte mit seinem Spaten deshalb nur ein paar Kieselsteine herausbrechen.

Er dachte einen Augenblick nach und rang offenbar schwer mit sich selbst. Dann aber machte er sich auf zum Blumenbeet, das mit gekaufter Schwarzerde aus der Gärtnerei angelegt worden war, und hob sofort einen ganzen Spaten voll mitsamt den eben erst gekeimten Blumen auf. Mit diesem kostbaren Löschmittel begab sich Hanno entschlossen in den Keller hinab. Dort schlug ihm schon so dichter Rauch entgegen, dass er die Luft anhalten und die Augen zukneifen musste, bevor er sich weiter hineinwagen konnte.

In diesem Augenblick öffnete sich ein Fenster in einem weiteren Haus, und noch ein Nachbar fragte: »Was ist denn bei dir los, Hanno, räucherst du etwas?«

»Mein Keller brennt, Konrad.«

»Menschenskind! Der Keller? Ein Dachboden gerät ja gelegentlich in Brand oder auch eine Küche. Aber ein Keller? So etwas habe ich ja noch nie gehört!«

Hanno legte behutsam seinen Spaten ab und begann zu erzählen. »Schau mal, Konrad, ich wollte für meine Leni den Waschkessel anheizen. Aber das Holz brannte schlecht, weil es feucht war …«

Konrad hielt sich nicht weniger an die Pfifferlinger Ordnung und ihre Gebräuche als Berthold, und so warf er sofort ein: »Wenn du Brennholz im Keller aufbewahrst, bleibt es feucht, Hanno! Brennholz muss man auf dem Dachboden lagern …«

»Mein Dachboden ist schon längst vollgestopft, Konrad.«

»Hm, ach so, der Dachboden ist vollgestopft. Aber wie hast du dann deinen Keller in Brand gesteckt, Hanno?«

»Weißt du, Konrad, ich habe Holz gespalten. Dabei ist meine Lampe umgefallen, das Petroleum ist herausgelaufen, und jetzt brennt es.«

»Aber Hanno, wie kann ein Mensch denn bloß so unaufmerksam sein?«

»Ein verdammtes Missgeschick, Konrad! Aber sag selbst, was soll ich tun?«

»Was du tun sollst, Hanno? Es gibt nichts Einfacheres auf der Welt, als ein Feuer zu löschen, das im Keller ausgebrochen ist. Es ist geradezu ein Unglück, dass Feuer so selten in Kellern ausbrechen. Würden sie immer im Keller ausbrechen, gäbe es keine Brände mehr, Hanno. Man würde sie alle sofort im Ansatz ersticken.«

Hanno wandte sich zu Konrad und fragte neugierig: »Was sagst du da, Konrad? Wie soll das gehen?«

Konrad schwieg eine Weile und genoss den Eindruck seiner Worte. Dann zog er ein Feuerzeug hervor, ließ eine Flamme emporschnellen und wieder erlöschen, indem er den Deckel darüber schob.

»Genau so, Hanno. Verstanden?«

»Nein, Konrad, das verstehe ich nicht.«

»Es ist doch ganz einfach, Hanno. Vielleicht erinnerst du dich ja noch aus der Schulzeit an die Grundlagen der Physik? Demnach kann ein Feuer nur dann brennen, wenn es genug Sauerstoff bekommt.«

»Jetzt lass doch mal den Sauerstoff Sauerstoff sein und erzähl mir lieber, wie ich das Feuer in meinem Keller löschen kann, Konrad.«

»Du musst einfach dafür sorgen, dass kein Sauerstoff mehr hineinkommt, Hanno! Allein mit einem solchen Wissen über die Existenz von Sauerstoff ausgestattet lassen sich Methoden zum Löschen von Feuern entwickeln. Was meinst du, wie der Sauerstoff zu den Flammen in deinem Keller gelangt, Hanno? Durch die Tür! Also machst du sie zu!«

Hanno gehorchte, aber der Rauch drang nur umso heftiger durch allerlei Ritzen ins Freie. Die beiden Männer warteten eine Weile. Dann fragte Hanno: »Stimmen diese Grundlagen der Physik denn wirklich, Konrad?«

»Sie stimmen in der Theorie, Hanno, aber es sind zu viele Ritzen. Sieh zu, dass du sie zustopfen kannst.«

Ein dritter Nachbar trat hinzu. »Grüß Gott in die Runde! Warum seid ihr denn so aufgeregt? Und das auch noch um die Mittagszeit?«

»Hannos Keller brennt, Friedrich«, erwiderte Konrad. »Wir überlegen, wie wir den Brand löschen.«

»Um Himmels willen, wozu hat denn diese Stadt eine Feuerwehr? Ruf doch einfach die! Die haben die geeignete Kleidung, Äxte und Schläuche. Damit ist alles im Nu gelöscht.«

»Ja, aber kostet das nicht etwas?«, seufzte Hanno.

»Du liebe Zeit, weißt du etwa immer noch nicht, dass die Einsätze der städtischen Feuerwehr kostenlos sind?«

»So ist es, Hanno. Friedrich hat recht.«

»Dann ist das etwas anderes. Wirklich! Wir zahlen so hohe Steuern, also kann die Stadt auch etwas für uns tun«, sagte Hanno.

»Ganz richtig, Hanno. Aber wie ist denn das Feuer in deinem Keller überhaupt ausgebrochen?«

»Weißt du, Friedrich, das ist eine ganz alberne Geschichte. Ich habe im Keller Feuerholz gespalten, denn das Feuer wollte nicht in Gang kommen …«

»Aber im Keller trocknet Holz doch so schlecht, Hanno …«

»Ich weiß, Friedrich, man sollte es auf dem Dachboden stapeln, aber dort ist längst alles vollgestopft … Nun, ich habe Feuerholz gespalten, und dabei habe ich versehentlich meine Lampe umgestoßen, das Petroleum ist ausgelaufen, und jetzt brennt es. Es wird immer schlimmer, und deshalb wollten Konrad und ich …«

»Na so was, Hanno. Aber ruf lieber die Feuerwehr, und danach unterhalten wir uns weiter.«

Hanno strich sich die Haare glatt und lief zum nächsten Lebensmittelgeschäft, wo es ein Telefon gab. Da kam Berthold aus seinem Haus gelaufen, obwohl er noch an seinen letzten Bissen kaute. Die drei Nachbarn betrachteten voller Sachverstand den Unglücksort.

»Da siehst du es, es brennt wirklich!«, meinte Konrad.

»Und noch dazu im Keller, Konrad. So etwas kommt nur sehr selten vor«, merkte Friedrich an.

»Siehst du, Friedrich, dort steht ein Eimer mit Wasser. Ob man ihn vielleicht nicht doch darüber gießen sollte? Ich glaube, das würde schon reichen.«

»Lieber nicht, Berthold. In einem fremden Haus kann das zu Unannehmlichkeiten führen. Warten wir lieber auf die Feuerwehr«, belehrte ihn Friedrich.

Hanno kam heiter gestimmt aus dem Laden zurück. Die Feuerwehr war alarmiert. Die Männer hätten sich soeben frohgemut vom Mittagstisch erhoben, um ihre Pflicht zu tun und ihm zur Hilfe zu eilen. Er setzte sich neben seinen Nachbarn auf die Treppe und fächelte sich mit dem Taschentuch Luft zu.

»Richtig heiß heute. Wirklich ein schöner Frühling.«

»Solltest du nicht die Fenster öffnen, damit das Haus ordentlich warm wird, Hanno?«

»Aber nein, Konrad, meine Leni glaubt, dass dann die Fliegen hereinkommen.«

»Kann sie denn kein Fliegennetz davor spannen, Hanno?«

»Das hat sie tatsächlich vor, Konrad. Deshalb ist sie heute auch nach Gockelfingen gefahren. Dort bekommt man angeblich besonders günstige Fliegennetze.«

»Was du nicht sagst, Hanno! Dann sollte meine Marta auch nach Gockelfingen fahren! Unser Fliegennetz ist nämlich schon reichlich abgenutzt.«

Die Pfifferlinger Feuerwehr war für ihre Schnelligkeit und Geschicklichkeit weit und breit bekannt. Die Nachbarn kamen nicht dazu, sich noch länger zu unterhalten, denn schon kam unter wildem Sirenengeheul und lautem Glockengebimmel das Feuerwehrauto mit seinem am hinteren Ende aufgewickelten langen Schlauch herangebraust. Dahinter rannte eine große Schar schreiender Buben und Halbwüchsiger, die Erwachsenen als weniger geübte Läufer folgten mit etwas mehr Abstand. Fünfzehn mit glänzenden Messinghelmen, Beilen, Seilen und Lederschürzen bewaffnete Männer sprangen aus dem Auto und eilten auf Hannos Haus zu.

»Bachstraße 15!«, rief der Feuerwehrkommandant, der als Erstes die Hausnummer überprüfte. »Richtig, Kameraden! Los geht's! Ah, da ist ja auch schon der Hanno! Grüß Gott!«

»Grüß Gott, Wilhelm, wie geht es?«, begrüßte er den Feuerwehrkommandanten höflich.

»Mir geht es gut, Hanno. Wo brennt es denn bei dir? Das Haus steht doch fest wie eh und je. Du wirst ja wohl nicht etwa uns, Beamte und Amtsträger der Stadt, aus einem nichtigen Grund gerufen haben, Hanno? Weißt du nicht, dass so etwas streng bestraft wird?«

»Mein Keller brennt, Wilhelm.«

»Der Keller! Verdammt! Das kommt nur selten vor! Na so was, in meinem ganzen Leben habe ich kein Feuer in einem Keller löschen müssen. Aber ich habe weiß Gott viele Brände gesehen. Das kannst du mir glauben, Hanno. Na los, zeig uns schon deinen Keller! Hm, da scheint es tatsächlich ein bisschen zu brennen. Aber wie konnte eigentlich in deinem Keller ein Feuer ausbrechen, Hanno?«

»Weißt du, Wilhelm, unser Fliegennetz war zerrissen. Deshalb ist meine Leni nach Gockelfingen gefahren, weil es die dort angeblich günstig zu kaufen gibt. Sie wollte am Nachmittag wieder zurück sein, weil wir doch heute Waschtag haben. Also wollte ich den Waschkessel anheizen, damit das Wasser schon warm ist, wenn sie zurückkommt. Aber dann wollte das Holz nicht brennen, weil es zu feucht war …«

»Sag bloß, du bewahrst dein Feuerholz im Keller auf, Hanno? Natürlich bleibt es dann feucht. Man muss Holz auf dem Dachboden lagern, wo es anständig trocknen kann.«

»Aber Wilhelm, mein Dachboden ist schon lange voll. Erst gestern habe ich die allerletzte Ecke zugestopft.«

»Nun ja, Hanno, es ist klug, schon im Frühling sein Brennholz für das ganze Jahr bereitzustellen. Dann kannst du unbesorgt in die Zukunft blicken, Hanno.«

»Ganz unbesorgt, Wilhelm.«

»Herr Kommandant, wir haben den Eindruck, dass der Rauch zunimmt«, teilte der Unterkommandant mit.

»Richtig, mein Junge, das hast du gut beobachtet!«

In der Tat nahm der Rauch zu und quoll inzwischen sogar durch den Rauchfang ins Freie.

»Sag mal Hanno, was hast du eigentlich in deinem Keller?«

»Den Waschkessel, eine Blechwanne, einen eisernen Ofen …«

»Aber was zum Teufel brennt dann dort so lichterloh?«

»Zwei Ster Buchenholz, Wilhelm.«

»Wie hast du denn dann das Feuerholz in Brand gesetzt, Hanno?«

»Meine Lampe ist umgefallen und dabei zerbrochen, Wilhelm. Dabei ist das Petroleum ausgelaufen und hat angefangen zu brennen.«

»Aber Hanno, du hast dich benommen wie ein kleines Kind.«

»Nimm es mir nicht übel, Wilhelm, es war einfach ein Missgeschick.«

»Herr Kommandant, der Rauch wird mit jedem Augenblick stärker!«, teilte der Unterkommandant erneut mit.

»So ist es, mein Lieber. Macht den Schlauch fertig, Kameraden! Wo ist denn hier der Hydrant? Aha, vier Meter von der Hauswand und dann fünfzehn Meter nach rechts. Hier ist der Deckel. Beeilt euch! Der Rauch wird immer dichter! Sei ganz ruhig, Hanno, du hast nichts zu befürchten. Gleich haben wir alles ordentlich gelöscht.«

»Muss Petroleum denn nicht mit Sand gelöscht werden, Wilhelm?«

»Wenn in deiner Lampe nur Petroleum war, reicht ein ordentlicher Wasserstrahl, Hanno.«

»Aber dann wird ja der Keller unter Wasser gesetzt, Wilhelm. Was wird meine Leni dazu sagen?«

»Tja, Hanno, alter Freund, daran hättest du denken sollen, bevor du in deinem Keller ein Feuer entfacht hast.«

»Ihr werdet das Wasser anschließend doch wieder absaugen, oder? Ihr habt ja eine schöne kräftige Pumpe.«

»Nein, Hanno, dafür bist du selber zuständig. Wir sind die Feuerwehr der Stadt Pfifferlingen und nicht dazu da, Keller leerzupumpen.«

»Herr Kommandant, der Hydrant gibt nur wenig Wasser ab«, klagte der Unterkommandant. »In diesem Stadtteil herrscht schwacher Wasserdruck. Der Strahl reicht nicht einmal zwanzig Meter weit. Wollen wir nicht rasch den Schlauch zum Bach ausrollen und unsere hervorragende Handpumpe anwerfen? Den Kameraden juckt es geradezu in den Fingern.«

»Du hast recht, Horst!«, sagte der Feuerwehrkommandant und ließ seinen Blick über die Schar Neugieriger schweifen, die immer weiter anschwoll. »Wenn es keinen ordentlichen Strahl gibt, macht die ganze Löscharbeit nichts her. Los, Kameraden, an die Handpumpe! Zieht den Schlauch zum Bach!«

Die Feuerwehrleute nahmen eilig den Schlauch mit seinen glänzenden Messingkupplungen von seinem Halter ab, stellten eigens für diesen Zweck vorgesehene Stützen auf und begannen geschickt, den Schlauch Abschnitt für Abschnitt in Richtung Bach abzurollen. Der Kommandant betrachtete die geschickte Arbeit seiner Leute mit Wohlgefallen.

»Wilhelm«, fragte Hanno besorgt, »hast du nicht den Eindruck, dass der Rauch bereits in die Zimmer eingedrungen ist?«

»Rauch steigt immer nach oben, Hanno. Deine Leni kann dann ja lüften.«

Hanno ließ nicht locker: »Sollte man nicht zur Sicherheit die wertvolleren Möbel heraustragen?«

»Nein, Hanno, das ist nicht nötig. Wir sind ja hier, und deinem Haus kann nichts passieren. Wenn du die Möbel heraustägst, bekommen sie nur Schrammen. Du weißt doch, wie das ist: Dreimal umgezogen ist wie einmal abgebrannt.«

Unterkommandant Horst gab das Zeichen, dass die Pumpe und die Schläuche bereit waren.

Der Feuerwehrkommandant eilte zur Straßenmitte und befahl laut: »Her mit dem Schlauch! Los, pumpen!«

Acht Männer ergriffen die Hebel der Pumpe. Zwei Feuerwehrmänner packten beherzt das Schlauchende mit der glänzenden Spritze und eilten zum Haus.

»Wilhelm!«, rief Hanno panisch aus. »Achtung mit dem Strahl! Er könnte die Fenster zerschmettern.«

»Halt! Ruhe!«, brüllte der Feuerwehrkommandant durchdringend, und Hanno erstarrte auf der Stelle zur Salzsäule.

Der Feuerwehrkommandant richtete sich zu seiner vollen Größe auf, und die Mannschaft verstummte auf einen Schlag, denn alle wussten, dass jetzt der feierliche Augenblick gekommen war: Ihr Anführer würde den Schlauch dirigieren. Jeder Pfifferlinger Bub wusste, dass man nicht einfach anfangen konnte zu pumpen, sondern in einem speziellen, langsam ansteigenden Rhythmus, den nur ein eigens geschulter und besonders begabter Fachmann nach jahrelanger Übung spüren und anleiten konnte.

»Eins, zwei, drei! Eins, zwei, drei!«, rief der Kommandant. Die Pumpe heulte auf, krachte, aber aus dem glänzenden Messingende kamen unter Röcheln nur ein paar Spritzer, die die Hauswand kaum merklich benetzten.

»Was zum Teufel!«, fluchte der Feuerwehrkommandant. »Warum gibt der Schlauch keinen Strahl?«

Die Feuerwehrleute breiteten verständnislos die Arme aus, und Horst rief: »Unsere Pumpe ist die beste weit und breit, ihr kann nichts passiert sein!«.

Doch schon bald darauf fand Horst heraus, dass die Kameraden in der Eile vergessen hatten, Filter anzubringen, weshalb der Schlauch Kaulquappen eingesogen hatte.

»Alle Mann nach Kaulquappen suchen! Die Abschnitte auseinanderschrauben und den Schlauch reinigen!«, befahl der Feuerwehrkommandant und lief puterrot an.

Hanno wich ihm nicht mehr von der Seite. »Hör mal, Wilhelm, sollte man nicht trotzdem die Sachen hinaustragen?«

Der Feuerwehrkommandant drehte sich abrupt zu Hanno um und wollte schon den Mund zu einer barschen Zurechtweisung öffnen, aber dann zog ein schlaues Grinsen über sein Gesicht.

»Weißt du vielleicht eine Stelle im Bach, wo es keine Kaulquappen gibt, Hanno?«

»Ja, ich kenne eine, Wilhelm. Sie ist da hinten beim Steg.«

»Dann lauf dorthin, beobachte das Schlauchende und verscheuch die Kaulquappen. Hier bist du uns nur im Weg.«

Hanno wollte etwas einwenden, aber der Feuerwehrkommandant schob seinen sorgfältig gestutzten Schnurrbart ganz eng an Hannos Gesicht heran und sagte langsam und klar, aber mit drohendem Unterton: »Jetzt habe ich das Kommando! Ich trage die gesamte Verantwortung! Ich bin hier, um dein Haus zu retten! Niemand kann mich daran hindern, meine Pflicht zu erfüllen. Geh und tu, was man dir sagt!«

Das war ein Befehl. Hanno richtete sich kerzengerade auf, grüßte kurz und lief zum Bach hinunter. Er mochte klare Befehle, außerdem war er kein Narr: Er wusste sehr wohl, wie unnötig die Anwesenheit eines Mannes bei einer Geburt oder wie überflüssig eine Mutter am Operationstisch ist, auf dem man gerade ihrer geliebten Tochter den Blinddarm herausschneidet. In solchen Fällen musste das Schicksal in die Hände von Sachverständigen gelegt werden. Der Feuerwehrkommandant war ein Experte für das Löschen von Bränden, und Hanno verjagte eifrig die Kaulquappen, während die Feuerwehrleute in fieberhafter Eile den Schlauch auseinander- und wieder zusammenschraubten.

Mitten in diesem Durcheinander war der Feuerwehrkommandant der Einzige, der ruhiges Blut bewahrte, wie es sich für einen Vorgesetzten und Anführer gehörte. Nachdem er den lästigen Hausherrn losgeworden war, trat er an eines der Fenster heran und spähte aufmerksam in die Stube. Dort drehte sich Rauch, und er rieb sich nachdenklich das Kinn. Es wäre wohl doch sinnvoll gewesen, die Möbel hinaustragen zu lassen. Die Pfifferlinger waren hilfsbereite Leute. Ein Wink hätte genügt, und schon hätte dem Feuerwehrkommandanten eine ganze Schar williger Träger zur Verfügung gestanden. Aber das hätte bedeutet, dass er seinen eigenen Befehl hätte widerrufen müssen.

Wie jedermann wusste, der schon einmal als Soldat im Gleichschritt marschiert war, war ein Befehl etwas Heiliges und Unwiderrufliches. Also wusste der Feuerwehrkommandant, dass es nichts Schlimmeres gab, als einen Befehl zu ignorieren. Er hatte gesagt, dass er Hannos Haus retten würde, und so musste es auch geschehen. Außerdem: Stand dem Feuerwehrkommandanten nicht auch die ausgezeichnete Pumpe zur Verfügung, dieses wahre Wunderwerk? Zur Ehre des Befehls und des Mutes der deutschen Feuerwehrleute galt es, das Element zu bezwingen! Jetzt Möbel hinauszutragen wäre eine erbärmliche

Feigheit gewesen, ein verräterischer Misstrauensbeweis gegenüber sich selbst, seinem eisernen Willen und seinen Waffen.

Während der Feuerwehrkommandant nachdachte, verhärtete sich sein Gesichtsausdruck. Seine scharfen Adleraugen entdeckten in einer Ecke der Stube einen winzigen Brand. Mit einem Ruck riss er sein glänzendes Beil aus dem Holster und zertrümmerte mit einem meisterhaften Schlag die Scheibe mitsamt dem Rahmen. Der Durchzug fachte die Flammen an, und im Nu füllte sich die Stube mit schwarzem Rauch.

»Leiter her! Haken bereithalten!«, ordnete der Feuerwehrkommandant an.

Die Männer am Schlauch konnten ihr aberwitziges Tempo nicht weiter steigern, aber dafür war die Leiter sofort zur Stelle. Ungeachtet der Gefahr sausten zwei Männer mit ihren glänzenden Beilen wie Eichhörnchen hinauf. Kaum hatten die kühnen Feuerwehrmänner die Fenster im Obergeschoss eingeschlagen, schossen auch dort die Flammen hervor und wurden durch den Durchzug zusätzlich angefacht. Im Nu brannte das ganze Haus lichterloh, und das Feuer brauste und dröhnte wie eine Orgel.

Jetzt aber bewies der Feuerwehrkommandant, dass er ein wahrer Mann war! Seine Kommandos schallten nach allen Seiten, sodass die Straße von Feuerwehrmännern nur so wimmelte. Überall krachte, polterte, klirrte und schepperte es. Mal stürzten sich die Feuerwehrleute auf das Haus, dann warfen sie sich den Schaulustigen entgegen und befahlen ihnen, bis auf dreißig Meter zurückzuweichen. Ein Wind kam auf und lenkte den Rauch und den Funkenregen direkt auf die Straße, aber der Feuerwehrkommandant scherte sich nicht darum. Das blanke

Messing seines Beils erstrahlte überall und an jeder Ecke wie ein rettender Leuchtturm. Seine donnernde Stimme drang durch Rauch und Qualm. Er feuerte seine Leute an, mal mit strengen Befehlen, mal mit freundlichen Worten oder sogar mit gutmütigen Späßen.

Der Feuerwehrkommandant war überall, ob nun bei der Leiter, an der Pumpe, beim Schlauch oder bei den Haken. Er erteilte Berthold, Friedrich und Konrad Ratschläge, die inzwischen auf ihren Hausdächern saßen und mit nassen Lappen auf die Funken schlugen, die zu ihnen herübergeweht kamen.

Die Meute aus Schaulustigen war auf gut eintausend angeschwollen und jubelte ihrem großartigen Feuerwehrkommandanten lautstark zu. »Ist das ein Kerl! Überall legt er selbst Hand an! Seht nur, wie er das Kommando führt! Was für eine Stimme er hat! Was würden die armen Feuerwehrleute bloß ohne ihren großartigen Anführer anfangen?«

Als der Feuerwehrkommandant dann sogar die Gelegenheit fand, einem kleinen Mädchen den Kopf zu tätscheln und ein paar aufmunternde Worte zu sagen, obwohl er wahrlich alle Hände voll zu tun hatte, füllten sich die Augen vieler Umstehenden mit Tränen.

Endlich hatte man die Kaulquappen im Schlauch entdeckt und entfernen können. Die Schlauchabschnitte waren wieder zusammengefügt und wurden mit aufgesetzten Filtern unter der strengen Aufsicht Hannos in klares Wasser getaucht. Wieder dirigierte der Feuerwehrkommandant meisterhaft die Pumpe, und dieses Mal kam in einem schönen Bogen ein gleichmäßiger Wasserstrahl hervorgeschossen und traf auf die Flammen, die inzwischen Hannos Haus beinahe aufgefressen und längst an

Kraft eingebüßt hatten. Durch energisches Pumpen und sachverständiges Spritzen war das Feuer schon bald vollständig unter Kontrolle, und eine halbe Stunde später war von Hannos Haus nur noch ein nasser Haufen aus Asche und Kohle übrig.

Die Menge zerstreute sich allmählich und jubelte, wie sicher und ruhig das Leben in Pfifferlingen doch sei, solange es dort so großartige Feuerwehrmänner, eine so kräftige Pumpe, einen so langen Schlauch und einen so heldenhaften Feuerwehrkommandanten gab.

Dieser gab seinen Leuten den Wink, ihren Kampf gegen das Element einzustellen. Wie ein Arbeiter, der bisweilen nach einem schweren, aber erfolgreichen Einsatz erschöpft ist, lehnte sich der Feuerwehrkommandant müde gegen die tüchtige Pumpe, nahm seinen glänzenden schützenden Helm ab und wischte sich den Schweiß von der rußverschmierten Stirn.

»Danke, Kameraden!«, sagte er schlicht. »Ihr habt gekämpft wie die Löwen, der Sieg ist unser! Ich danke euch im Namen des Bürgermeisters und der ganzen Stadt! Denkt daran, meine Freunde, dieses Feuer wird man in Pfifferlingen nicht so rasch wieder vergessen.«

Die Feuerwehrmänner senkten für einen Augenblick gerührt die Hände und betrachteten voller Stolz und Unterwürfigkeit ihren geliebten Anführer. Sie hatten tatsächlich ganze Arbeit geleistet: In dem verkohlten Haufen, der von Hannos Haus übriggeblieben war, glomm kein einziger Funken mehr. Vereinzelt stieg noch etwas Rauch aus der nassen Asche empor, aber das erfahrene Auge des Feuerwehrkommandanten erkannte, dass davon keine Gefahr mehr ausging.

Dann aber sah er, wie Hanno langsam vom Bach zurückkam und mit leerem Blick auf die Stelle starrte, wo einst sein Eigenheim geprangt hatte. Es sah aus, als wolle er noch immer nicht seinen Augen und seinem Verstand trauen.

»Na, altes Haus?«, rief der Feuerwehrkommandant und klopfte ihm jovial auf die Schulter. »Nimm es nicht so schwer, wir haben alles Menschenmögliche getan. Das Feuer ist gelöscht, und es geht davon keine weitere Gefahr aus. Du kannst also ganz beruhigt sein.«

Aber als Hanno kein Wort erwiderte und mit hohlem Blick durch den Kommandanten hindurch in die Ferne starrte, kehrte dieser, gekränkt in seiner Ehre als wohlwollender Amtmann, dem ehemaligen Hausherrn verärgert den Rücken zu und rief zu seinen Leuten, die gerade den letzten Abschnitt des Schlauchs aufwickelten: »Und jetzt, Kameraden, gehen wir zum ›Deutschen Kaiser‹! Nachdem wir so viel Rauch geschluckt haben, müssen wir erst einmal unsere Kehlen befeuchten!«

DAS LÄCHELN

Drusts wurde selbst nicht schlau daraus, warum er Pfifferlingen nicht längst verlassen und zu einer der größeren lettischen Kolonien in Baden oder in Württemberg übergesiedelt war. Das kam wahrscheinlich daher, dass er schon in der alten Heimat daran gewöhnt gewesen war, allein zu leben. Doch Alleinsein in der Heimat und in der Fremde ist zweierlei, und nachdem sich Drusts zuletzt häufig beklagt hatte, wie schwierig es mit Landsleuten sei, musste er nun einräumen, dass es ohne Landsleute noch schwieriger war.

Inzwischen hätte er sich gern der Schar seiner Landsleute angeschlossen, aber der Umzug verzögerte sich. Mittlerweile galten alle Lager als »geschlossen«, die Übersiedlung von einer Besatzungszone in die andere war schwieriger als zu emigrieren, und so blieb ihm nichts anderes übrig, als an Ort und Stelle zu verharren und zu versuchen, seinen Durst nach Gesellschaft durch gelegentliche Besuche in einem der großen Lager zu stillen.

Als sich Drusts' Einsamkeit und seine Sehnsucht nach menschlicher Gesellschaft über einen längeren Zeitraum hinweg bis ins Unerträgliche gesteigert hatten, lud er zu seinem Namenstag seine fünf engsten Freunde schriftlich nach Pfifferlingen ein, woraufhin diese hoch und heilig versprachen, auf jeden Fall zu kommen.

Drusts wollte ihnen gegenüber prahlen und zeigen,

zu welcher Großzügigkeit ein Eigenbrötler wie er in der Lage war. Also brachte er Vorräte für ganze zwei Monate auf den Tisch, Kostbarkeiten, die er über Jahre hinweg angespart hatte – und die er eigentlich gar nicht hätte haben dürfen. Drusts' Wirtin, eine Pfifferlingerin mit einem stets freundlichen Lächeln, stellte gerne Geschirr für sechs Personen zur Verfügung. Obwohl die Gäste erst am Abend erwartet wurden, machte sich Drusts schon am frühen Nachmittag daran, den Tisch für das Abendessen zu decken. Konservendosen mit geschicktem Griff zu öffnen gehörte zu den wenigen Freuden, die einem entwurzelten und verarmten Menschen geblieben war, und so genoss Drusts diese Freude ausgiebig und mit echtem Wohlgefühl.

Als sich die Sonne bereits gen Abend neigte, ließ er befriedigt seinen Blick über das kalte Büffet schweifen: Dort standen Speisen und Getränke aus fast allen Teilen der Welt, und der heimatlose Flüchtling konnte sich angesichts einer solchen Ansammlung geöffneter Dosen fühlen wie ein echter Weltbürger.

Da gab es Sardinen aus der sturmgepeitschten Biskaya, Makrelen aus dem blauen Mittelmeer, Lachs aus dem Stillen Ozean, Heringe aus Norwegens Fjorden, Leberpastete aus New York, Speck aus Chicagos legendären Schlachthöfen, Erdnussbutter aus »Sweet Louisiana«, Margarine aus Connecticut, Käse mit dem kanadischen Ahornblatt auf dem Etikett, Kaffee aus Brasilien, Zucker aus dem rebellischen Santo Domingo, Kondensmilch aus Großbritannien, getrocknete Aprikosen aus Kalifornien, eingemachte Ananas aus Honolulu, Apfelpudding aus Winnipeg, Rosinen aus Algerien, Grapefruitsaft aus Los Angeles … Wenn sich jemand mit etwas Deftigeren stärken wollte, dann, bitte sehr, konnte er auch zerkleinertes Rindfleisch aus der argentinischen Pampa und gehacktes Schaffleisch aus Australien bekommen.

Das geübte Auge eines jeden Flüchtlings konnte auf Anhieb sagen, welche Dose wo und erworben worden war. »Siehe da«, würde er sagen, »die hier stammt aus den Bündeln französischer Kriegsgefangener, die da aus Paketen des Roten Kreuzes, jene aus kanadischen Paketen, diese hier aus den trockenen Rationen dieser und jener Armee und diese dort aus den wohlwollenden Händen von Landsleuten aus dem Königreich Schweden.«

Doch was gab es auf diesem Festtisch aus Deutschland, wo die Flüchtlinge den Deutschen angeblich die Haare vom Kopf fraßen? Natürlich Zwetschgenschnaps! Mitten auf dem Tisch standen gleich zwei Flaschen.

Drusts weidete sich an dem üppigen Anblick der Tafel, schloss die Tür ab und ging zum Bahnhof, um seine Gäste zu empfangen.

Doch aus dem Zug drängte nur eine mit mächtigen Bündeln beladene Schar Pfifferlinger, die von den üblichen Hamsterfahrten in wohlhabendere Gegenden zurückkehrten. Nach einer Weile trat der Postbote an den verdutzten Drusts heran. Er kannte alle Einwohner der Stadt vom Sehen und reichte ihm ein Telegramm, in dem die Freunde ihren Besuch absagten. In dem Lager sei zu irgendeiner neuen Registrierung und Überprüfung aufgerufen worden, die man auf keinen Fall versäumen dürfe.

Es war nicht mehr derselbe Drusts, der vom Bahnhof zurückkehrte, sondern nur noch ein kläglicher Schatten seiner selbst. Als er seine Tür aufschloss und gegen sein kaltes Büffet prallte, brach es ihm fast das Herz. Wo hatte er bloß seinen Verstand gelassen? War er so wenig durch die Unbill des Lebens gestählt worden, dass er sich bei der ersten Gelegenheit blauäugig hatte reinlegen lassen? Wenn selbst Könige, Präsidenten und Großmächte ihre Versprechen nicht immer erfüllen konnten, traf das auf arme Lagerinsassen umso weniger zu. Wie hatte er das vergessen können, und warum bloß hatte er alle seine Dosen geöffnet? In der sommerlichen Hitze würde ihr Inhalt schon am nächsten Tag verdorben sein. Hätte er nicht den Tisch mit ungeöffneten Dosen schmücken können, deren bunte Etiketten überdies um Einiges anziehender ausgesehen hätten als der eigentliche Inhalt? Was hätte es geschadet, begleitet von Scherzen und Bemerkungen seiner Freunde die Dosen je nach Bedarf zu öffnen? Das Schlimmste war jedoch, dass Drusts so bald kein weiteres solches Gastmahl würde veranstalten können – zumindest nicht in den nächsten zwei Jahren.

Sollte er versuchen, die geöffneten Dosen auf die Schnelle noch zu verkaufen? Aber die Pfifferlinger kauften nichts in Eile, und während sie noch über die geschäftliche Seite nachdachten, wären die geöffneten Dosen schon längst reif zum Wegwerfen. Alles selbst essen? Seltsamerweise war Drusts' Hals auf einmal wie zugeschnürt, und von den Leckereien, die ihm bis vor Kurzem noch so begehrenswert erschienen waren, hätte er keinen Krümel herunterwürgen können.

Von seinem Unglück überwältigt fiel Drusts in seinen Stuhl zurück und klammerte sich an eine Flasche Zwetschgenschnaps, als sei sie das Letzte, was ihm noch Halt geben konnte. Die scharfe Flüssigkeit, die im Kreis heiterer Gefährten die Zunge hätte frohlocken lassen, schmeckte nun widerwärtig wie Essig und drückte zusätzlich auf sein Gemüt wie ein nasser Lappen. An der gedeckten Tafel wurde Drusts so heftig von seiner Einsamkeit überwältigt, als hätte man in einem Windkasten ein Ventil geöffnet. In Gedanken verfasste er einen giftigen Brief an die verräterischen Freunde, die nicht wenigstens ein einziges Mal auf diese endlosen Registrierungsverfahren hatten pfeifen können, zumal sich diese letztlich ja doch nur allesamt als unnötig erwiesen.

Drusts blickte traurig auf die berühmten schwedischen Heringe. Sie waren zart und fein, ruhten in einer öligen gepfefferten Flüssigkeit und verbreiteten einen scharfen Geruch nach Anchovis. Sein Blick wanderte weiter über die frisch duftende Leberpastete bis zu einer Büchse mit einer einladenden rosafarbenen Masse, auf deren Etikett »KAM« stand. Drusts hätte heulen können. Jetzt verstand er den großen Abenteurer und Exilant Giacomo Casanova, der angeblich gesagt hatte, dass nichts auf der ganzen Welt trauriger sei, als allein zu Abend zu essen.

Drusts trank ein paar Gläschen, die seine trübe Stimmung nicht im Mindesten hoben, sondern lediglich in seinen Eingeweiden brannten. Doch da erwachte in Drusts plötzlich ein rebellischer Geist. Seine nichtsnutzigen Freunde hatten ihn im Stich gelassen, also musste er sich andere Tischgenossen verschaffen! Jawohl, er würde auf der Stelle aufbrechen und wie einst Harun al Raschid, der Kalif von Bagdad, den Erstbesten einladen, der ihm über den Weg lief, und sei es der älteste Greis, der die stinkendste Pfeife auf dem ganzen Erdball rauchte und den unverständlichsten Dialekt sprach. Oder noch besser: Er würde nach einem Flüchtling aus Ostpreußen oder aus Pommern suchen, nach einem Vertriebenen, wie er selbst einer war. Doch da kam Drusts der rettende Gedanke: Er würde seine Wirtin einladen!

Während sich andere Landsleute über ihre Vermieterinnen beschwerten und endlose Kämpfe mit ihnen austrugen, hatte Drusts an seiner noch recht jungen und drallen Witwe nichts auszusetzen. Sie lächelte stets, war immer freundlich und gesprächig. Man mochte ihr allenfalls ihre Gesprächigkeit vorwerfen, denn wenn sie erst einmal begonnen hatte zu reden, konnte sie nichts und niemand mehr unterbrechen. Da der Dialekt der Pfifferlinger nur schwer verständlich war, sagte Drusts auf gut Glück immer »ja« und warf nur dann und wann der Abwechslung halber auch einmal ein »nein« ein. Wenn dann alles gesagt war, begann die Wirtin gemäß Pfifferlinger Sitte wieder von vorne und schwätzte, während der arme Drusts mit schmerzenden Knien am Treppenende ausharrte. Aber da es sich um eine Eigenschaft handelte, die allen Pfifferlingern gemein war, und diese das Schwatzen nur um des Schwatzens willen liebten, hätte sich Drusts ebenso gut darüber ärgern können, dass die Pfifferlinger überhaupt Pfifferlinger waren. Drusts gefielen die strahlenden Augen seiner Wirtin, außerdem lächelte sie immer, wenn sie mit Drusts sprach. Ihr Lächeln war wohlwollend und vollkommen unschuldig, und ihre weißen Zähne glänzten gleichmäßig in einer Reihe wie Perlen auf einer Schnur. Abgesehen davon war es kein Schaden, mit seiner Wirtin gut auszukommen, denn wenn schon nichts unvergänglich ist – warum sollte es dann ihre Freundlichkeit sein?

Drusts stürzte zur Tür und brachte der Wirtin seine Einladung vor. Zuerst war sie vollkommen verblüfft, geradezu verlegen. Einen Augenblick lang befürchtete Drusts sogar, sie hätte sie ihm übelgenommen, denn schließlich hatte er sie erst eingeladen, als die anderen Gäste nicht erschienen waren. Aber die Wirtin war kein so komplizierter Charakter. Warum sollte man nach irgendwelchen Ursachen suchen? Schließlich wussten alle, wie trügerisch und unverständlich die Mechanismen dieser Welt waren und dass jeder Versuch vergeblich war, ihre Geheimnisse zu ergründen. Eine Einladung war eine Einladung, und eine kostenlose gute Mahlzeit war eine kostenlose gute Mahlzeit.

Die Wirtin schickte sich an, eine andere Bluse anzuziehen und sich die Haare zu richten, und schon kurze Zeit später erschien sie am üppig gedeckten Tisch. Als sie aber den Überfluss sah, wie ihn osteuropäische Gastfreundschaft vorsah, wurde sie ganz verlegen, denn bei den sparsamen Pfifferlinger Einladungen reichte man Tee ohne Zucker, Butterbrote ohne Butter und pro Kopf einen Fingerhut Schnaps. Mehrere Mal wanderten ihre runden braunen Augen über die Batterie von Konserven, und sie zählte sie lautlos wie in ein Gebet versunken. Dann setzten sie sich an den Tisch, und siehe da: Zu zweit schmeckte es tatsächlich besser.

Anfangs aß die Wirtin mit übertriebener Zurückhaltung, zerteilte selbst die kleinen Sprotten, nahm nur eine halbe Sardine und brach lediglich ein halbes Biskuit ab. Als sie aber sah, wie ungeniert sich Drusts die appetitlichen Happen auf den Teller häufte, und sie seine Beteuerung hörte, dass man bedenkenlos zugreifen solle, weil sonst alles nur dem Verderb anheimfalle, ging sie entschlossener zur Sache und griff ebenfalls tüchtig zu. Als Drusts ihr auch ein paar Gläschen Zwetschgenwasser aufnötigen wollte, entschuldigte sich die Wirtin plötzlich, lief davon und kehrte mit einem rotgestreiften Hemd zurück.

»Da Sie heute Namenstag haben, erlauben Sie mir, Ihnen das hier zu schenken«, sagte die Wirtin. »Mein Mann, Gott hab ihn selig, hat es nur ein einziges Mal getragen.«

»Aber so war es doch gar nicht gemeint!«, erwiderte Drusts überrascht und sagte noch manches andere mehr, aber das Hemd nahm er trotzdem an, denn tatsächlich passte es ihm.

Wie hübsch sie das gesagt hatte: nur ein einziges Mal getragen. Drusts dachte nach und beschloss, dass das Geschenk ein netter Abschluss für das improvisierte Abendessen zu zweit war. Aber da bemerkte er, dass es sich die Wirtin jetzt erst so richtig am Tisch bequem machte. Drusts forderte sie auf, noch ein bisschen zuzugreifen, und diesmal ließ sie sich nicht mehr lange bitten, sondern stach mit ihrer Gabel so geschickt in die Sardinen, dass sie gleich drei auf einmal erwischte.

Ob sich die Wirtin nun nach dem Geschenk eher dazu berechtigt fühlte zuzugreifen, oder ob sie erschrocken war, weil sie sich in zu große Ausgaben gestürzt hatte und nun versuchte, den Wert des Hemds wieder durch reichliches Essen wettzumachen – ihr gesamtes Wesen hatte sich verändert. Sie war gebieterischer geworden, und ihr Appetit hatte sich mindestens verdreifacht.

»Dieses Zwetschgenwasser ist ordentlich stark!«, rief sie, und Drusts schenkte ihr eilig noch ein Gläschen ein.

»Sie brauen einen höllisch starken Kaffee, und mit Zucker und Milchpulver schmeckt er viel besser als schwarz!«, behauptete sie. Also goss ihr Drusts eine weitere Tasse ein.

»Diese Sardinen kann ich wirklich nur in den höchsten Tönen loben«, erklärte die Wirtin und fischte sich die letzten heraus. »Aber ich muss zugeben, dass die Gänseleberpastete doch am köstlichsten war«, fügte sie hinzu und stieß mit ihrem Löffel auf den Boden der Dose, dass es nur so schepperte, und alles, was darin noch übrig war, landete auf ihrem Teller.

»Ich freue mich, dass es Ihnen mundet!«, plauderte Drusts.

»Aber ganz hervorragend, prima«, erwiderte die Wirtin fröhlich, »und diese Chesterfield-Zigaretten sind geradezu himmlisch! Und erst dieser Rosinenpudding und die Dörrpflaumen! Der Kuchen! Die Orangenmarmelade! Scho-ko-la-de! Köstlich!«

Die Oberlippe der Wirtin und ihr Kinn glänzten fettig. Um ihren Mund herum zeichnete sich ein feiner grauer Rand aus Schokolade und Kuchenkrümeln ab, ihre Wangen waren prall und rot wie Äpfel, und auf der Stirn glänzten winzige Schweißperlen. Gleichzeitig schossen ihre Augen unermüdlich wie Quecksilberkügelchen über die leeren und noch vollen Dosen, und im Weiß ihrer Augen traten feine zarte Äderchen hervor.

Eine Zeit lang versuchte Drusts noch mit ihr mitzuhalten, aber bald ermüdete er und beobachtete seinen Gast mit unverhohlener Neugierde, denn der Hunger seiner Wirtin schien mit jedem Augenblick weiter zuzunehmen. Wie ein Stein, der einen steilen Hang herabrollte und immer größere Sprünge machte, wurden auch die Happen der Wirtin immer größer. Längst waren auch die Reservedosen mit dem zerkleinerten Rindfleisch aus Uruguay und dem gehackten Schaffleisch aus Australien geleert, aber die Wirtin aß und aß, schnaufte, lächelte, betrank sich mit Schnaps und schlürfte ihren Kaffee so schnell, dass Drusts nicht verstand, wie sie dazwischen auch noch reden und Zigaretten rauchen konnte. Drusts fiel auf, dass sie gar nicht mehr darauf achtete, was sie aß, denn oft enthielt ein Bissen gleichzeitig Hering und

Schokolade, Pflaume und Sardine. Drusts hätte keinen Eid darauf leisten wollen, aber ihm war, als hätte die Wirtin zusammen mit dem Kuchen sogar ihren Zigarettenstummel aufgegessen.

Für einen kurzen Augenblick vergaß sich Drusts und stützte den Kopf in die Hände, wurde dann aber durch die vollkommene Stille aufgeschreckt, die plötzlich am Tisch eingetreten war. Er hob den Blick zu seinem Gast und erschrak: Seine freundliche Wirtin saß kerzengerade aufgerichtet vor ihrem Teller und starrte mit leerem Blick ins Weite. Gesicht und Kopf waren tiefrot, die Brust hob sich schwer, die linke Hand hielt noch krampfhaft die Gabel fest und war in den Schoß hinabgesunken. Dann quollen ihre Augen hervor, und ein verzweifelter Blick schweifte über die leergegessenen Dosen, aus denen gelegentlich noch ein einsames Fischlein oder ein Fleischrest hervorlugten. Noch einmal richtete sich die Wirtin auf, dann sprang sie auf und eilte aus dem Zimmer.

Drusts wartete eine ganze Weile, aber sie kehrte nicht zurück. Ihre Tasse war noch nicht ausgetrunken, der bestrichene Biskuit nur angebissen, die Zigarette nicht zu Ende geraucht.

Verwundert machte sich Drusts auf die Suche nach der Wirtin, fand sie aber nirgends. Schließlich erklärte ein Bursche, der das Vieh im Haus versorgte, dass sie sich zu Bett begeben habe. Das verstieß nun ganz und gar gegen die guten Sitten, denn die Pfifferlinger pflegten sich ausführlich zu verabschieden und die gesamte feierliche Zeremonie mehrere Male zu wiederholen. Hoffentlich war nichts schiefgegangen, dachte Drusts besorgt, als er sich selbst zur Ruhe begab.

Aber so war es. Als Drusts am nächsten Morgen seiner

Wirtin einen guten Morgen wünschte, gab sie nur eine brummige Antwort von sich und kehrte ihm sofort den Rücken zu. Keine Spur von Gesprächigkeit oder ihrem üblichen Lächeln. Als Drusts seine Wirtin zur Mittagszeit traf und ihr einen guten Tag wünschte, passierte wieder dasselbe: Sie brummte und kehrte ihm den Rücken zu.

Drusts saß ganz verlegen da. Er überlegte eine geschlagene Stunde, wo und womit er gegen die Gesetze der Höflichkeit und Gastlichkeit verstoßen haben könnte, aber ihm fiel nichts ein. Ob er etwas Unpassendes gesagt oder sich zu ungezwungen verhalten hatte? Wenn man einander nicht wirklich verstand, konnte so etwas leicht passieren. Aber es war auch kein Wort über Dinge gefallen, die eine Person, ein Volk, einen Staat, eine Rasse oder irgendjemandes Ehre hätten verletzen können. Es konnte daher nichts anderes sein als – das Hemd! Die Wirtin hatte sich überrumpelt gefühlt und ihm einen zu wertvollen Gegenstand überlassen. Was war schon ein Essen im Vergleich zu einem Hemd? Was aufgegessen war, war für immer aus den Augen und aus dem Sinn, aber mit einem guten Hemd konnte man noch jahrelang herumstolzieren. Die Erfahrung hatte Drusts gelehrt, dass man um jeden Preis in Eintracht mit seiner Vermieterin leben musste. Darum faltete er das Geschenk zusammen, begab sich unverzüglich zu der Wirtin und wünschte ihr auf das Höflichste einen guten Abend.

»Sehr verehrte Dame«, fuhr Drusts fort, »gestatten Sie mir, Ihnen untertänigst für das schöne Geschenk zu danken, aber ich darf es nicht annehmen, es ist zu kostbar …«

Als die Wirtin das vernahm, zuckte sie zusammen wie von der Tarantel gestochen, und gab das bislang lauteste Brummen von sich, bevor sie in ihren eigenen Räumlichkeiten verschwand und die Tür geräuschvoll hinter sich zuschlug.

Geschlagene zwei Tage war die Wirtin nicht ansprechbar, und Drusts wusste wirklich nicht mehr, was er noch tun sollte.

Am dritten Tag erwachte Drusts bereits früh, weil ihm das Atmen schwerfiel und seine Augen tränten. Als er unter seinem Fenster Plätschern und das Klappern von Eimern vernahm, ahnte er, was das zu bedeuten hatte. In heller Panik stürzte er zum Fenster und riss es eilig auf.

Auf dem Hof herrschte ungewohnt geschäftiges Treiben. Nachbarn und Verwandte waren zum großen Gülleeinsatz zusammengekommen, den jeder schwäbische Bauer nach Möglichkeit sogar zweimal im Jahr beging, um Felder sowie Blumen- und Gemüsegärten ordentlich zu düngen. Damit so ein Gülleeinsatz rascher vonstattenging, spannte man zur Arbeit nicht die trägen Kühe, sondern das alte Pferd an. Es stand sonst im Stall und wurde von unter dem Bauch gespannten Leinenbändern getragen, denn wäre das große Tier hingefallen, wäre es sehr schwer gewesen, es wieder auf die Beine zu heben. Immer wieder trug die Wirtin frische Gülle heran und goss sie verschwenderisch über die Rosen, die genau unter Drusts' Fenster blühten.

Mit einem Schlag wurde ihm alles klar: Die Wirtin wollte nicht mehr mit ihm reden und ihn offensichtlich aus dem Haus jagen, indem sie ihn einfach ausräucherte. Er dichtete das Fenster verzweifelt mit Tüchern und Zeitungen ab und floh für den Rest des Tages.

Während er in der Gegend herumlief, erkundigte er sich hier und da nach einem anderen Zimmer, aber das war gar nicht leicht zu bewerkstelligen.

Schlecht gelaunt kehrte Drusts nach Hause zurück. Der gemeinsame Einsatz war beendet, und der Hof war leer, aber der üble Gestank waberte noch immer über den Hof und die ganze Straße.

Plötzlich bemerkte Drusts, dass die Wirtin direkt in der Haustür stand, als habe sie ihn erwartet.

Was hatte das zu bedeuten? Er zog den Kopf ein und wollte sich schon heimlich davonstehlen, aber die Wirtin trat ihm rasch entgegen, griff nach seiner Hand und sagte mit dem allerfreundlichsten Lächeln: »Herr Drusts! Ich danke Ihnen herzlich für das wunderbare Abendessen! Seit meiner Hochzeit habe ich mich nicht mehr so amüsiert! Dieser großartige Kaffee! Die Fische! Und erst das Gebäck! Ich hoffe, dass Ihnen das Hemd gut stehen wird …«

Wieder schwatzte die Wirtin schnell und so viel, dass das Gespräch bis tief in die Nacht dauerte.

Was mochte das zu bedeuten haben. Warum war das Wohlwollen der Wirtin so urplötzlich zurückgekehrt? Drusts wollte wissen, woran er war, also musste er die Ursache herausfinden. Neben der Vortreppe war noch ein Bursche damit beschäftigt, ein Fass wegzurollen. Drusts überwand seine Abneigung wegen des Gestanks, und fragte den jungen Mann, was die Gesinnung der Wirtin so heftig verändert haben mochte.

Der Bursche verstand erst eine ganze Weile gar nicht, was Drusts von ihm wollte. Aber Drusts hatte sich im Laufe der Zeit daran gewöhnt, den Pfifferlingern alles erklären zu müssen, und es beunruhigte ihn nicht im Mindesten, dass der Bursche auch nach fünfmaligem Fragen nur von einem Fuß auf den anderen trat und sich hinter dem Ohr kratzte. Drusts wusste, dass es nur eine Frage der Zeit war. Und siehe da: Als der Mond über den Apfelbäumen emporstieg, lächelte der Bursche auf einmal.

»Ach so! Warum die Wirtin nicht gelächelt hat? Ich bin auch nicht schlau daraus geworden. Ich dachte, ich hätte mit ihren Tieren etwas falsch gemacht. Aber heute früh kommt sie doch glatt zu mir, sieht mich nur von der Seite an und brummt: ›Maxi, pass auf beim Gießen und füll das Fass durch ein Sieb ab. Ich bin bei einer Abendgesellschaft etwas krank geworden und habe plötzlich Zuckungen bekommen. Jetzt ist mein Zahnersatz weg, den musst du wiederfinden.‹ Als ich dann das letzte Fass fülle, stoße ich darauf. Seitdem ist alles wieder gut!«

Drusts ging reichlich verwirrt davon. Er spürte, dass er sich trotz des in diesem Hause herrschenden Lächelns nach einer anderen Unterkunft sehnte.

DIE BRÜDER PFISTER

Die Leute der umliegenden Dörfer und Städtchen pflegten leichtfertig zu behaupten, dass alle Pfifferlinger nach einem einheitlichen Schnittmuster gefertigt seien. Sie erbten immer den Beruf ihres Vaters, heirateten früh und arbeiteten ihr ganzes Leben lang an ein und derselben Stelle.

Nun, auf die Mehrheit der Pfifferlinger mochte das zutreffen, aber eben nicht auf alle. Eine Ausnahme waren zum Beispiel die Brüder Pfister, Eugen und Elias. Beide waren längst über sechzig, hatten aber nie geheiratet. Sie hatten sich über den Bauernstand ihrer Familie erhoben und waren Wirker geworden, wechselten häufig die Stelle und hatten somit in fast allen Wirkereien der Stadt gearbeitet. Die Brüder machten sich weder mit ihren Arbeitsgenossen noch mit den Nachbarn gemein, gingen nicht in die Kirche oder ins Wirtshaus, sondern verzogen nur ihre dunklen Gesichter zu einem verschlagenen Grinsen. Dieses Grinsen wurde dann auch noch spöttisch, wenn sich ein Mitbürger über schwere Zeiten beklagte oder sich Sorgen über seine Zukunft machte. Dann besagte das Grinsen der Brüder Pfister ungefähr Folgendes: »Du elender Schwätzer und erbärmlicher Einfaltspinsel! Es gibt ein Mittel gegen jedes Unglück und alle Sorgen. Wir beide kennen es und wenden es an. Aber du bist ein so hoffnungsloser Narr, dass wir es dir bestimmt nicht enthüllen werden.«

Die alten Pfifferlinger wussten zu berichten, dass die Brüder Pfister schon seit jeher so gegrinst hatten, ganz gleich, welche Stürme und Plagen Deutschland und Pfifferlingen heimsuchten. Sie grinsten während des Ersten Weltkriegs, über die darauffolgende Inflation und alle weiteren Umwälzungen hinweg. Als Hitler das alte Deutschland auf den Kopf stellte, grinsten sie so, dass es nur so knirschte, sie grinsten, als wieder ein Krieg und eine Besatzung kam, und sie grinsten sogar dann noch, als die lebenslangen Ersparnisse aller ehrlichen Pfifferlinger im Nu zu ein paar jämmerlichen Groschen zusammenschrumpften. Die Brüder Pfister grinsten immer und überall. Wie kamen sie dazu? Wie konnten sie sich das erlauben?

Die Brüder Pfister hatten tatsächlich ein Geheimnis, und es kam nur rein zufällig heraus.

Obwohl im besetzten Deutschland der Handel mit rationierten Textilwaren streng verboten war und die Polizei akribisch kontrollierte, dass niemand solche Erzeugnisse illegal hortete, ließ sich in Pfifferlingen mit seinen Fabriken immer noch das eine oder andere Stück auftreiben. Die Gasthöfe von Pfifferlingen waren deshalb immer voll mit Fremden, auf den Straßen waren stets Autos von weither zu sehen, und die Post beförderte jede Menge Päckchen. Kurz und gut: Von Pfifferlingen aus wurde ein weiter Umkreis mit Textilwaren versorgt, und deshalb fanden sich dort Schwarzhändler selbst aus weit entfernten Großstädten zum Einkaufen ein.

Ab und zu zog die Polizei Hilfskräfte aus dem ganzen Kreis zusammen, führte nächtliche Razzien in Gasthöfen durch und durchsuchte Autos. Trotzdem fiel die Beute immer erstaunlich mager aus. Zwar fand man bei fast allen Reisenden ein Bündel Wäsche oder Stoff, aber für alles gab es den schriftlichen Nachweis, dass ihnen die Gegenstände entweder von Eltern oder von Verwandten zur Aufbewahrung und Beförderung oder zum Umfärben und Umnähen anvertraut waren.

Aber als eines Nachts bei einer solchen Razzia bergeweise Wäsche durchstöbert wurde, entdeckte die Polizei im billigsten Kämmerlein des schäbigsten Gasthofs einen Alten, in dessen abgenutzter Aktentasche sich nur ein einziges Hemd befand. Aber es war ganz neu und verfügte über keinerlei Bescheinigung. Auf die Frage, woher er es habe, antwortete der Alte schlicht, er habe es gekauft, da er dringend ein Hemd benötige, und er zeigte, dass er tatsächlich nur Lumpen am Leibe trug.

Natürlich hätten die Polizisten bei einer anderen Gelegenheit gar nicht auf eine solche Kleinigkeit geachtet. Aber diesmal waren sie aufgebracht, weil sie keinen der großen Schwarzhändler erwischt hatten, und so nahmen sie den Alten in die Mangel. Der brach daraufhin zusammen und gestand, dass er Lehrer in einem benachbarten Dorf war, und er nannte das Haus, in dem er das Hemd gekauft hatte.

Als die Polizisten die Adresse hörten, fiel ihnen vor Staunen die Kinnlade herunter: Es war das Haus der Brüder Pfister. Aber die Pfisters und Schwarzhandel? Das ging überhaupt nicht zusammen. Die Pfisters waren nur allzu gut bekannt. Einer der Polizisten wohnte direkt neben ihnen und beteuerte, dass die Brüder unschuldig sein mussten. Eugen und Elias standen früh auf, gingen früh zu Bett, und nie schlug bei ihnen ein Fremder auf. Auch die übrigen Polizisten und selbst der Bürgermeister, der als leitender Beamter der Stadt und oberster Vorgesetzter der Polizei die Razzien oft persönlich angeordnet hatte, waren in jeder Hinsicht von der Unschuld überzeugt und vermuteten irgendein Missverständnis.

Und doch packte sie in dieser Nacht der Zorn. Alle erinnerten sich auf einmal an das Grinsen der Brüder Pfister. Sie hatten nicht nur gegrinst, wenn sie sich mit einfachen Polizisten unterhielten, sondern auch beim Gespräch mit dem Bürgermeister persönlich. Es war nur gerecht, wenn man für jedes Vergnügen am Ende zu zahlen hatte, und jetzt bot sich die Gelegenheit, die Pfisters zur Kasse zu bitten. Endlich gab es einen Anlass, das Haus der Brüder gründlich auf den Kopf zu stellen, und so erteilte der Bürgermeister die entsprechende Anordnung.

Nichts widerstrebte einem Pfifferlinger mehr, als Fremde in sein Haus zu lassen, und noch zehnmal widerwärtiger war es ihm, wenn er dies unvorbereitet tun musste. In das Heim der Brüder Pfister hatte seit mindestens vierzig Jahren kein Besucher seinen Fuß gesetzt. Doch selbst als die beiden mitten in der Nacht überraschend geweckt wurden, setzten sie ihr höhnisches Grinsen auf.

Die Hausdurchsuchung enthüllte einen weiteren Unterschied zwischen den Brüdern Pfister und den gewöhnlichen Pfifferlingern. Die Pfifferlinger waren überaus reinlich und ordnungsliebend. Jede Woche wischten sie ihre Böden mit Seife, und mindestens ein Zimmer im Haus war immer peinlich sauber. Die Behausung der Brüder Pfister erwies sich dagegen als eine abscheuliche Räuberhöhle. Seit dem Tod ihrer Mutter war dort nichts gewaschen oder geputzt worden, und mittlerweile waren mehrere Jahrzehnte vergangen. Die Wohnstube war mit so viel Gerümpel, Plunder und Lumpen angefüllt, dass man nur zwei halbwegs freie Flächen ausmachen konnte: eine rings um den Blechofen und eine weitere um den dreibeinigen Tisch, an dem die Brüder aßen. Dort hatten die auf dem Lehmboden festgetretenen Essensreste eine so dicke Schicht gebildet, dass der dreibeinige Tisch ganz schief stand. In der Ecke türmte sich ein großer Haufen aus fettigen Lumpen, wattierten Decken und Resten von Federbetten: Dort schliefen die Brüder. Die Decke und die Wände waren von einem Vierteljahrhundert Qualm pechschwarz angelaufen, und die Fenster sahen aus wie mit Mohnsamen bestreut.

Wenn von da an in Pfifferlingen jemand ein passendes Wort für einen fürchterlichen Verhau suchte, dann sagte er: »Das sieht ja aus wie bei den Brüdern Pfister.« Sollte noch jemand daran gezweifelt haben, dann wusste er überdies spätestens jetzt, dass die eigenartige dunkelgraue Gesichtsfarbe der Brüder nichts anderes war als die Folge jahrelanger Verwahrlosung.

Allerdings entdeckte die Polizei in der Stube nichts, was nicht in Einklang mit dem Gesetz gestanden hätte. Es war nicht die Aufgabe der Polizei, über Hygiene zu urteilen. Eine gründlichere Untersuchung war ohnehin nicht möglich, denn die Polizisten waren nicht an einen solchen Gestank gewöhnt. Nachdem sie ein bisschen in den Lumpenhaufen herumgestöbert hatten, eilten sie schleunigst hinaus an die frische Luft.

Schon wollten die Ermittler den Hof wieder verlassen, als der Blick des Bürgermeisters im Flur rein zufällig auf eine Tür mit eisernen Riegeln genau gegenüber vom Zugang zur Wohnstube fiel.

»Was ist hinter dieser Tür?«, fragte er.

»Der Stall«, sagte Eugen Pfister und grinste.

Richtig, der Bürgermeister hatte ganz vergessen, dass die Brüder im Bauernhaus ihres Vaters lebten, wo der

Stall, wie es in Schwaben üblich war, unter demselben Dach wie die Stube lag und von dort mit einem einzigen Schritt zu erreichen war.

»Was ist dort drin?«, fragte er gleichgültig, nur um etwas zu fragen.

»Heu.«

»Heu? Wozu habt ihr Heu, wenn ihr kein Vieh habt?«

»Nur so. Es lagert dort.«

»Wahrscheinlich fault es dort seit den Lebzeiten eures Vaters vor sich hin. Kameraden, schaut mal nach, wie es da drinnen aussieht. Muffiges Heu ist gefährlich, denn es kann sich von selbst entzünden.«

Im Nu war die Tür geöffnet. Tatsächlich war der Stall bis zur Tür mit Heu vollgestopft. Es wirkte alt, lag aber locker, als sei es häufig gewendet worden. Einer der Polizisten packte einen Armvoll Heu und staunte nicht schlecht: Darunter lag ein gigantischer Haufen Trikotwaren.

Die Polizisten zögerten erst kurz, aber dann stürzten sie sich wie die Wilden mit hell erleuchteten Taschenlampen in den Stall.

Es war das reinste Fabriklager. Die schiere Masse an Kleidungsstücken war unmöglich zu erfassen. Es war ein Fang, wie er einem nur einmal im Leben gelang. Es dauerte eine ganze Weile, bis die Polizisten erkannten, dass die Brüder Pfister ohne ihr übliches Grinsen vollkommen fremd wirkten. Da der Haufen weder rasch fortgeschafft noch zügig untersucht werden konnte, versiegelte man den Stall, postierte zwei Wächter an der Tür und brachte die beiden Unglücksraben ins Gefängnis.

Der Bürgermeister schärfte seinen Leuten nachdrücklich ein, die Angelegenheit bis zur vollständigen Aufklärung streng vertraulich zu behandeln. Trotzdem hatte die

Nachricht schon tags darauf in aller Frühe in der ganzen Stadt die Runde gemacht. Schuld daran war nicht einmal die Geschwätzigkeit von Polizisten, sondern das Pfifferlinger Gefängnis.

Wie alles in dieser sparsamen Stadt war auch das Gefängnis sehr klein, und die sehr hochgewachsenen Brüder Pfister wurden dort regelrecht hineingepfercht. Das Gefängnis lag im Obergeschoss des Rathauses in einem eigens errichteten Anbau. Fremde wunderten sich oft über diesen seltsamen Käfig, der dort an der Brandmauer klebte wie ein Schwalbennest. Aber im Rathaus hatte man keinen Raum erübrigen können, und da das Gesetz in jedem Rathaus ein Gefängnis vorschrieb, brachte man es an der Außenseite in einer Höhe an, aus der man nicht herunterspringen konnte, ohne Gefahr zu laufen, sich ein Bein zu brechen. Vermutlich hatten die Erbauer des Gefängnisses in der guten alten Zeit überhaupt nicht damit gerechnet, dass man dort jemals jemanden würde einsperren müssen.

Man konnte sich lebhaft das Erstaunen des braven Pfifferlingers ausmalen, der zu früher Stunde am Rathaus vorbeiging, unwillkürlich, vielleicht nur aus Gottesfürchtigkeit, den Blick nach oben richtete und auf einmal hinter den vergitterten Fenstern, die bis dahin nur als warnende Symbole gedient und immer leer und blind über die Stadt geblickt hatten, die Gesichter von zwei Verbrechern erblickte.

Wie von der Tarantel gestochen stürzte er zur nächstbesten Tür, um von diesem unglaublichen Vorfall zu berichten. Nur wenige Augenblicke später hatten sich vor der Brandmauer des Rathauses bereits scharenweise neugieriger Pfifferlinger versammelt, die zu erraten versuchten, wer die Galgenvögel sein mochten. Nichts konnte der Überraschung in der Menge gleichkommen, als kurz darauf hinter den Gittern die allseits bekannten dunklen Gesichter der Brüder erschienen, weil diese gerade ihre eingeschlafenen Beine ausstreckten.

Nachdem die erste Aufregung abgeklungen war, stürmten die Leute zu den Räumlichkeiten der Polizei. Dort wurden sie vom diensthabenden Wachtmeister mit einem wissenden Lächeln empfangen. Aber er gehorchte seinem Befehl und gab keine Auskunft, weshalb die Schar der Neugierigen zum Haus der Brüder Pfister eilte.

Auf dem Hof trugen sich ungeheuerliche Dinge zu. Eigens vom Bürgermeister beauftragte Polizisten und Rathausbeamte hatten vor dem Haus Stühle und einen Tisch mit einer Schreibmaschine aufgestellt. Die einen Beamten versiegelten den Stall, die anderen waren damit beschäftigt, die sichergestellten Vermögenswerte zu zählen, zu prüfen, zu schätzen und zu erfassen.

Als sich der Hof mit Schaulustigen füllte, bemühte sich Polizeiunterwachtmeister Konrad die Neugierigen abzuwimmeln, Haus und Hof der verbrecherischen Brüder Pfister abzuriegeln und vor unbefugten Blicken abzuschirmen. Aber aus der Menge erklangen so viele erregte Rufe und die Leute machten solche Stielaugen, dass der Bürgermeister eine Entscheidung treffen musste.

Warum sollte man dem Volk verbieten, sich einen gebührenden Eindruck davon zu verschaffen, was mit Gesetzesübertretern geschah? Warum sollte man die Leute und die Beamten der Gelegenheit berauben, vor einem so gespannten und aufmerksamen Publikum in Rollen aufzutreten, um die sie selbst die berühmtesten Tragöden beneiden würden? Dies war ein erschütterndes Ereignis in dem sonst so gemächlichen Leben des Städtchens, und der Bürgermeister wusste, dass jede noch so verstohlene Bewegung und jedes noch so leises Wörtchen ohnehin in allen Pfifferlinger Häusern besprochen und gedeutet werden würden. Also erlaubte man es den Leuten, die Ereignisse aus gebührender Entfernung zu verfolgen; später wurde außerdem zur Kennzeichnung des zulässigen Abstands ein Seil gespannt.

Die Arbeit konnte beginnen. Zwei Polizisten holten nach und nach die unter dem Heu verborgenen Kleiderhaufen aus dem Stall und legten die einzelnen Stücke dem Beamten vor, der als Prüfer eingesetzt war. Der faltete das ihm gereichte Stück so auseinander, dass es alle Zuschauer gut sehen konnten, hielt es gegen das Licht, befühlte es mit geübter Hand und gab laut bekannt, ob es sich um einen Morgenrock, Hosenbeine, eine Kindermütze oder etwas anderes handelte. Dann reichte der Prüfer das Stück dem als Schätzer eingesetzten Beamten, der nach einer ebenso eingehenden Untersuchung einen Preis nannte und das Stück weiter an den Beamten reichte, der die Beschreibung vornahm. Der überprüfte alles ein weiteres Mal, markierte die Stücke, diktierte die Beschreibung der Maschinenschreiberin und reichte den Gegenstand einem Polizisten, der ihn mit einer Nummer versah und in eigens für diesen Zweck herangeschafften Kisten verstaute.

»Ein Hemd aus Baumwolle, Größe einundvierzig, ungebraucht«, rief der Prüfer.

»Wert: zwei Mark sechzig«, rief der Schätzer dann.

»Weiß mit blauen Punkten«, fügte der Beschreiber hinzu, und die Schreibmaschine ratterte wie ein Maschinengewehr.

»Drei Kindersporthosen aus Baumwolltrikot, ungebraucht, Wert: drei Mark zwanzig, dunkelblau mit einem Gummibund anstelle eines Hosengurts.«

»Pantoffeln für kleine Füße, geflochten aus Stoffstreifen, ungebraucht, Wert: eine Mark, blaurotgelb gestreift.«

»Dreiteilige Damenwäschegarnitur aus Seide, ungebraucht, Wert: sieben Mark vierzig, rosafarben mit Frottee auf der Innenseite …«

So ging es ganze elf Tage lang weiter. Die verantwortungsvollste Arbeit entfiel auf den Schätzer. Die Zuschauer waren alle entweder Wirker, Zuschneider oder Mitarbeiter der Fabrikkontore und -lager, die selbst den kleinsten Fehler auf der Stelle verbessern konnten, es aber nur selten tun mussten. Der vom Rathaus eingesetzte Schätzer war ein erst später zugereister Händler und verstand sein Amt wie ein echter Meister.

Je tiefer die Prüfer in die Haufen vorstießen, desto aufregender wurden die Funde und desto mehr Neugierige versammelten sich auf dem Hof. Der Kleiderberg erinnerte an den Kleinasiatischen Hügel, in dem der Amateurarchäologe Schliemann das antike Troja vermutet und dann gleich ganze sieben Städte übereinander entdeckt hatte.

Es stellte sich heraus, dass im Haufen der Brüder Pfister die ganze Pfifferlinger Geschichte verborgen lag. Die Entwicklung der weit und breit gerühmten Trikotindustrie konnte jetzt vor den Augen der Polizei, der Schätzer und der Zuschauer zurückverfolgt werden wie in einer Kinovorstellung, wo der Film rückwärts abgespult wurde. Mit jedem Tag wurden eigentümlichere Stücke in immer altmodischeren Schnitten zu Tage gefördert, zur Belehrung der Kinder und zur Erinnerung für die Erwachsenen. Manche gestandene Näherin durchlebte auf dem Hof der Pfisters unter Tränen ein zweites Mal ihre Jugend.

In der zweiten Woche war der Kleiderberg schon merklich flacher geworden, doch klebten die einzelnen Stücke so fest aneinander, dass man sie nur mit Gewalt voneinander lösen konnte und dabei erheblich beschädigte. Jetzt herrschte im Stall starker Schimmelgeruch. Die Schnitte waren so ungewöhnlich geworden, dass sich der Schätzer immer wieder selbst verbessern musste und ihm die Schamesröte in die Wangen stieg.

»Ein Nachthemd aus Baumwolltrikot … Nein, Verzeihung, ein Unterrock, lang, Größe vierundvierzig, gebraucht … Entschuldigung, ungebraucht, aber beschädigt, Preis: vierzig … Nein, Entschuldigung, höchstens fünfunddreißig Pfennig, gelb, mit breiten blauen Streifen, altmodisches Modell, stark angeschimmelt.«

»Eine Nachtmütze aus Baumwolltrikot, Größe achtundfünfzig, unbenutzt, stark beschädigt, Wert: vier Pfennig, rot mit weißen Querstreifen, gefüttert, stark von Ratten angenagt, taugt allenfalls noch als Putzlumpen.«

»Lange Strumpfhosen aus Baumwolle für stämmige Waden«, »Wert: fünf Pfennig«, »weiß netzartig gestrickt, ohne Füßlinge«, »verschimmelt und von Ratten angenagt, nur noch geeignet als Putzlumpen.«

Je tiefer man in den Haufen vorstieß, desto jämmerlicher wurden die Fundstücke. Am letzten Tag schnaufte der Prüfer mit heiserer Stimme: »Ein Kleid … Nein, Verzeihung, ein Morgenrock … Nein, Verzeihung, zwei zusammengeklebte Nachthemden, möglicherweise Baumwolltrikot, vollständig verdorben, praktisch ohne Wert, offenbar hellblau, altmodischer Schnitt, vollkommen zerfallen, unbrauchbar.«

»Möglicherweise ein Hemd aus Baumwolltrikot, vollständig zerstört, ungefähr Größe sechsundvierzig, zweiteiliger Trainingsanzug mit einer Art Mütze mit Bändern, praktisch ohne Wert, war vermutlich einmal rot mit blauen Querstreifen, vollkommen zerfallen.«

»He, liebe Leute, das ist doch kein Trainingsanzug!«, mischte sich da ein grauhaariger Zuschauer ein.

»Was soll es denn sonst sein, Martin?«, fragte der Prüfer ironisch und hielt den feuchten löchrigen Lappen, der kaum noch zusammenhielt, mit beiden Händen in die Höhe. »Schau doch selbst, lange Hosen, eine Bluse mit langen Ärmeln, dicker Stoff mit aufgerauter Innenseite.«

»Die Hosen reichen aber nur bis zum Knie, und der Halsausschnitt ist zu groß, Berthold!«, beharrte Martin, der als Zuschneider ergraut war.

»Na, dann ist es eben ein Kinderkittel«, sagte der Prüfer erbost, wenn auch nicht vollkommen überzeugt.

»Ganz bestimmt nicht, für einen Kinderkittel ist es zu breit!«, rief Martin hitzig.

»Also … dann …«, stotterte der Prüfer, »weiß der Teufel, was das für ein Stück ist!«

»Was heißt da ›weiß der Teufel‹? Sag mir, was das für ein Stück ist, damit ich es eintragen kann, Berthold«, verlangte der Beschreiber, der der Maschinenschreiberin diktierte, sachlich und trocken, aber zunehmend ungeduldig.

»Schreib: ein vollständig zerfallenes Stoffstück, praktisch ohne Wert, Dieter.«

»Was heißt da Stoffstück, Berthold? Ein Stoffstück ist unbearbeitet, aber das hier ist eindeutig zugeschnitten und genäht. Und wenn es genäht ist, kann man es nicht als Stoffstück eintragen.«

»Ach, es ist doch sowieso vollkommen hinüber! Was spielt es dann noch für eine Rolle, ob es zugeschnitten und genäht ist oder nicht? Es taugt doch sowieso nur noch als Putzlumpen!«

»Berthold! Ich habe hier eine Spalte mit der Überschrift ›Konfektionsart‹, und dort muss ich etwas eintragen. Du bist hier, um die Ware zu bestimmen. Dann sag mir bitte, was das für ein Stück ist, damit das Buch ordentlich und vollständig ist, denn schließlich trage ich dafür die Verantwortung.«

Berthold lief so rot an, als hätte er eine ganze Stunde lang auf dem Kopf gestanden. »Ja … das ist … das ist … Zum Teufel, jetzt sagt schon, was das für ein verdammtes Stück ist!«

Er wandte sich verzweifelt an die Zuschauer und hob den schuldigen Lumpen in die Höhe. Der eine oder andere gestandene Wirker trat heran, ebenso die eine oder andere erfahrene Zuschneiderin, aber tatsächlich hatte noch niemand ein so sonderbares Stück gesehen. Die älteste Wirkerin vermutete, dass es die Brüder Pfister noch von ihrer verstorbenen Mutter geerbt hatten. Aber das half Berthold auch nicht weiter, und so hielt die Verwirrung an.

Die Polizisten brachten aus dem Stall noch einige weitere dieser löchrigen und zerfallenen Stücke auf den Hof. Als sich aber herausstellte, dass der Stallboden noch tiefer lag als zuerst vermutet, und mehrere hundert, wenn nicht gar tausend dieser absonderlichen Kleidungsstücke zum Vorschein kamen, wurde die Sache endgültig ernst. Einige wenige Exemplare hätte man noch durchgehen lassen können, auf keinen Fall aber eine solche Menge. Die Beamten gerieten regelrecht in Verzweiflung.

Zum Glück tauchte gerade da der Bürgermeister auf, der sich jeden Tag wenigstens ein Weilchen einzufinden pflegte, um den Verlauf der Ermittlungen zu beobachten. Wieder stellte sich heraus, dass er sein Amt nicht ohne Grund bekleidete, denn er hatte sofort einen Ratschlag bei der Hand: Man möge jemanden zu den Brüdern Pfister schicken und sie selbst befragen.

Als Berthold, der Prüfer, raschen Schrittes zum Rathaus lief, bemerkte er schon von Weitem, dass die beiden Brüder wie in schweigender Meditation ihre Stirnen gegen die Gitter pressten, und in ihren Mienen spiegelten sich sowohl Erhabenheit als auch Unterwürfigkeit wider wie bei unschuldig gemarterten Heiligen.

»He, Eugen, Elias!«, rief Berthold und hielt eines der geheimnisvollen Kleidungsstücke in die Höhe. »Was ist das hier? Es stammt aus eurem Vorrat, aber niemand von uns weiß Rat.«

Die Brüder veränderten ihre Haltung nicht, sondern hoben nur leicht ihren bleiernen Blick in Richtung Berthold und gaben keine Antwort. Lediglich der märtyrerhafte Zug in ihren Mienen verstärkte sich.

»Habt ihr mich nicht gehört?«, rief Berthold. »Schaut her! Wisst ihr, was ich in der Hand halte? Es ist zweiteilig mit Mütze und Bändern! Was ist das? Es lag ganz unten im Stapel!«

Die Brüder antworteten nicht. Nur der schmerzverzerrte Zug in ihren Gesichtern verstärkte sich. Aber als Berthold hartnäckig blieb und sich um ihn eine wachsende Schar Neugieriger versammelte, sagte Eugen, ohne den Kopf zu heben: »Geh und lass uns in Frieden, du, der du mit den Ungerechten gemeinsame Sache machst. Verschluckt euch an unserem ehrlich angesparten Vermögen, von dem wir nur ein einziges Hemd aus purem Mitleid dem alten Schulmeister Johann zum Selbstkostenpreis verkauft haben. Geh zurück zu den Ungerechten und wirf gemeinsam mit ihnen die Würfel über unsere Mäntel.«

Also musste Berthold unverrichteter Dinge zum Hof der Pfisters zurückkehren.

Aber der Bürgermeister war nicht zu Scherzen aufgelegt. »Ach so?«, rief er. »Von der Sorte also sind unsere verbrecherischen Brüder! Sie sind verdorben bis ins Mark, und jetzt erdreisten sie sich auch noch, sich der freundlichen Bitte eines Amtsträgers zu widersetzen? Schafft sie unverzüglich her, notfalls mit Gewalt! Los!«

Vier Polizisten eilten zum Rathaus, und schon kurz darauf traten die Brüder Pfister mit gesenkten Häuptern wie Sträflinge auf den Hof ihres Hauses. Durch die Zuschauermenge ging ein mitleidiges Raunen. Die im Gefängnis verbrachten Tage und der Verlust des während ihres Lebens aufgehäuften Schatzes hatte die Pfisters von Grund auf verändert. Nur wenn man wirklich wusste, dass dies die einst so schlau grinsenden Brüder waren, entdeckte man bei ihnen den alten hoffärtigen Ausdruck. Alle kannten nun ihr Geheimnis, und so waren sie fast schon zu Symbolfiguren der Trikotstadt Pfifferlingen und ihrer sparsamen Bewohner geworden. Ihr Glaubensbekenntnis lautete: Wem Trikot gehört, dem gehört die Welt, und er hat weder Hunger noch Armut zu fürchten. Geld ging flöten und konnte flöten gehen, weil es Geld war: bunte Papierfetzen, mit denen man weder seine Blöße bedecken noch bei Bauern etwas Essbares eintauschen konnte. Die Brüder hatten ehrlich gespart, um sich für schwere Zeiten und für das Alter abzusichern.

Selbst in Anbetracht ihres Ruins blieb der Stolz der Brüder Pfister ungebrochen. Sie hatten viel verloren, ihr Vermögen und ihr Grinsen, aber dafür hatten sie die Erkenntnis gewonnen, dass eine so verdorbene ungerechte Welt nichts anderes verdient hatte als den Untergang. Sie betraten den Hof und stellten sich der Menge gefasst wie Menschen, die alle ihre offenen Rechnungen mit dieser niederträchtigen und betrügerischen Welt beglichen hatten.

»Eugen! Elias!«, fuhr sie der Bürgermeister streng an. »Ihr werdet vorgeführt, um sofort und ohne Umschweife wahres Zeugnis über eure ungesetzlich aufgehäuften Sachen abzulegen.«

»Diese Sachen sind weder gestohlen noch geraubt«, antwortete Eugens düster, »sondern ehrlich und gesetzmäßig verdient. Oft erhielten mein Bruder und ich unseren Wirkerlohn nämlich nur in Naturalien. Und«, er erhob die Stimme, »wie kann es sein, dass man das vergängliche Geld ungestraft horten kann, wie es einem beliebt, während man einen dauerhaften Wert wie gutes Trikot nicht lagern darf und dafür sogar bestraft wird?«

Beide Brüder durchbohrten den Bürgermeister mit Blicken. So mussten einst die verfolgten Christen im Kolosseum den Löwen in die Augen gestarrt haben, denen sie zum Fraß vorgeworfen werden sollten.

Der Bürgermeister wiegte langsam den Kopf. »Auf dieser Welt gibt es keine ›unvergänglichen Werte‹, Eugen. Aber was das Trikot betrifft, so ist euch beiden bekannt, dass ihr per Gesetz verpflichtet gewesen wäret, einen solchen Vorrat anzumelden, zum ersten Mal den Behörden von Kaiser Wilhelm, ein zweites Mal der Republik, ein drittes Mal Hitlers Kriegsverwaltung und zum vierten und letzten Mal den französischen Besatzern. Vier Mal habt ihr den Befehlen der Regierung nicht Folge geleistet, und deshalb habt ihr kein Recht, in aller Öffentlichkeit eine solche Leidensmiene aufzusetzen.«

Die Brüder schwiegen eine ganze Weile lang finster. Dann sagte Elias, der Ältere der beiden, langsam und tief: »Meldest du auch immer alles an, was deine Frau Traude in ihrem Schrank anhäuft, Günter?«

Der Bürgermeister errötete und warf ihm einen bösen Blick zu. Kein Beamter gestattete sich ein Lächeln, und auch die Menge lauschte ehrfürchtig, denn schließlich wären dann mehr oder weniger alle schuldig.

»Überlassen wir es den zuständigen Behörden, Licht in diese Angelegenheit zu bringen«, antwortete der Bürgermeister ausweichend und fuhr etwas nachgiebiger fort: »Sagt uns jetzt lieber, was das für sonderbare Kleidungsstücke sind, die nicht einmal die älteren Pfifferlinger Wirker beim Namen nennen konnten.«

Die Brüder Pfister wurden an dem Lumpenhaufen vorbei in den leeren Stall geführt, wo nur noch eine letzte schimmlige Schicht am Lehmboden klebte.

Als sie die verrotteten Stoffe sowie die bereits geprüften, geschätzten und erfassten Lumpenhaufen sahen, die wie stumme Zeugen die Worte des Bürgermeisters untermauerten, dass es auf der Welt keine unbeständigen Werte gebe. Anstelle von verletztem Stolz erhielt zuerst blanke Überraschung Einzug in die Mienen der Brüder Pfister, doch dann verwandelte sich diese in Schmerz und schließlich in eine seltsame Genugtuung. Die Überraschung zeigte, dass die Brüder den Irrtum ihrer Sammelwut und übermäßigen Vorsicht erkannt hatten, die ihnen nicht gestattet hatte, den Haufen umzuschichten. Der Schmerz rührte daher, dass das gute Vermögen so kläglich zugrunde gegangen war, und ihre Genugtuung zeugte von der Schadenfreude, dass die Bemühungen ihres Lebens nicht den ungerechten Pfändern zugutegekommen waren.

Siehe da, allmählich kehrte wieder etwas von dem früheren hoffärtigen Ausdruck in die Gesichter der Brüder zurück wie ein schwacher Abglanz ihres schlauen Grinsens. Als der Bürgermeister seine Frage wiederholte, was das für rätselhafte Kleidungsstücke seien, antwortete Eugen, stolz über die Erkenntnis, dass er wieder einmal mehr wusste als alle anderen, ohne ins Stocken zu geraten: »Ein Badeanzug nach der neuesten Mode des Jahres 1901. Damaliger Preis: zwei Mark und dreißig Pfennig. Davon insgesamt siebenhundertdreißig Stück – der Lohn eines Jahres für uns beide zusammen.«

DER RING

Eines Tages ließ die Wirtin einen rotgesichtigen Mann bei Drusts vor. Der schäbige Uniformrock war von seinen Kragenspiegeln befreit worden, und in den fleckigen Hosen steckte ein so stämmiger Leib, dass sich in dem Stoff nicht das kleinste Fältchen bildete. Ein teilweise in Armeeuniform gekleideter Mann war in den Nachkriegsjahren nichts Ungewöhnliches, doch pflegte man so kein fremdes Haus zu besuchen. Da sich die Schwaben überaus streng an ihre Kleiderordnung hielten und selbst die ärmsten Pfifferlinger Handlanger eine anständige Sonntagsstatt besaßen, lag der Gedanke nahe, dass es sich um einen Mann handelte, der aus einem zwingenden Grund aus der sowjetischen Besatzungszone geflohen war. Drusts' Vermutung bestärkte sich durch die furchtsame Miene des Mannes, seine weit aufgerissenen Augen und seine fieberhaften Bewegungen. Kaum hatte er den Raum betreten, lehnte er sich schwer atmend gegen die Tür. So hätte wohl jemand ausgesehen, der aus Angst vor der Volkspolizei aus dem Osten geflohen war, doch dafür war der Mann zu beleibt und sah viel zu gesund aus.

»Sie sind Arzt!«, stieß der Riese heiser hervor.

Drusts erhob sich nun auch und fragte: »Wer hat Ihnen das gesagt?«

Der Gast geriet in Verwirrung. »Wer das gesagt hat? Das wissen doch alle. Die Witwe Leni hat es mir erzählt.«

»Ich bin Apotheker«, erläuterte Drusts, verstimmt über

die Geschwätzigkeit seiner Wirtin. »Ich habe zwar auch Medizin studiert, das Studium aber nicht abgeschlossen, und ich bin nicht berechtigt zu praktizieren. Sie müssen sich an einen Landsmann um Hilfe wenden. Schauen Sie, Doktor Konzelmann wohnt nur ein paar Schritte weiter in derselben Straße.«

Nein!«, rief der Besucher. »Bitte nicht! Ich kann zu keinem deutschen Arzt gehen!«

»Ach so? Denken Sie vielleicht, dass ich mich als Ausländer auf irgendeine zweifelhafte oder gar finstere Sache einlasse, vor der die Einheimischen zurückschrecken?«

»Nein, so war es nicht gemeint!«, beteuerte der Fremde betrübt. »Aber es gibt … besondere Umstände. Sehen Sie nur!«, stieß er hervor und spreizte die Finger seiner riesigen Hand. »Was für ein entsetzliches Unglück!«

Drusts betrachtete die Hand aufmerksam, konnte aber beim besten Willen nichts Besonderes feststellen.

»Ich kann keine Verletzung erkennen. Ihre Hand ist vollkommen gesund. Sie ist nur sehr fleckig.«

»Aber der Ring! Sehen Sie denn nicht den Ring?«, rief der Besucher noch aufgeregter.

Tatsächlich, auf dem Ringfinger erblickte Drusts einen schmalen Reif, tief eingegraben zwischen zwei Fleischwülsten.

»Auch mit dem Ring scheint mir alles in Ordnung zu sein«, bemerkte Drusts.

»Ich kann ihn nicht mehr herunterziehen«, seufzte der Gast wie unter großen Schmerzen.

»Ach so! Jetzt verstehe ich! Weil sich deutsche Ärzte nicht mit einem solchen Unsinn abgeben, glauben Sie, dass ein törichter Ausländer dafür gerade noch gut genug ist?« Aufgebracht wies Drusts dem Mann die Tür.

»Bitte nicht!«, stieß der Besucher erschrocken hervor und stolperte ein paar Schritte auf Drusts zu. »Bitte nicht! Bitte hören Sie mich an, Herr Doktor …«

»Ich bin kein Doktor!«

»Verzeihen Sie, Herr Dok… Ich bitte um Entschuldigung. Es liegen besondere Umstände vor«, stotterte der Riese aufgeregt. »Ich komme von hier. Mein Name ist Benno Konzelmann. Ich bin erst kürzlich aus der französischen Gefangenschaft zurückgekehrt. Ich arbeite in der Metzgerei Frick als Schlachter. Ich kann unmöglich zu einem deutschen Arzt gehen. Aber ich muss unbedingt diesen Ring loswerden. Es ist ein Verlobungsring. Heute Morgen hat ihn mir die Witwe Marta Lieselotte Maute übergestreift, und jetzt bekomme ich ihn nicht mehr herunter!«

»Vielleicht können Sie ihn ja erst einmal auf dem Finger lassen?«, fragte Drusts grinsend. »Denken Sie in aller Ruhe darüber nach.«

»Niemals!«, stieß Benno entsetzt hervor. »Selbst für alle Reichtümer dieser Welt würde ich diesen Ring niemals auf meinem Finger lassen! Ich will von dieser Person nichts hören!«

»Warum haben Sie sich dann den Ring überstreifen lassen?«

»Ach!«, seufzte Benno unglücklich und lief puterrot an. »Das ist einfach so gekommen. Ganz zufällig, verstehen Sie … Manchmal passiert es, dass ein Mensch müde ist, und … jetzt wird sie allen erzählen, dass ich ihren Verlobungsring trage! Sie wissen doch, dass wir Pfifferlinger solche Verlobungsangelegenheiten überaus ernst nehmen und … Es ist entsetzlich! Ich kann nirgendwohin fliehen! Bitte überlassen Sie einen Menschen nicht einfach seinem

Schicksal! Ich flehe Sie inständig an! Niemand sonst vermag mir zu helfen. Jeder deutsche Arzt wird mein Unglück in der ganzen Stadt herumposaunen wie einen großartigen Scherz. Nicht auszudenken, was dann passiert!«

Was blieb Drusts da anderes übrig? Er betrachtete den fetten Finger, der tüchtig angeschwollen war und ziemlich mitgenommen aussah. Der altmodische Ring hatte sich so tief ins Fleisch eingegraben, dass er sich nicht über das Fingergelenk ziehen ließ. Weder mit Fett noch mit Seife ließ sich etwas ausrichten.

»Gehen Sie doch zu einem Goldschmied, wenn Sie solche Angst vor einem Arzt haben«, riet Drusts, nachdem er sich vergeblich abgemüht hatte. »Ein Goldschmied kann den Ring durchsägen und danach wieder zusammenschweißen, sodass niemand etwas merkt.«

»Vollkommen ausgeschlossen. In Pfifferlingen gibt es nur einen Goldschmied, und der ist auch noch ein Verwandter von mir.«

»Na also, das ist doch hervorragend!«

»Hervorragend? Er ist der schlimmste Spötter in der ganzen Stadt! Es wäre der Höhepunkt seines Lebens, mich in einer so misslichen Lage zu wissen!«

»Dann gehen Sie zu einem Mechaniker oder zu einem Zahnarzt.«

»Nein, nein! Die kennen mich auch alle. Außerdem sind weitere Scherereien zu befürchten, wenn der Ring beschädigt wird. Ich muss ihn um jeden Preis loswerden, und zwar auf der Stelle! Ich darf dieses Zimmer auf keinen Fall mit diesem Ring an der Hand wieder verlassen. SIE steht da draußen auf der Straße! Ich weiß, dass SIE meinen Aufenthaltsort bereits ausgekundschaftet hat. SIE wird mich auf der Stelle abfangen!«

»Also hören Sie mal, Sie sind schließlich ein gestandener Mann, ein gedienter Soldat«, schalt ihn Drusts.

»Sie kennen die Witwe Marta Lieselotte Maute nicht«, flüsterte Benno kaum hörbar, aber mit einer solchen Überzeugungskraft, dass nun auch Drusts begriff, wie aussichtslos für den armen Tropf eine Auseinandersetzung mit dieser entsetzlichen Witwe war.

Benno warf Drusts einen so verzweifelten Blick zu, dass sich dieser wieder an dem Finger zu schaffen machte. Er tat alles, was in seiner Macht stand, doch es war und blieb vergebliche Liebesmüh.

»Da haben Sie es. Der Ring lässt sich nicht abstreifen.«

»Das weiß ich selbst. Der Ring geht nicht mehr herunter. Ich habe alles getan, was in meiner Macht stand, und wollte nichts unversucht lassen. Darum bin ich ja auch zu Ihnen gekommen. Schneiden Sie mir in den Finger!«

»Sind Sie von Sinnen? Außerdem würde das auch nicht helfen.«

»Es wird helfen!«, rief der Metzger leidenschaftlich, von neuer Hoffnung erfüllt. »Schneiden Sie hier hinein, direkt neben dem Gelenk. Anschließend drücken Sie den Ring in die Furche, biegen den Finger zurück, und schon lässt sich der Ring über das Gelenk ziehen. Ich habe über alles nachgedacht, aber ich schaffe es nicht allein.«

Drusts schüttelte sich bei dem Gedanken an einen derart schmerzhaften Eingriff. »Dann muss so tief geschnitten werden, dass Sehnen verletzt werden und der Finger mit Sicherheit steif bleiben wird.«

»Das ist alles ganz gleich, solange ich nur vor diesem … vor dieser Frau gerettet werde. Ich werde ihr den Ring vor die Füße schleudern und sagen: »Marta, hier hast du deinen Ring, jetzt lass mich in Ruhe!«

»Ich werde nicht schneiden«, erklärte Drusts entschlossen. »Erstens ist das eine Operation, zu der ich in keinerlei Hinsicht berechtigt bin. Zweitens würde ich auch dann niemals in diesen Finger schneiden, wenn ich dazu befugt wäre, denn die Aufgabe eines Arztes ist es, Menschen zu heilen, und nicht, sie zum Krüppel zu machen.«

»Ach, du lieber Gott! Das hat doch keinerlei Bedeutung!«, rief der Schlachter verzweifelt. »Was ist denn schon ein einzelner Finger im Vergleich zu einem zerstörten Leben? Aber wenn Sie auf keinen Fall schneiden und Sehnen verletzen wollen, gibt es noch eine weitere Möglichkeit: Ziehen Sie dem Finger die Haut ab! Hier, beim Gelenkknoten. Dann wird der Finger schmaler, und der Ring lässt sich abziehen.«

»Nein!«, antwortete Drusts scharf. »Nie werde ich etwas tun, das auch nur einen Tropfen Blut erfordert.«

»Was heißt da Blut! Daran bin ich gewöhnt. Jeden Tag gieße ich eimerweise davon weg.«

Doch Drusts beharrte auf seinem Standpunkt. »Seien Sie kein Narr, gehen Sie zu Ihrem Verwandten, dem Goldschmied!«

»Dann … bleibt mir nichts anderes übrig, als mir selbst den Finger abzuschneiden«, sagte der Schlachter und sank in sich zusammen. »Aber es wird nicht leicht werden, mit der linken Hand mit dem Beil genau die richtige Stelle an der Fingerwurzel zu treffen … Womöglich trenne ich noch zwei oder drei weitere Finger mit ab.«

»Sie sind ein unglaublicher Dickkopf!«, rief Drusts empört. »Sie verhalten sich wie ein trotziges Kind. Niemand kann Sie dazu zwingen, eine Frau nur deshalb zu heiraten, weil sie Ihnen einen Ring über den Finger gestreift hat!«

»Mein Herr, es gibt so vieles, das Sie nicht verstehen! Sie

kennen Marta und ihre Verwandten nicht, denn die werden alle für sie einstehen. Sie haben auch keine Ahnung davon, wie mich meine Verwandten auslachen werden. Wenn ich den Ring nicht auf der Stelle loswerde, bleibt mir nichts anderes übrig, als Pfifferlingen zu verlassen. Aber wohin soll ich mich dann wenden? In diesen Zeiten? Ich bin dazu bereit, mein gesamtes Hab und Gut herzugeben, wenn Sie mich nur von diesem neunmal verfluchten Ring befreien. Ich habe sechshundert Mark gespart. Die gehören Ihnen!«

»Ich will Ihr Geld nicht!«, brummte Drusts ärgerlich. »Kommen Sie, wir wollen es noch einmal versuchen!«

Und siehe da, endlich gelang es Drusts, die Haut zurückzuschieben und den gut eingeölten und angewärmten Ring nach heftigem Drehen und mit einem kräftigen Ruck von dem geschwollenen Finger herunterzuziehen.

»Ah! Prima! Großartig! Weg ist er! Na also! Habe ich es nicht gesagt? So schwierig war es doch gar nicht, das Ding herunterzubekommen. Das hätte ich auch selbst gekonnt. Ich hoffe, Sie verlangen nicht zu viel dafür. Ich weiß nicht, ob ich Ihnen überhaupt eine Entschädigung anbieten darf, wo Sie als Ausländer bestimmt keine gesetzliche Erlaubnis haben zu praktizieren …«

»Tun Sie doch, was Sie wollen, Sie unglückseliger Bräutigam!«, rief Drusts, halb verärgert, halb belustigt über Bennos Unverschämtheit. »Sonst streife ich Ihnen den Ring sofort wieder auf den Finger!«

Der große Metzger bewegte sich trotz seiner enormen Körperfülle flink wie ein kleiner Junge zur Tür, taumelte aber sofort wieder zurück. »Habe ich es nicht gesagt? Schauen Sie, dort steht sie!«, flüsterte Benno entsetzt und zog die Tür vorsichtig bis auf einen winzigen Spalt zu.

Drusts sprang auf. Er war über alle Maßen neugierig auf eine solche Megäre, diese Medusa von Pfifferlingen, die den Schlachter derartig in Angst und Schrecken versetzt hatte. Wie konnte es sein, dass er ein solches Ungeheuer nicht schon früher bemerkt hatte? Auf Zehenspitzen lugte er dem Metzger über den breiten speckigen Rücken.

Die Straße war vollkommen leer. Drusts dachte bekümmert, dass der arme Tropf vermutlich nicht recht bei Trost war. Aber genau in diesem Augenblick bemerkte er, dass eine kleine, vollkommen unauffällige Frau an ihrem Hof vorbeihuschte. Ihre Kleider flatterten im Wind um ihre dünnen Beine, und sie hatte den Kopf tief eingezogen. Nur dann und wann lugte ihr schmales Gesicht hervor, blickte scheu mal hierhin, mal dorthin, setzte ein verlegenes Lächeln auf. Man mochte diesem unscheinbaren Wesen alles Mögliche zutrauen, nicht aber diese teuflische Macht, vor der sich der große Benno so fürchtete.

Natürlich hatte Drusts Marta Lieselotte schon viele Male gesehen. Sie war eine der vielen Basen des Bürgermeisters, eine stille und freundliche Frau, die seinerzeit dem erschöpften Leutnant Frost bei sich Unterschlupf gewährt hatte.

Ja, der Schlachter hätte dieses unbedeutende Menschlein von der Straße pusten können, aber auf dieser Welt herrschten weder rohe Gewalt noch schiere Masse, sondern der scharfe und von festem Willen angetriebene Verstand. Drusts vermutete, dass das Abstreifen des Rings den Metzger nicht retten würde. Wenn überhaupt, dann allenfalls für kurze Zeit. Früher oder später würde ihn sein Schicksal ereilen. Schuld wären dann weder die Verwandten noch der Bürgermeister, sondern etwas ganz anderes. Wenn die Angst des Schlachters schon jetzt so groß war, dann war das ein sicheres Zeichen dafür, dass keine Rettung mehr möglich war.

»Mein Herr, gibt es hier denn keinen anderen Ausgang?«, wisperte Benno.

»Sie wollten doch zu ihr gehen, ihr den Ring entgegenschleudern und sagen: ›Marta, hier ist dein Ring, lass mich in Ruhe!‹«

Der Metzger sah Drusts treuherzig an und leckte mit seiner dicken Ochsenzunge über seine fetten Lippen, als wolle er etwas sagen, doch brachte er keinen Laut hervor. Der arme Kerl! Wie hilflos und ungeschützt die pure Materie doch war! Auch Leutnant Frost hätte sich fast in den gefährlichen Netzen der Sattlermeisterwitwe verstrickt, doch er hatte mehr Verstand, während der große Benno fast nur seinen Körper hatte.

Drusts wiegte nachdenklich den Kopf. Er führte den Metzger durch die Garage zur anderen Seite des Hauses und überließ ihn dort seinem Schicksal.

DAS MEHL

Eines Morgens stupste die Wirtin Drusts in aller Frühe an: Es hieß, dass der Müller in Groffelfingen Mehl ohne Lebensmittelkarten verkaufe. Nachdem sie bereits Witwe sei, habe sie niemanden, der ihr beim Tragen helfen könne; außerdem würde auch Drusts das eine oder andere zusätzliche Pfund nicht schaden. Da hieß es nicht lange fackeln, sondern sich auf den Weg machen.

Die Pfifferlinger begaben sich nur höchst selten nach Groffelfingen, obwohl es gleich auf der anderen Seite des Bergrückens lag. Der aber war hoch, unangenehm steil und hatte auf seiner ganzen Länge keine Einschnitte oder Pässe. Man musste also entweder einen riesigen Umweg außen herum oder den direkten steilen Weg über die Anhöhe wählen. Die Wirtin entschied sich für den direkten Weg.

Der Schweiß lief Drusts schon zu Beginn des Anstiegs in Strömen herab; er mochte sich gar nicht vorstellen, wie es mit zwanzig Kilogramm auf den Schultern sein würde. Außerdem war keineswegs sicher, dass es wirklich Mehl geben würde. Bislang war es nur ein Gerücht, das Lenis Base weitergetragen hatte, und nur allzu oft erwiesen sich solche Gerüchte als falsch. Allerdings hatte sich die Base schon in der Nacht zusammen mit ihren Angehörigen eilig auf den Weg nach Groffelfingen gemacht.

Vom Tal aus wirkte der Bergrücken so hoch und steil, dass Drusts bei seinen Spaziergängen stets der Mut für einen Aufstieg gefehlt hatte. Während sie Schritt für Schritt emporkraxelten, verschwand Pfifferlingen hinter ihnen immer weiter in der Tiefe, bis es vollständig im Dunst verborgen lag. Dafür waren über den Tälern immer mehr von den für die Schwäbische Alb charakteristischen Höhenzüge zu sehen, und ständig tauchten weitere Berge auf, die bis zu den Wolken reichten. Noch ein letzter Kraftakt, und sie hatten den höchsten Punkt erreicht.

Doch als Drusts auf der mit Fichten bewachsenen Anhöhe angelangt war und sich vor ihm der endlose Horizont eröffnete, hätte er fast aufgeschrien: In der weiten Ferne ragten die Alpen in den Himmel.

Nur bei ganz klarer Luft konnte man von hier das noch mehrere hundert Kilometer entfernte Gebirge sehen. Für Bergsteiger war das ein seltenes Geschenk. Die bewaldeten Anhöhen der Alb, die niedrigeren Erhebungen rings um den Bodensee und sogar die nördliche Schweiz lagen zu seinen Füßen und verschwanden schließlich im Dunst. Darüber schimmerte im Glanz der Morgensonne, wie losgelöst von der Erde, die strahlend weiße Kette der Alpen, die Gipfel mit ihren kristallenen Zacken lagen dort wie auf einer Perlenschnur aufgereiht, von der deutschen Zugspitze quer durch die ganze Schweiz bis zum mächtigen Montblanc-Massiv in Frankreich.

Das also war die sagenhafte Alpenlandschaft, die so viele Dichter als Symbol der erhabenen Sehnsucht des Menschen und seiner edlen Neigungen besungen hatten, und auf den unerreichbaren Gipfeln glänzte strahlendweißer Schnee. Der Blick auf ferne Berge hinterlässt in der unruhigen Seele des Menschen immer ganz besondere Eindrücke. Waren es Kummer, Begeisterung oder schmerzliche Sehnsucht, die Drusts auf einmal erfassten? Lag das an der Heimat von Wilhelm Tell, am vielgerühmten Land der Freiheit, das er jetzt erblickte und das ihn nur allzu heftig an die Unfreiheit in seiner eigenen Heimat erinnerte? Oder waren es die schmerzlichen Erinnerungen an all die unerreichbaren und für immer verlorenen Menschen und Dinge?

Jedenfalls schnürte es Drusts beim Betrachten der wunderbaren Alpenlandschaft die Brust zusammen, sein Blick trübte sich, und alles, was er hervorstoßen konnte, war: »Wie schön!«

»Wirklich sehr schön!«, erwiderte die Wirtin fröhlich. »Geradezu wunderbar! Es gibt Mehl! Sehen Sie nur, dort kommen alle den schmalen Pfad heraufgewandert, meine Base mit ihrem Mann und den Buben, und jeder trägt einen großen Sack auf den Schultern! Laufen wir rasch hinunter!«

DIE SCHUHE

Ein Schmalspurzug stampft mühsam von Truchtelfingen nach Pfifferlingen und pfeift bei jedem Bahnübergang. Am Haltepunkt Gockelfingen steigt Heinz Konzelmann ein. Heinz ist zwölf Jahre alt, und natürlich kennen ihn alle gut. Alle wissen, dass seine Großmutter in Gockelfingen wohnt, und sicher hat er sie besucht. Eigentlich ist es nicht weiter seltsam, dass Heinz mit dem Zug fährt, obwohl es sparsamer und für einen Buben in seinem Alter angebrachter wäre, die wenigen Kilometer zu Fuß zu laufen, zumal das Bündel unter seinem Arm nicht allzu schwer wirkt. Auf jeden Fall hätte es niemanden auch nur im Geringsten überrascht oder erstaunt, dass Heinz hier in den Zug einsteigt.

Doch Heinz merkt sofort, dass ihn der ganze Wagen anstarrt und – nun, vielleicht nicht direkt über ihn grinst, aber doch insgeheim schmunzelt. Niemand möchte ihn offen hänseln, aber, was am schlimmsten ist: Ihm ist, als müssten alle immer wieder zu ihm hinüberschielen und in sich hinein schmunzeln.

Heinz ist nicht von gestern. Starr wie ein Ölgötze und mit eiserner Miene bemüht er sich so zu tun, als bemerkte er nichts von alledem und schaute gelangweilt zum Fenster hinaus, den Blick starr auf denselben Punkt gerichtet. Doch da steigt einem Mann allmählich die Röte in die Wangen, er zieht die Augenbrauen zusammen und presst die Lippen fest aufeinander.

Wie kann sich Heinz an diesem öffentlichen Ort verstecken? Auf seiner staubbedeckten sommersprossigen Stirn glänzen große Schweißtropfen, aber er darf sie nicht abwischen, obwohl sein nasses Haar tief herabhängt und unangenehm kitzelt. Heinz ist puterrot angelaufen. Seine Hände ruhen hilflos auf seinem Schoß, und er vermag es nicht, sich ein Herz zu fassen und sein Taschentuch hervorzuholen. Sonst hätte er sich den Schweiß auch einfach mit der Hand oder mit dem Ellbogen abwischen können, aber jetzt muss er unbeweglich sitzen bleiben, um nicht mit einer noch so kleinen Bewegung zusätzliche Aufmerksamkeit auf sich zu ziehen.

Jemand hüstelt und räuspert sich, jemand anderes gibt einen Seufzer von sich. Alle diese Geräusche bringen Heinz' verkniffenes Gesicht zum Zittern. Da schnäuzt sich auch noch jemand laut die Nase. Der Schweiß von Heinz' Stirn perlt die Wangen herab, seine Oberlippe verzieht sich schmerzlich, als unterdrückte er ein Weinen. Tatsächlich ist Heinz den Tränen nah, und das ist ein rechtes Unglück, denn eigentlich darf ein Bub in seinem Alter nicht mehr weinen. In seinen Qualen ist er zur Salzsäule erstarrt und wagt es kaum noch zu atmen.

Nur Heinz' Füße zucken, als wollten sie noch tiefer im Boden versinken. Genau dort lässt sich allerdings auch der Grund für die Pein des Knaben finden: Er trägt Frauenschuhe!

Deshalb müssen alle Fahrgäste ab und zu heimlich zu Heinz schielen und auf seine Schuhe glotzen. Die Schuhe sind schwarz, ziemlich groß, gedacht für eine erwachsene Frau mit breiten Füßen. Darüber hinaus gibt es nichts zu beanstanden: Sie glänzen, sind noch ziemlich neu, leicht überzustreifen, mit einer hübschen Schnalle und einem mittelhohen Absatz, also keine Stöckelschuhe. Kurz und gut: Es sind Schuhe, wie Schuhe eben sind. Das Unglück besteht nur darin, dass ausgerechnet Heinz sie tragen muss, und das auch noch in einem Alter, in dem Knaben Frauenangelegenheiten und -arbeiten meiden wie der Teufel das Weihwasser. Außerdem sind Heinz' Eltern keineswegs arm: Sein Vater ist ein anständiger Webmeister und Arbeitsleiter in einer der größeren Fabriken.

Deshalb sind die Mitreisenden, die zuvor fröhlich getuschelt und geschwatzt haben, bei Heinz' Eintreten plötzlich verstummt. Deshalb werden alle von der Frage umgetrieben, warum Heinz ausgerechnet Frauenschuhe trägt. Das Frühjahr ist zu weit fortgeschritten, für einen Mummenschanz ist es zu spät. Heinz trägt seinen besten Sonntagsanzug: einen hellgrauen Rock nach Art der bayerischen Jägertracht, mit grünen Eichenblättern auf den Revers und großen Hirschgeweihknöpfen. Zu einer so schmucken Kleidung passt nichts weniger und wirkt nichts alberner als ausgerechnet Frauenschuhe.

Weiter hinten im Wagen brechen Mädchen in lautes Gelächter aus. Sicher gibt es dafür einen ganz anderen Grund, aber für Heinz ist das der Tropfen, der das Fass zum Überlaufen bringt. Entweder bricht er gleich in Tränen aus, oder er unternimmt endlich etwas. Mit puterrotem Gesicht nestelt er ebenso verzweifelt wie entschlossen an seinem Bündel. Seine Hände zittern merklich, aber er reißt sich zusammen und wickelt das Papier langsam, ja geradezu gleichgültig auseinander. Zur allgemeinen Überraschung holt Heinz aus seinem Bündel ein Paar funkelnagelneuer brauner Männerschuhe hervor und legt sie deutlich sichtbar neben sich auf die Bank.

Heinz hat es hinter sich gebracht. Nun kehrt die alte

Geschmeidigkeit in seine Glieder zurück. Er zieht einen seiner Frauenschuhe aus und an seiner Stelle den neuen Männerschuh an, befühlt sowohl seinen Fuß als auch den Schuh und stellt dann den beschuhten Fuß auf den Boden, als wollte er den anderen sagen: Nein, nein, das geht gar nicht! Dann wickelt er die neuen Männerschuhe wieder sorgfältig ein, zieht die alten Frauenschuhe an und blickt betont gleichgültig zum Fenster hinaus.

Das stumme Manöver hat geholfen. Kein Pfifferlinger muss sich mehr über Heinz' Schuhe den Kopf zerbrechen. Jeder weiß jetzt genau, was passiert ist: Heinz hat sich am heutigen Sonntag wie üblich aufgemacht, seine Großmutter zu besuchen. Er wollte laufen, wie es sich für einen Buben gehört, und kein Geld für den Zug verschwenden. Natürlich hat er zu diesem Anlass auch seine ganz neuen Sonntagsschuhe angezogen. Aber die Schuhe waren noch nicht eingelaufen und scheuerten deshalb so heftig an seinen Füßen, dass ein Rückweg zu Fuß nicht mehr in Frage kam. Also hat ihm die Großmutter ihre breiten bequemen Schuhe geliehen und ihm befohlen, mit dem Zug zu fahren, um sie zu schonen. Im Wagen hebt das übliche Geraune an, und niemandem kommt es mehr in den Sinn, sich über Heinz und seine Schuhe zu wundern.

DER BÄR

In Pfifferlingen ist Kinderfest. Ein Maskenzug verstopft die ganze Hauptstraße. Vorbei schreiten gestiefelte Kater, ganze Scharen von Zwergen mit spitzen Mützen und Bärten aus Werg, gefolgt von einer Vielzahl edler Prinzessinnen in langen weißen Gewändern und mit goldenen Pappkronen auf den offenen Haaren, dazu unzählige Schneewittchen, Dornröschen, Prinzessinnen auf der Erbse und ihr noch viel größeres Gefolge. Für die größeren Mädchen ist das mehr oder weniger die einzige Gelegenheit im Leben, sich die Wangen zu färben, denn im Alltag gilt so etwas in Pfifferlingen als unziemlich.

Die Knaben sind als Arbeiter und Handwerker jedweder Zunft verkleidet. Die als Waldarbeiter kostümierten Buben schreiten in den hohen Stiefeln ihrer Väter weit aus, mit Pfeifen zwischen den Zähnen und beladen mit Beilen und Sägen. In gebührendem Abstand torkelt der Stadtrat hinterher, alberne Hampelmänner, ausstaffiert mit riesigen Brillen, künstlichen Nasen und dicken Aktenmappen unter dem Arm. Gleich dahinter laufen Köche in weißen Kitteln mit langen Ketten aus Würsten und Brezeln über den Schultern.

Es fehlt auch nicht an Kranken. Krüppel humpeln auf Krücken gestützt, manche werden auf Bahren getragen, andere taumeln mit verbundenen Köpfen und Armen hinterher, die weißen Verbände mit roter Tinte bekleckst.

Den Kranken folgen Sanitäter in weißen Kitteln mit einem roten Kreuz auf dem Ärmel sowie Ärzte mit dicken Brillen auf der Nase und Skalpellen und Knochensägen in den Händen.

Doch diese allzu lebensnahen Darstellungen lösen unter den Zuschauern nur wenig Freude aus; sie suchen nach etwas Heiterem und freuen sich vor allem auf den Bären mit seinem Treiber. Wo die beiden auftauchen, jubelt die ganze Straße. Der Bär ist tatsächlich großartig: Er springt und tanzt unermüdlich, schwenkt drollig Kopf und Pfoten, dreht sich tapsig im Kreis, lässt sich dann und wann auf alle viere herab und hält trotzdem hurtig mit den anderen Schritt.

Den Bären darzustellen ist eine verflixt schwierige und ungemein verantwortungsvolle Aufgabe. Man muss alle vorgeschriebenen Bewegungen ganz genau kennen, darf sich nicht wiederholen und muss nicht zuletzt das ganze lange Wegstück selbst bei strahlender Sonne in einem dicken Bärenfell laufen und springen. Trotzdem wollen alle Buben den Bären spielen.

Der Bär ist Heinz Konzelmann, schon das zweite Jahr. Niemand kann so natürlich wie er mit den Gliedern schlackern, als seien sie ohne Knochen, so drollig den Kopf schütteln und so tapsig tanzen. Das gestehen ihm alle zu, und Heinz ist so stolz auf seine Rolle, dass er in dem Bärenfell lieber in seinem eigenen Schweiß ertrinken würde, als auch nur eine einzige Bewegung auszulassen.

Unter den Zuschauern ertönt lautstarker Jubel, und die Freude des kleinen Heinz ist so gewaltig, dass er nicht die geringste Müdigkeit spürt. Es kommt nur ganz selten vor, dass jemand zwei Jahre hintereinander die allseits begehrte Rolle des Bären spielen darf. Solange sich die Pfifferlinger zurückerinnern können, hat es keinen so großartigen Bären gegeben wie Heinz Konzelmann.

Die bunte Prozession schreitet zügig voran, denn sie muss viele Straßen entlang durch die ganze Stadt gehen. Es ist auf das allerstrengste verboten, sich umzusehen, sich zu unterhalten und, da sei Gott vor, den Zuschauern zuzuwinken. Damit es kein Durcheinander gibt, müssen sich alle ausschließlich ihrer Aufgabe widmen.

Die ganze Stadt ist auf den Beinen. Sogar Heinz' Großmutter aus dem nahen Gockelfingen hat sich eingefunden, um den Triumph des Bären mit anzusehen. Sie verlässt sonst nur zu außergewöhnlichen und gewichtigen Anlässen ihr Zuhause, und die ganze Familie muss anerkennen, dass sie Heinz damit eine außergewöhnliche Ehre erweist.

Mit seinen scharfen Augen sieht Heinz, dass die Großmutter direkt am Straßenrand steht. Während die anderen ohne Unterbrechung weiterlaufen müssen, gehört dem Bären die ganze Straße. Um des Hals des Bären liegt eine Kette, deren Ende der Treiber in der Hand hält. Sie bestimmt den Bewegungsspielraum, in dem der Bär nach Herzenslust herumtanzen kann. Heinz tapst ganz nah an seine Großmutter heran, gibt ein furchterregendes Gebrüll von sich und patscht seine Tatzen vor ihren runzligen Wangen zusammen.

Ob die Großmutter nun tatsächlich erschrickt oder ihr Entsetzen nur spielt – wer soll das wissen? Aber sie taumelt zurück, und die Umstehenden schaffen es nur mit Müh und Not, sie am Arm festzuhalten.

Heinz fährt auf: »Aber Großmutter!«, ruft er. »Hab doch keine Angst, ich bin es, der Heinz!«

Aber ob es die Großmutter nicht begreift oder ob Heinz durch die engen Sehschlitze im Bärenfall die Lage nicht ganz erfasst: Im Gesicht der Großmutter spiegelt sich nach wie vor blankes Entsetzen wider. Heinz tanzt weiter auf der Stelle, obwohl der Bärentreiber verzweifelt an der Kette zerrt.

»Ich bin es doch, Großmutter! Der Heinz! Der Heinz!« Um die Sache endlich richtigzustellen, hebt er seine Bärenschnauze an, und über dem struppigen Kragen kommt Heinz' schweißüberströmtes Gesicht zum Vorschein. »Schau doch, Großmutter, ich bin es …«

Weiter kommt Heinz nicht. Eine harte Hand packt ihn am Schlafittchen und zerrt ihn in den nächstgelegenen Hof. Es ist der Lehrer, der wegen dieser unerhörten Verletzung der Ordnung des Zugs rast und tobt vor Wut. Sich mit Zuschauern zu unterhalten! Stehenzubleiben und den gesamten Zug aufzuhalten! Was für ein unglaublicher Skandal!

Pfifferlingen liegt in Deutschland, und dort verehrt man die Ordnung und erfüllt Befehle haargenau. Der Lehrer reißt Heinz das Bärenfell herunter. Dabei verliert er kein Wort, denn nur ein unaussprechlicher Kraftausdruck wäre hier in Frage gekommen.

Sofort ist Ersatz zur Stelle. Ein Patient wirft seine Krücken von sich, reißt sich die Verbände mit ihren roten Flecken herunter, steigt hurtig in das Fell und trottet dem Zug hinterher.

Heinz ist wie betäubt. Soll so sein Ende als großartiger Bär aussehen? Das bedeutet Schimpf und Schande über ihn und die ganze Familie! Dabei hat er gehofft, noch ein drittes oder womöglich ein viertes Mal Bär sein zu können; jedenfalls so lange, wie er nicht zu groß für das Bärenfell ist.

Heinz ist ziemlich kurz gewachsen, aber von kräftiger

Statur. Er hat leicht krumme Beine und recht kurze, aber kräftige Arme. Auch ohne Bärenfall ähnelt er einem Bärenjungen. Vorne fallen ihm seine schwarzen Haare fast bis zu den Augenbrauen herab, hinten verschwinden sie in seinem Kragen. Er schnauft und wischt sich den Schweiß von der Stirn.

Wie hat das alles passieren können? Warum hat er sich bloß so vergessen? Aber eine solche Strafe für einen so guten Bären ist hart. Gewiss, er hat gegen die wichtigste Vorschrift verstoßen, aber auf dem weiteren Weg wäre so etwas nicht noch einmal passiert. Hat der Lehrer denn nicht gesehen, dass das seine Großmutter war? Der Zug könnte jetzt noch immer stolz auf den besten Bären weit und breit sein. Über die verschmierten Wangen von Heinz strömt der Schweiß nur so herab, vermutlich mischen sich auch Tränen darunter.

In der Ferne jubelt die Menge dem neuen Bären zu. Die Rufe bohren sich in Heinz wie Stachel. Er lauscht aufmerksam, aber ihm scheint, als seien die Jubelrufe und das Gelächter über den Bären nicht mehr ganz so laut wie die, die bis vor Kurzem noch ihm galten. Nein, sie sind wirklich nicht einmal annähernd so laut.

Sieh mal einer an, da kehrt der Zug bereits über die Parallelstraße wieder zurück. Als Heinz auf einen Holzstoß steigt, sieht er durch seine Tränen den neuen Bären. Nun ja, er tanzt zwar, und das mit frischen Kräften und großem Eifer, aber was soll das für ein Bär sein? Das ist nur der ungelenke Horst Maute, der kein Gespür und nicht die leiseste Ahnung von all den Feinheiten hat, wie sie für die drollige Gelenkigkeit eines Bären erforderlich sind. Als Heinz das sieht, kullern ihm nicht mehr gar so viele Tränen die Wangen herab.

Der Zug biegt ab. Heinz seufzt auf und sieht sich um. Die Fenster der Nachbarhäuser sind geschlossen. Auch die Straßen sind menschenleer. Nur Heinz steht noch dort, mutterseelenallein und von allen vergessen und verlassen.

Jetzt sammelt sich der ganze lange Zug im Stadtpark. Die Märchengruppen stellen dort lebende Bilder, singen Lieder, sagen Gedichte auf. Alle Teilnehmer bekommen eine Brezel, nur Heinz nicht. Danach begeben sich alle zu den bunten Karussells, Schaukeln, Schießbuden, Lotterien und Tiergehegen, die bunt durch das Grün der Bäume schimmern. Ach, was für einen Trubel und Lärm wird es dort geben, was für ein Geschrei und Gelächter! Nur Heinz wird nicht dabei sein. Wie kann er sich dort jetzt noch blicken lassen? Alle würden sofort lachen und rufen: »Der entlassene Bär!« Der Lehrer würde ihn sicher nach Hause jagen. Heinz seufzt: Vom Lehrer hat er sowieso noch eine tüchtige Abreibung zu erwarten.

Aber vielleicht hat gar niemand gesehen, wie er seines Amtes enthoben worden ist? Womöglich weiß noch gar niemand davon? Vielleicht wird auch gar niemand davon erfahren? Der Lehrer hat es sehr geschickt angestellt. Ist es so ungewöhnlich, wenn ein Darsteller in der Rolle des Bären den anderen ablöst? Nur wenige schaffen es, die ganze Strecke tanzend zurückzulegen. Unsicher und widerwillig macht Heinz einen kleinen langsamen Schritt nach dem anderen in Richtung Stadtpark. Um nicht aufzufallen, nähert er sich der Grünanlage in einem großen Bogen von der entgegengesetzten Seite.

In der hintersten Ecke ertönt der lauteste Lärm. Da spielt sich ab, was Heinz am meisten interessiert. Dort erhebt sich eine hohe Stange mit einem an der Spitze angebrachten Querbalken, der mit Würsten und süßen Kringeln behängt ist. Sie winken dem als Gewinn, der es als Erster geschafft hat, bis ganz nach oben zu klettern. Rings um die Stange ist das Getümmel am größten, auch Erwachsene sind darunter. Ein lautstarker Chor aus Gelächter und Rufen begrüßt alle Kletterer, von denen sich einige schon bis zur Mitte emporgekämpft und krampfhaft versucht haben, sich an der eingeseiften Stange festzuhalten, am Ende jedoch beschämt wieder herunterrutschen müssen.

Mucksmäuschenstill nähert sich Heinz der Menge von hinten und stellt sich auf einen Hügel aus Bauschutt. Na los, Kameraden, klettert nur! Kann man so etwas überhaupt als Klettern bezeichnen? Lächerlich, mehr nicht. Die ersten zwanzig haben ohnehin keine Aussicht, es bis ganz nach oben zu schaffen. Die echten Meister warten, bis diese ungeduldigen und ungeschickten Stümper die Seife mit ihren Hosen abgewischt haben.

Immer höher schaffen es die Kletterer, zuletzt fehlen einem nur noch ein paar ordentliche Züge. Nur wer es als Erster bis ganz nach oben geschafft hat, erhält den gesamten Ruhm, denn danach ist die Seife auf der Stange weg.

Plötzlich erwacht Heinz zu neuem Leben. Worauf wartet er noch? Was ist ihm denn widerfahren? Man hat ihm den Bärenpelz abgenommen. Aber schließlich trägt ihn niemand für alle Ewigkeiten. Jetzt hat ihn eben auch einmal Horst Maute getragen.

Siehe da, dort steht Horst bei der Stange und betrachtet sie aufmerksam. Er wartet auf den richtigen Augenblick. Soll er jetzt gleich hinaufsteigen oder doch noch warten? Das ist eine verzwickte Frage, denn man darf es nur ein einziges Mal versuchen.

Noch ist die Stange tückisch glatt, aber Heinz kann nicht zulassen, dass Horst ihm zuvorkommt. Bär und Sieger beim Besteigen der Stange, das wäre wahrlich zu viel auf einmal. Heinz rafft seine Hose und will schon vorlaufen, aber da packt ihn eine feste Hand am Schlafittchen. Es ist seine Mutter.

»Was schleichst du hier herum, du Taugenichts? Nicht einmal anständig den Bären spielen konntest du. Was für eine Schande, für dich und uns alle! Deine Großmutter ist deinetwegen krank geworden und musste nach Hause fahren.«

Heinz gibt keine Antwort. Also wissen es schon alle. Diese verdammten Schwätzer! Ob Horst den Mund halten wird? Ob der Lehrer schweigen wird? Für sein Vergehen wird Heinz noch eine saftige Strafe erhalten, vielleicht sogar Prügel. Aber das ist noch das geringste Übel; es wird nicht die erste und auch nicht die letzte Tracht Prügel in seinem Leben sein. Heinz hört kaum auf das Schimpfen seiner Mutter. Er hat nur Augen für Horst, der schon ernsthafte Anstalten macht, zu der Stange vorzutreten.

»Ich klettere!«, sagt Heinz auf einmal fest entschlossen.

»Du gehst da nicht hin!«, entgegnet die Mutter und hält ihn am Kragen fest.

»Und ob ich klettere! Die Seife ist längst abgewischt!«, beharrt Heinz und versucht, sich ihrem Griff zu entwinden.

»Du wirst nicht einmal bis zur Mitte kommen, und dann muss ich noch eine weitere Schande ertragen.«

»Und ob ich das schaffe! Die anderen können doch gar nicht klettern.«

»Was soll das heißen? Du bist ein Narr, sonst nichts! Lass doch den Horst klettern. Der ist wenigstens ein anständiger Bub und hat sich die größte Wurst redlich verdient.«

Da greift Horst auch schon nach der Stange und schießt nach oben. Bei den ersten Zügen geht es noch blitzschnell, bei den nächsten schon langsamer. Dann hält Horst inne und dreht den Kopf. Unten pfeift jemand. Horst reißt sich zusammen und zieht sich weiter empor. Man sieht, wie sein Hals rot wird und sich der ganze Körper anspannt. Mit gewaltiger Anstrengung quält er sich noch ein paar Züge weiter, noch ein einziger Griff, und er hätte das Ziel erreicht, aber plötzlich rutscht Horst überraschend wieder nach unten.

»Immerhin hat Horst den Bären hervorragend gespielt«, hört Heinz einen Erwachsenen geradezu ehrerbietig sagen. Gleichzeitig ertönt auch lautes Gelächter und Pfeifen über Horsts Missgeschick.

Mit einem Ruck hat sich Heinz freigemacht und ist nach vorne gestürzt. Die Mutter ruft ihm etwas hinterher, aber es klingt, als sei es nicht allzu böse gemeint.

»He, Heinz, was hast du denn hier zu suchen, nachdem man dir das Bärenfell abgenommen hat? Willst du jetzt auch noch an der Stange scheitern? Hat es dir der Lehrer ordentlich gegeben?«, höhnen die Buben, als er nach der Stange greift.

»Alle mal herschauen, Heinz Konzelmann will es auch versuchen! Das ist der, der heute den ganzen Zug aufgehalten hat. Was für eine Schande! Schon allein deshalb müsste er jetzt zu Hause hocken«, hört Heinz aus der Menge der Erwachsenen.

Wütend wie ein wildes Tier und geschickt wie ein Affe greift er nach der Stange. Seine krummen Beine sind wie geschaffen dafür, sich an ihr festzuklammern. Auf dem bereits von Seife befreiten Stück schnellt er nach oben wie ein Kolben, sein schwarzer Haarschopf wippt auf und ab. Dann wird die Stange zunehmend rutschiger, und seine Füße suchen verzweifelt nach Halt. Nun beginnt der immer noch dick mit Seife eingeschmierte Abschnitt, an dem Horst gerade erst innegehalten und seinen Kopf gedreht hat. Verdammt, ist das hier glitschig! Vielleicht hätte er doch noch warten sollen? Von unten hatte es so ausgesehen, als sei alles bereits sauber abgewischt, aber hier oben … Heinz rutscht einen halben Fuß zurück. Unten brüllen, pfeifen und toben alle wie verrückt, am lautesten Horst. Heinz kann seine Stimme deutlich heraushören.

Heinz gewinnt die verlorene Höhe zurück, zieht sich noch ein paar Spannen weiter hinauf und hält erneut inne. Er hat jetzt dieselbe Höhe erreicht wie vor ihm Horst, und bis zum Querbalken fehlt nur noch ein einziger tüchtiger Klimmzug. Doch die Stange ist hier so tückisch glatt, dass keine Aussicht auf ein Weiterkommen besteht. So etwas schafft kein Horst und auch sonst niemand, vielleicht mit einer Ausnahme, und zwar Heinz, der sich so lange auf diesen Aufstieg vorbereitet hat. Mit versiegenden Kräften hält sich Heinz an der Stange fest, greift blitzschnell in seine Tasche, wo er ein Gemisch aus Sand und Asche vorbereitet hat, streut es auf seine Hände, und siehe da: Noch ein paar verzweifelte Züge, noch eine letzte wahnsinnige Anstrengung, und Heinz kurzer Arm verfehlt den Querbalken um nur einen Zoll. Die Menge unten gerät außer Rand und Band.

Heinz wird schwarz vor Augen. Es fehlt nur noch ein Weniges, aber er hängt schon zu lange am oberen Ende der Stange. Auch macht sich der lebhafte Bärentanz in seinen Knochen bemerkbar. Er klammert sich mit letzter Kraft fest und spannt alle Muskeln an. Er ahnt, dass er bei der nächsten Bewegung auf der Stelle den glitschigen Pfahl nach unten rutschen muss wie Horst.

Da überkommt den Knaben eine gewaltige Bitterkeit: Es ist aus mit dem Bären – soll er jetzt auch noch beim Klettern scheitern? Schon macht er sich darauf gefasst, das böse Schicksal dieses Tages hinzunehmen, den Griff zu lockern und herunterzurutschen, als er durch den tosenden Lärm der Menge deutlich die Stimme von Horst vernimmt: »Was machst du für ein Theater? Du hast schon als Bär versagt, also rutsch jetzt einfach herunter und lass andere vor!«

Da zuckt Heinz zusammen wie von der Tarantel gestochen und reißt sich noch einmal zusammen. Siehe da: Eine einzige wütende Bewegung reicht aus, und sein kurzer Arm erreicht den Querbalken.

Er verharrt einen Augenblick in diesem Zustand, denn jetzt ist er so müde, dass er es kaum noch vermag, nach dem Querbalken zu greifen. Dann aber reißt er mit der anderen Hand den größten Kringel ab, steckt ihn sich zwischen die Zähne und rutscht herunter.

Erst jetzt bricht die Menge in tosenden Jubel aus, und Heinz grinst breit, das erste Mal seit seinem misslungenen Auftritt als Bär. Er platzt fast vor Stolz. Freudig eilt er mit großen Schritten zu seiner Mutter und zeigt ihr seine Trophäe: den mit bunten Zuckerperlen verzierten Kringel.

Heinz zuckt zusammen: Seine Mutter baut sich ernst und drohend vor ihm, und verpasst seinem geröteten Gesicht mit harter Hand eine schmerzhafte Ohrfeige. »Du Schafskopf! Hast du zu Hause nicht schon genug Brot vertilgt? Habe ich dir nicht zugerufen, dass du eine Wurst nehmen sollst? Die gibt es nur auf Lebensmittelkarten!«

DER POLIZEIOBERWACHTMEISTER

»Verstehen Sie mich nicht falsch, Herr Drusts. Ihr Betragen war immer tadellos. Es will mir bloß nicht in den Kopf, wie die Leute, die im Gasthof ›Zum Lamm‹ abgestiegen sind, Ihre Landsleute sein können!«, beklagte sich die Wirtin eines Tages, als sie Drusts' Kammer betrat.

»Meine Landsleute?«, stieß Drusts erfreut hervor und fuhr aus seiner bequemen Sitzhaltung in die Höhe, denn es war ein höchst seltenes Vergnügen, in diesem schwäbischen Nest auf andere Letten zu treffen. Als er jedoch die empörte Miene seiner Wirtin bemerkte, fragte er vorsichtig: »Was haben sie Ihnen denn getan?«

»Seit dem Mittag bemüht sich die Polizei der Stadt vergeblich, sie festzunehmen. Nun ist sogar der Bürgermeister herbeigeeilt, denn wie Sie wissen, ist er schließlich unser Polizeioberwachtmeister.«

Drusts hörte gar nicht weiter zu, sondern stürzte Hals über Kopf zu dem Gasthof »Zum Lamm«. Dort verstopften zahlreiche Schaulustige die Straße, und als sich Drusts endlich mühsam durch das Getümmel bis zur Tür vorgekämpft hatte, wurde er sofort von zwei strengen Ordnungshütern gepackt. Doch im täglichen Umgang mit den Pfifferlingen hatte Drusts gelernt, mit so etwas fertigzuwerden. In aller Ruhe erklärte er, dass er als Dolmetscher gekommen sei, schob die Polizisten zur Seite und begab sich in das Gebäudeinnere.

Aus der großen Schankstube ertönte Stimmengewirr. Die Schuldigen befanden sich in einem Nebenraum, dessen Tür zwar offenstand, aber bis zur halben Höhe mit Tischen und Stühlen verbarrikadiert war. Dahinter fläzten sich zwei junge Männer grinsend in Korbsesseln und ließen lässig die Beine über die Armlehnen baumeln. Sie trugen abgenutzte, teils militärische, teils zivile Kleidung und gaben dem Bürgermeister dann und wann freche Antworten in unzusammenhängendem Deutsch.

Am Akzent und an dem ganz speziellen Satzbau erkannte Drusts sofort, dass es sich wirklich um Letten handelte. Sicher waren es ehemalige Legionäre, die die Briten und Amerikaner nicht in die Lager ihrer Besatzungszonen aufgenommen hatten. Gerade waren diese Männer noch Kämpfer für die angeblich gerechteste Sache der Welt gewesen, nun irrten sie wie Symbole für die vielen Torheiten der Nachkriegszeit umher, ohne irgendwo Asyl zu finden. So gelangten einige von ihnen in die französische Besatzungszone, wo sie bisweilen Arbeit als Holzfäller ergatterten. Verbittert über die Ungerechtigkeit der Welt scheuten diese Männer keine Auseinandersetzung, am allerwenigsten mit den deutschen Polizisten, die ihnen gegenüber zuweilen befehlerisch und herrisch auftraten.

Die Lage wurde zunehmend brenzlig. Die schneidigen Deutschen mit ihren blauen Uniformen waren zwar in der Überzahl, zögerten aber, sich auf einen Nahkampf einzulassen. Drusts wusste, dass der Pfifferlinger Unterwachtmeister Konrad seinerzeit an der baltischen Front gewesen war und sich gut an die lettischen Legionäre erinnerte, die als schnelle Einsatzkräfte viel Erfahrung im Kampf gegen eine Übermacht erworben hatten. Außerdem war die deutsche Polizei gemäß den Vorschriften der

Besatzungsbehörden unbewaffnet. Dennoch galt es, die Ungehorsamen auf jeden Fall in ihre Schranken zu weisen, weil sonst das Ansehen der Polizei in den Augen der Bürger dahingewesen wäre. Während der Bürgermeister auf die letzten Hilfskräfte wartete, versuchte er ein letztes Mal, die Auseinandersetzung auf diplomatischem Wege zu lösen, indem er den Männern drohte und sie dazu aufforderte, sich zu ergeben.

Da stellte sich Drusts vor ihn und bot sich als Vermittler an.

»So! Gleich noch einer von dieser Sorte!«, rief der Bürgermeister, und sofort bezogen Polizisten auf beiden Seiten von Drusts Stellung.

»Aber Herr Bürgermeister!«, entgegnete Drusts verwundert und übertrieben beleidigt. »Kennen Sie mich denn nicht? Ich lebe bereits seit zwei Jahren in dieser von Ihnen so glücklich regierten Stadt!«

»Ich kenne Sie sehr wohl«, entgegnete der Amtsträger wenig liebenswürdig, »und zwar als Ausländer und das leider im schlimmsten Sinne dieses Worts.«

»Sie erstaunen und betrüben mich! Ich habe Ihnen doch nie auch nur den geringsten Ärger bereitet!«

»Natürlich haben Sie das! Sie haben sich widerrechtlich in meiner Stadt niedergelassen! Glauben Sie bloß nicht, dass man mich so leicht hinters Licht führen kann! Nur habe ich Sie und Ihre Machenschaften leider erst nach … nach der Kapitulation unserer Streitkräfte enttarnt.«

»Herr Bürgermeister!«, antwortete Drusts. »Wir wollen doch nicht etwa dieses unbedeutende Missverständnis erwähnen. Solche Dinge waren in den Wirren der letzten Kriegstage unvermeidlich. Außer diesem einzigen Mal werden Sie nichts finden, was Sie mir vorwerfen könnten.«

»Das hätte ja gerade noch gefehlt!«, polterte der Bürgermeister.

»Ich versteige mich zu der Hoffnung, dass nur ein leicht aufzuklärendes Missverständnis der Grund für die Auseinandersetzung mit diesen braven Burschen nebenan ist«, fuhr Drusts fort, »mit ehemaligen Soldaten, die noch vor Kurzem Schulter an Schulter mit deutschen Truppen gegen die Bolschewiken gekämpft haben.«

Da lief das Gesicht des Bürgermeisters rot an zuckte zornig: »Diese, wie Sie es ausdrücken, ›braven Burschen‹ dort sind ausgekochte Halunken, wie man sie in Pfifferlingen noch nie gesehen hat! Sie haben das schlimmste und schamloseste Verbrechen begangen, das unsere Stadt überhaupt kennt!«

Als Drusts das hörte, zuckte er zusammen. Nun war er ernsthaft beunruhigt.

»Außerdem widersetzen sie sich der Gesetzesmacht und weigern sich, sich zu ergeben.« Bei diesen Worten bekam der sonst so beherrschte Bürgermeister einen Wutanfall. Er sprang in die Mitte der Schankstube und bellte mit derselben durchdringenden unmenschlichen Stimme wie ein gewisser Gefreiter, der dadurch weltweit bekannt geworden war: »Legen Sie Ihre Waffen nieder und verlassen Sie Ihr Versteck! Marsch!«

Nach einem kurzen Augenblick des Schweigens brüllte er: »Oder Sie zwingen mich dazu, zu stärkeren Mitteln zu greifen!«

»Sie haben überhaupt keine stärkeren Mittel!«, antwortete einer der beiden Letten spöttisch. Der harsche Befehl hatte selbst Drusts zusammenzucken lassen, auf den jungen Mann jedoch überhaupt keinen Eindruck gemacht.

Der andere verdrehte nur die Augen, griff nach einer

leeren Flasche und grölte: »Zurück! Sonst wird geschossen!«

Da gingen der Bürgermeister und die Polizisten sofort in Deckung.

»Konrad!«, rief der Polizeioberwachtmeister seinem Unterwachtmeister zu. »Nimm dein Rad und fahr sofort in die Kreisstadt zur französischen Gendarmerie!«

Als Deutschem fiel es ihm überaus schwer, einen solchen Befehl zu erteilen, doch wenn die verdammten Ausländer tatsächlich Schusswaffen bei sich hatten, wäre es töricht gewesen, aus Stolz das Leben von Polizisten aufs Spiel zu setzen.

Drusts warf sich eilig dazwischen, denn mit der französischen Gendarmerie war nicht gut Kirschen essen. »Warten Sie einen Augenblick! Ich verspreche Ihnen, alles auf friedlichem Wege und ohne die Gendarmerie in Ordnung zu bringen. Die deutsche Polizei mag zwar entwaffnet sein, aber sie wird doch sicherlich in der Lage sein, ihrer Aufgabe ohne französische Hilfe gerecht zu werden!«

Der Bürgermeister betrachtete Drusts misstrauisch, aber die letzte Bemerkung traf seine deutsche Ehre, und so bedeutete er Konrad zu warten.

»Also, Herr Bürgermeister, erklären Sie mir in kurzen Worten, worum es geht«, sagte Drusts.

Die Stimme des Bürgermeisters erzitterte in ehrlicher Empörung. »Die Sache ist die, dass diese beiden … Übeltäter gestern Abend hier im ›Zum Lamm‹ eingetroffen sind, wo ihnen der Gastwirt, ohne dabei etwas Böses zu ahnen, ein schönes Zimmer anwies. Am selben Abend begannen die Ankömmlinge, berauschende Getränke zu sich zu nehmen …«

»Das ist aber doch kein Verbrechen!«, fuhr Drusts eilig dazwischen. »Das Gesetz sieht den freien Verkauf der erwähnten Getränke vor, und ich kann Ihnen viele Pfifferlinger Bürger nennen, die keineswegs auf ein Gläschen verzichten …«

»Was heißt da ›Gläschen‹? Darüber würde sich niemand aufregen. Aber hier ist die Rede von ganzen Flaschen! Außerdem haben sie laut gegrölt oder, wie sie es selbst ausdrücken, gesungen, und erst nach wiederholten Beschwerden der umliegenden Hausbesitzer Ruhe gegeben. Als es ihnen dann heute Morgen an Trinkbarem fehlte, haben sie aus Gier das Gesetz übertreten.«

Der Bürgermeister wischte sich die Stirn mit einem großen blauen Tuch ab und fuhr fort: »Wie jeder schwäbische Bürgermeister habe auch ich einen Ausscheller, der durch die Stadt zieht und erst seine Glocke läutet, um die Aufmerksamkeit der vertrauensvollen Bürger auf sich zu ziehen, und dann die Befehle und Anordnungen des Bürgermeisters kundtut. Aber Ihre Landsleute haben der Wirtskuh Katharina ihre Glocke abgenommen, sind damit durch die Stadt gelaufen und haben jeden Pfifferlinger Hausherrn dazu aufgefordert, einen Liter Most zum Gasthof ›Zum Lamm‹ zu bringen! Sehen Sie nur!« Der Bürgermeister wies auf die vielen Gefäße auf dem Tisch und entlang der Wand. »Das sind die Früchte dieser Niederträchtigkeit!«

Drusts fiel ein gewaltiger Stein vom Herzen. Nachdem er so oft das Wort »Verbrechen« gehört hatte, hatte er schon das Schlimmste befürchtet.

»Herr Bürgermeister!«, sagte er in vollendeter Ehrerbietung. »Ich verspreche Ihnen, alles zu regeln und Ihnen vollständige Genugtuung zu verschaffen. Meine Landsleute werden ihren Widerstand unverzüglich einstellen.

Ich bitte Sie nur, Ihre Polizeikräfte unten auf dem Hof warten zu lassen. Dann verlaufen die Gespräche reibungsloser, und ich bürge für die Sicherheit Ihrer Person und auch dafür, dass meine Landsleute keine Schusswaffen einsetzen. Die Polizei kann jedoch solange das Gebäude umzingeln«, fügte Drusts hinzu, als er die besorgte Miene des Bürgermeisters bemerkte.

Zusammenstöße mit Ausländern hatten der deutschen Polizei in den Nachkriegsjahren oft Scherereien bereitet, denn man konnte nie wissen, wen sie alles hinter sich hatten und wie ihre persönlichen Verbindungen zur französischen Besatzermacht aussahen. Anstandshalber zögerte der Bürgermeister einen kurzen Augenblick und befahl dann den Polizeikräften, sich hinaus auf den Hof zu begeben.

Seine beiden Widersacher hießen Jānis Dedumietis und Kārlis Līksts und hatten leider tatsächlich einen ordentlichen Schwips. Aber sie schienen ebenfalls froh über die Aussicht zu sein, ihrer brenzligen Lage zu entkommen, und so räumten sie zügig die Barrikade beiseite und fanden sich in der großen Schankstube ein.

Drusts forderte die Seiten dazu auf, an einem Verhandlungstisch Platz zu nehmen.

»Ich bleibe stehen«, erwiderte der Bürgermeister trocken. »Es ist unehrenhaft, gemeinsam mit Betrügern an einem Tisch zu sitzen. Es reicht, wenn das unsere Siegermächte tun.«

»Herr Bürgermeister!«, protestierte Drusts. »Sie haben keine Veranlassung, diese ehemaligen tapferen Soldaten als Betrüger zu bezeichnen. Das ist einem erfolgreichen Abschluss der Verhandlungen in keiner Weise zuträglich.

Der Bürgermeister wies stumm auf die vielen Flaschen.

»Das sind freiwillige Gaben Pfifferlinger Bürger«, sagte Drusts.

Der Bürgermeister beugte sich empört vor und schlug sich kräftig auf die Oberschenkel, als tanze er einen Schuhplattler. »Freiwillige Gaben! Da lachen ja die Hühner! Ich kenne doch meine Pfifferlinger!«

»Wenn Sie jemanden auffordern, Ihnen etwas zu schenken«, fuhr Drusts unerbittlich fort, »dann mag das einen Mangel an Taktgefühl darstellen, keinesfalls jedoch ein Verbrechen.«

»Von wegen! Das ist schändlicher Betrug!«

»Haben die Beschuldigten jemanden dazu aufgefordert, in Ihrem, das heißt im Namen des Bürgermeisters Most herbeizuschaffen?«

»Nein«, räumte der Bürgermeister ehrlichkeitshalber ein. »Sie sind in der Stadt herumgelaufen und haben gerufen, dass jeder Pfifferlinger Hausherr einen Liter Most für den Bedarf lettischer Holzfäller abzuliefern habe.«

»Da sehen Sie es«, erklärte Drusts. »Es ist die persönliche Angelegenheit eines jeden Bürgers, einer privaten Aufforderung Folge zu leisten oder auch nicht.«

»Aber bedenken Sie doch«, brauste der Bürgermeister auf, »dass die französischen Besatzungsbehörden im vergangenen Jahr auf diese Weise schon oft Bettwäsche, Geschirr und vieles andere für den Bedarf ihrer Garnisonen eingesammelt haben und dass die Glocke die Bürger getäuscht hat, da die Angeschuldigten sie so geläutet haben wie der Ausscheller des Bürgermeisters.«

»Aber es war doch nur die Glocke von Katharina, der Kuh des Gastwirts«, erklärte Drusts höflich. »Ich fürchte, dass wir in der Vorgehensweise meiner Landsleute keinerlei Merkmale eines Verbrechens entdecken können.«

»Was für ein Unsinn!«, rief der Bürgermeister aufgebracht. »Mehrere hundert Menschen haben jeweils einen Liter Most verloren, und da sagen Sie, es lägen keinerlei Merkmale eines Verbrechens vor?«

»Ausgetrunken haben sie noch nicht einmal ein Fünfzigstel davon«, beharrte Drusts. »Die Spender können ihre Gefäße wieder abholen, und für die ausgetrunkene Menge gibt es unverzüglich eine Entschädigung. Außerdem war das alles sicher nur ein kleiner Vormittagsscherz, und die Verursacher haben sich wohl selbst am allermeisten über seine Folgen gewundert.«

Līksts breitete die Arme aus: »Wir hatten eine Wette abgeschlossen. Jānis meinte, dass drei Liter kommen würden, und ich dachte, es würde gar nichts geben.«

»Da haben Sie es!«, sagte Drusts und fügte in besonders einschmeichelndem Ton hinzu: »Sie gehen an die Sache als Beamter und Polizeioberwachtmeister heran – nüchtern und förmlich. Aber betrachten Sie den Fall doch einmal auch als Mensch. Sie wissen ja nicht, was es bedeutet, einen Krieg zu verlieren, den Sie gar nicht selbst verursacht haben. Sie ahnen nicht, wie es ist, anschließend im Unterschied zu allen anderen nicht in seine Heimat zurückkehren zu können. Versuchen Sie deshalb jetzt in Friedenszeiten, die Seele des allseits verachteten Soldaten zu verstehen.«

»Ordnung muss sein, und zwar immer!«, entgegnete der Bürgermeister. »Und was die Seele eines Soldaten betrifft, so kenne ich diese besser als jeder andere, denn schließlich bin ich selbst Soldat gewesen. Im Ersten Weltkrieg bin ich als Gefreiter durch Preußen, Weißrussland und Litauen bis zur Daugava marschiert. Auch ich habe Schlachten gewonnen, den Krieg jedoch verloren. Ich habe viel gekämpft und geschossen, peng-peng! Verstanden?«

Der Bürgermeister hob die Hände, als hielte er ein Gewehr, ganz gemäß der unseligen deutschen Gewohnheit, gegenüber Ausländern wild zu gestikulieren, auch wenn diese gut Deutsch sprachen.

»Was für ein Unsinn, peng-peng!«, mischte sich Dedumietis ein, der sich nicht mehr beherrschen konnte. »Das geht ganz anders: ra-ta-ta-ta-ta!«, ahmte er ein Maschinengewehr nach, »zack-wums!«, machte er, als feuere er eine Panzerfaust ab, und »rumms-uiiiii!«, imitierte er das Geräusch eines Nebelwerfers.

Doch der Bürgermeister hatte dafür nur ein mitleidiges Lächeln übrig. »Im Ersten Weltkrieg saß ich ein geschlagenes Jahr in den Schützengräben an der Daugava, gegenüber von einem Ort mit einem seltsamen Namen wie Iskill, Ikskull oder so ähnlich. Dort hatten unsere Truppen einen Brückenkopf eingekesselt, den man die Toteninsel nannte. In diesem Stellungskrieg habe ich eine Hölle erlebt, die Ihnen in diesem Bewegungskrieg nicht einmal in Ihren schlimmsten Träumen untergekommen ist.«

»Dann haben Sie dort gegen meinen Vater gekämpft!«, rief Līksts. »Er war lettischer Schütze und saß die ganze Zeit auf dieser Toteninsel.«

Der Bürgermeister hob überrascht den Kopf.

»Das ist wahrlich ein seltsames Zusammentreffen!«, warf Drusts ein.

»Wirklich, ein echter Zufall!«, sagte der Bürgermeister nachdenklich.

»Da sehen Sie, wie sich die Zeiten ändern«, erklärte Drusts, »Väter kämpfen gegeneinander, und die Söhne müssen sich gegen einen gemeinsamen Feind verbünden.«

»Die Söhne …«, wiederholte der Bürgermeister mit einer seltsamen Betonung, wodurch das Gespräch für eine

Weile unterbrochen wurde. Drusts wusste, dass der Bürgermeister in diesem Krieg zwei Söhne verloren hatte, und die ehemaligen Legionäre schienen es zumindest zu ahnen.

»Auf dieses Zusammentreffen müssen wir einen heben!«, platzte Līksts unerwartet in die Stille hinein.

»Mit gestohlenem Most? Niemals!«, stieß der Bürgermeister barsch hervor.

»Da haben Sie völlig recht. Most taugt nicht für einen so feierlichen Anlass,« pflichtete ihm Līksts sofort bei. »Dafür ist nur das Allerbeste aus den Kellern der Sieger geeignet: der edelste französische Cognac. Wir haben einen extra für ganz besondere Anlässe aufgehoben.«

Schwuppdiwupp erschien auf dem Tisch eine Flasche mit einem goldgeschmückten Etikett. Wie aus dem Nichts tauchten Gläser auf, die sich unter leisem Gluckern wie von selbst mit dem dunklen bernsteinartigen Getränk füllten.

»Nein!«, wehrte der Bürgermeister entschieden ab. »Während meiner Amtsausführung darf ich keine berauschenden Getränke zu mir nehmen. Außerdem ist es nicht statthaft, mit Menschen zu trinken, die das Gesetz ins Lächerliche gezogen haben.«

»Ich möchte ja auch gar nicht mit dem Pfifferlinger Bürgermeister oder mit dem Polizeioberwachtmeister trinken, sondern mit einem Gefreiten der deutschen Armee, der wie mein Vater bei der Toteninsel gekämpft hat«, beharrte Līksts.

Wieder trat ein kurzer Augenblick der Stille ein.

»Ich hoffe, dass Ihrem Vater nichts zugestoßen ist?«, erkundigte sich der Bürgermeister schließlich.

»Nicht auf der Toteninsel. Auch sonst nicht im Krieg. Aber zwanzig Jahre später haben ihn die Bolschewiken verschleppt. Doch mein Vater pflegte zu sagen«, fuhr Līksts fort und hielt dem Bürgermeister noch immer das Glas hin, »dass die Preußen kämpfen können.«

»Es ist bloß ein Ammenmärchen, dass die Preußen die besten deutschen Soldaten sind«, verbesserte ihn Drusts eilig, denn damit hatte Līksts die ärgste Schwachstelle der Schwaben getroffen.

Da blühte der Bürgermeister wieder auf und rief: »Das ist doch endlich mal ein vernünftiges Wort!«

»Herr Gefreiter«, rief Līksts, um das Eisen zu schmieden, solange es noch heiß war. »Vergessen Sie für eine Sekunde die vermaledeite Gegenwart und denken Sie lieber an die gute alte Zeit! Außerdem ist das ein zwanzig Jahre alter Martell, eine hervorragende Cognac-Marke!«

Der Bürgermeister kannte sich mit Getränken aus. Ein guter Cognac war im Nachkriegsdeutschland eine große Seltenheit und nur in französischen Kantinen erhältlich, die für Deutsche nicht zugänglich waren. In der Hand von Līksts erwärmten sich die Gläser, sodass sich ein verführerischer Duft verbreitete und den sauren Mostgeruch überlagerte. Der ehemalige Gefreite packte sein Glas, drückte es schnell gegen die Stelle an der Brust, wo der siebte Knopf des Uniformrocks hätte sitzen müssen, und leerte es in einem Zug. Für einen winzigen Augenblick huschte ein ungewöhnlich milder Zug über sein biederes schwäbisches Gesicht, dann erschien dort wieder der kalte Ausdruck des Amtmanns.

»Glauben Sie bloß nicht, dass diese Angelegenheit damit erledigt ist. Das war ein Gruß an den einstigen Gegner, mehr nicht. Wir werden den Ablauf Ihres Verbrechens protokollieren.«

Er nahm am Tisch Platz und öffnete seine Aktenmappe.

»Ganz richtig«, rief Līksts, der sich bereits gut in seine Rolle eingearbeitet hatte. »Wir stehen Ihnen in jeder Hinsicht zur Verfügung. Bloß noch einen winzigen Augenblick …«

Als hätte er noch eine hochnotwendige Angelegenheit zu erledigen, schenkte er geschwind ein. Der Flaschenhals flitzte durch die Luft, und auf einmal stand das Glas des Bürgermeisters in unmittelbarer Griffweite neben seinen Unterlagen und duftete verführerisch.

»Nun, meine Herren«, begann der Bürgermeister mit kühler sachlicher Stimme, ohne dem Glas Beachtung zu schenken.

»Trinken Sie unabhängig vom Ausgang des Krieges auf den Ruhm der deutschen Waffen!«, unterbrach ihn Drusts.

Der Bürgermeister verstummte. Einen solchen Toast konnte man nicht so ohne Weiteres zurückweisen. Er schielte nach dem Glas und verdrehte die Augen. Dann gab er einen Seufzer von sich und trank. Das dritte Glas fiel ihm dann schon leichter. Nach dem fünften Glas versuchte der Bürgermeister verzweifelt, sich noch einmal seinen Akten und dem Protokoll zuzuwenden, aber Līksts fragte ihn sofort über das Kriegsgeschehen früherer Tage aus, während sich Drusts bewundernd über die Machtfülle des Bürgermeisters ausließ.

Schon bald waren die Akten vergessen. Als die Flasche zu fast zwei Dritteln geleert war, tauchte auf dem Tisch ein Imbiss aus den feinsten Delikatessen auf, die sich in französischen Kantinen auftreiben ließen. Bald war der teure Cognac ausgetrunken, doch im Nu stand auf dem Tisch eine neue Flasche, wenngleich es nur ein Armagnac war.

»Mit Maßen, meine Herren, mit Maßen«, wollte der Bürgermeister protestieren.

»Was heißt da Maß!«, brummte Dedumietis und entkorkte geschickt die Flasche. »Mit einem Maß tötet ein Schneider seine Frau.«

Endlich hatte sich auch der Bürgermeister damit abgefunden, dass zum Maßhalten das rechte Maß erforderlich war, beispielsweise um eine gute Stimmung aufrechtzuerhalten. So nahm das Gelage weiter seinen Lauf.

Die Zeit verging. Längst brannte in der Stube eine Lampe. Man hatte auch die zweite Flasche Cognac geleert. Alle vier Zecher waren nun in gehobener Stimmung. Mehrfach wurden die deutsche Infanterie und ihre Gegner gerühmt, die einstigen lettischen Schützen und als ihre Nachfolger die Legionäre. Man beklagte gemeinsam das schlimme Schicksal, das Kurland und ganz Europa ereilt hatte, blies gemeinsam Trübsal über Hitlers blinde Unersättlichkeit und die unbegreifliche Begriffsstutzigkeit der Alliierten, weswegen sie selbst auf den simpelsten Betrug der Russen hereingefallen waren. Als sich herausstellte, dass die Ansichten der Zecher in so vielen unterschiedlichen Fragen vollständig übereinstimmten, fehlte es bedauerlicherweise an Getränken, um diese wundersame, ja, geradezu unglaubliche Erkenntnis zu begrüßen und würdig zu begießen.

»Verdammt unangenehme Sache!«, brummte Līksts ärgerlich. »Wir haben keinen einzigen Tropfen mehr.«

»Na so was«, sagte der Bürgermeister ungläubig und kicherte.

»Bei allen Strafen Gottes und im Namen des Allmächtigen, es ist nichts mehr da!«, bezeugte Dedumietis gekränkt. »Für einen solchen Anlass würde ich mich sogar an den Teufel höchstpersönlich wenden!«

»Ja, in einem besiegten und zerbombten Land kann man nicht mehr den vollen Komfort erwarten«, meinte Drusts nachdenklich.

»Deutschland ist nicht besiegt!«, verkündete der Bürgermeister plötzlich. »Wir haben ja noch den Most!«

Kurze Zeit herrschte Stille.

»Sie haben recht, Herr Bürgermeister!«, pflichteten die beiden Holzfäller bei und ließen ihren Blick über die Gefäßbatterie an der Wand schweifen. »Most ist reichlich vorhanden. Ungefähr dreihundert Liter.«

Daraufhin verstummten die Letten und überließen den Bürgermeister seinem mühsamen Kampf mit dem Gewissen.

»Hol's der Teufel!«, seufzte dieser schließlich. »Wenn diese Narren Most abliefern, bloß weil sie auf die Glocke der Kuh Katharina hereingefallen sind, ist niemand anderes schuld als sie selbst. Oder haben Sie etwa erzählt, der Befehl sei in meinem Namen ergangen?«

»Wo denken Sie hin!«, beteuerten die beiden Beschuldigten.

»Nun denn, in Gottes Namen, trinken wir!«, sagte der Bürgermeister, trat mit gewichtiger Miene zum Fenster und rief: »Konrad und ihr anderen! Ihr könnt nach Hause gehen! Ich erledige diese Angelegenheit allein!«

Auf dem dunklen Hof knallten Hacken zusammen, und es erklang ein einstimmiges »Jawohl!«

Die Schritte der Polizisten und der letzten verbliebenen Neugierigen entfernten sich. Alle waren stolz über den Mut und das Geschick ihres tapferen Bürgermeisters.

Der ließ sich schwerfällig in seinen Sitz fallen. Noch langsamer, aber umso entschlossener griff er mit seinen fetten Fingern nach dem Henkel seines Mostkrugs und erhob auch ihn feierlich zu der Stelle des siebten Knopfs. Lange ruhte der Krug an seinen Lippen.

»Preußen und Ausländer irren sich vollständig, wenn sie glauben, dass man sich mit Most nicht betrinken kann, weil er angeblich zu schwach ist«, sagte er, als er nach einem schier endlosen Zug wieder nach Luft schnappte. »Das ist Unsinn. Und ob man sich damit betrinken kann! Man muss nur wissen, wie. Die ganze Kunst besteht lediglich darin, sich drei Liter in einem einzigen Zug hinter die Binde zu kippen. Dann haut der Most so richtig rein.«

Es fiel den anderen nicht eben leicht, drei Liter von dem sauren Apfelwein hinunterzustürzen. Immerhin war Most nach Ansicht zahlreicher Forscher der wahre Grund für die in unzähligen Sprichwörtern festgehaltene Einfalt der schwäbischen Bauern: Durch den täglichen Genuss dieses nur leicht vergorenen Trunks vergifteten sie sich nach und nach und verfielen manchmal tatsächlich der Torheit. Jetzt gerade interessierte es die Zecher freilich nicht im Mindesten, inwieweit das alles der Wahrheit entsprach.

Nach jedem Krug wurde ein Lied angestimmt. Anfangs öffneten sich zwar auf der anderen Straßenseite Fenster, waren vereinzelte Beschwerden zu hören. Aber vermutlich eilte der Gastwirt rasch mit Erklärungen hinüber, denn schon bald verstummten die Stimmen wieder, sodass nur die flotten Lieder durch die Stille der Nacht drangen.

Wie durch ein Wunder stimmten die Letten bei einigen deutschen Liedern mühelos ein, während der Bürgermeister bei der einen oder anderen lettischen Weise mithalten konnte. Verblüfft über diese Seelenverwandtschaft und die Bekanntheit ihrer Lieder stimmten die Zecher Studentenlieder an, die sich ebenfalls als vollkommen gleich erwiesen. Als der Bürgermeister allerdings in Erinnerung an seine Feldzüge in Russland »Wolga, Wolga, mat rodnaja« anstimmte, sangen die Letten nicht mehr mit. Der Bürgermeister wollte ihnen das erst übelnehmen, aber Drusts beschwichtigte ihn und erklärte ihm, dass dieses bei Wolgadeutschen einst beliebte Lied so russisch geworden sei, dass es ihnen heute zuwider sei. Der Bürgermeister leerte in dem raschen Tempo eines schwäbischen Meistertrinkers auf das Wohl der tüchtigen Siedler noch manchen weiteren Liter des guten Mosts, den die Pfifferlinger freiwillig hergeschenkt hatten.

»Selbst wenn uns die verdammten Preußenschnauzen als dumme Schwaben bezeichnen«, plauderte er, »und selbst wenn sie die größeren Städte haben und ihnen sogar Berlin gehört: Das Leben in Schwaben wird immer und zu allen Zeiten viel heiterer sein. Aber, und das möge bitte unter uns bleiben: Dazu muss man es mit einer Messerspitze Dummheit würzen. Ob wir sonst jetzt Most hätten und einen so gemütlichen Abend verbringen würden? Trinken wir auf die Torheit! Prost!«

Die Mostvorräte waren nicht unerschöpflich, und die gute Laune der Zecher wollte ebenfalls nicht ewig anhalten. Nachdem die Letten eine Weile laut durcheinandergeredet hatten, merkten sie, dass der Bürgermeister verdächtig lange kein Wort mehr gesagt hatte und bewegungslos wie ein Denkmal auf seinem Stuhl saß.

»He, Kamerad!«, rief ihm Dedumietis zu und klopfte ihm kräftig auf die Schulter. Da fiel dem Bürgermeister der Kopf schwer auf die Brust.

»Der ist hinüber«, stellte Līksts fest. »Was machen wir jetzt mit ihm?«

»Lassen wir ihn einfach ausschlafen«, schlug Dedumietis vor.

»Nein«, wandte Drusts ein. »Wir müssen ihn nach Hause bringen. Sonst macht sich seine Frau Sorgen und ruft die Polizei. Dann kommen sie auf der Suche nach ihm hierher, und die ganzen Scherereien fangen wieder von vorne an.«

»Was denn für Scherereien?«, fragte Dedumietis verständnislos. »Wenn sie kommen, machen wir sie fertig. Schusswaffen haben sie keine, und ohne kann uns dreien nicht einmal ein ganzes Regiment etwas antun. Besonders jetzt, wo sie ohne Führung dastehen. Wir kennen sie doch. Schließlich mussten wir an der Front in die Bresche springen, wenn die anderen das Weite gesucht hatten.«

»Das wird ein übles Ende nehmen«, warnte Drusts, erschrocken über Dedumietis' Kampfeslust. »Mit Hilfe des Polizeioberwachtmeisters haben wir einen Vergleich mit der Polizei geschlossen. Der alte Knabe hat ehrlich mit uns getrunken, und jetzt ist es unsere Pflicht, ihn nach Hause zu schaffen. Es wäre höchst unredlich, wenn ihn Polizisten oder andere Personen in diesem betrunkenen Zustand sehen würden. Das könnte den Bürgermeister seinen guten Ruf oder womöglich sogar seine Stellung kosten.«

»Richtig! Er ist ein heller Junge; mit einem Preußen oder mit einem Bayern hätten wir bestimmt keinen solchen Frieden geschlossen. Ist doch klar, dass ihm nichts passieren darf«, stimmte Līksts zu. »Aber laufen kann der heute Nacht auch nicht mehr. Ich weiß genau, wann jemand hinüber ist. Also werden wir ihn tragen müssen. Jānis, pack du seine Füße!«

»Halt!«, rief Drusts. »Man kann einen Menschen doch nicht so durch die Straßen tragen. Die Pfifferlinger gehen zwar mit den Hühnern ins Bett, aber es kann einem immer irgendjemand über den Weg laufen.«

»Gut, dann machen wir es anders«, sagte Dedumietis, und in Kürze hatten die ehemaligen Soldaten aus Besenstielen und einem Teppich eine Trage erstellt, betteten den Bürgermeister darauf und breiteten sorgfältig eine Decke über ihn.

»Alles klar«, sagte Līksts, »es kann losgehen.«

»Hoffen wir bloß, dass uns niemand erwischt«, meinte Drusts nachdenklich.

»Die Pfifferlinger Polizisten sind nachts manchmal unterwegs auf der Suche nach Schwarzhändlern. Aber ich führe euch durch ruhige Nebengassen.«

»Wenn wir einen zusammengeschnürten Polizeioberwachtmeister dabeihaben, kann uns keiner von denen etwas anhaben«, entgegneten die jungen Männer selbstsicher und griffen nach der Trage.

Drusts ging voran und wies ihnen den Weg. Tatsächlich, die Straßen waren wie ausgestorben, und die Sorgen erwiesen sich allesamt als unnötig. Trotzdem mussten sie mit ihrer Last ein tüchtiges Stück Weg quer durch die ganze Stadt zurücklegen. Die drei schritten munter aus. Der Cognac und der Most hatten sie tüchtig aufgewärmt, und während sie im Gleichschritt liefen, verlangte das Herz geradezu nach einem Lied. Unwillkürlich stimmte Drusts leise »Bring mich über die Daugava« an, und die beiden Soldaten fielen lautstark ein. Bald schmetterten sie das Lied, dass es eine wahre Freude war und fast so klang wie einst beim Parademarsch der Kadetten auf dem Rigaer Vienības laukums.

Doch als die Sänger um eine weitere Ecke bogen, wurden sie plötzlich vom Strahl einer Taschenlampe geblendet, und es ertönte der schneidige Befehl: »Stehenbleiben!«

Vor den Trägern standen wie vom Himmel gefallen sechs Polizisten, angeführt von Unterwachtmeister Konrad.

»Wer seid ihr?«, fragte Konrad barsch.

»Gute Menschen«, antwortete Drusts freundlich.

»Wohin geht ihr?«

»Nicht weit.«

»Was tragt ihr da?«

»Nicht zu viel!«, fuhr Dedumietis verärgert über die Fragen des Polizisten dazwischen.

»Vorzeigen!«, befahl Konrad.

»Meine Herren Polizisten«, sprach Drusts so honigsüß, wie er es nur vermochte, »lassen Sie uns weitergehen. Friedlichen Bürgern ist es auch nachts nicht verboten, spazieren zu gehen.«

»Vorzeigen, was ihr dabeihabt!«, beharrte Konrad, der die Sänger längst erkannte hatte und ihnen offenbar in eigener Sache für den Ärger dieses Tages einen Denkzettel erteilen wollte.

»Kārlis, wie geht es dir, wenn du solche Schnauzen siehst?«, erkundigte sich Dedumietis bei Līksts.

»Als ob man an einer Kette an den Zähnen vorwärts gezerrt wird oder einem das Hemd zu kurz ist«, antwortete dieser mit finsterer Miene.

An dem Schwung, mit der die Soldaten die Trage ablegten, erkannte Drusts, dass die beiden vorhatten, mit den Polizisten kurzen Prozess zu machen. Deshalb rief er eilig: »Um Himmels willen! Ganz langsam! Immer mit der Ruhe!« Dann wandte er sich wieder an die Polizisten: »Meine Herren, wir weigern uns keinesfalls, Ihnen unser Gepäck zu zeigen, aber ich bitte Sie, uns das zu ersparen. Ich gebe Ihnen mein Ehrenwort, dass wir nichts Verbotenes oder Ungesetzliches mit uns führen.«

Doch die höflich vorgetragene Bitte brachte Konrad nur zusätzlich in Rage. »Kein Wort mehr! Herunter mit der Decke!«, rief er wutentbrannt.

»Glauben Sie mir, meine Herren«, beharrte Drusts, »ich bitte Sie nicht unseret-, sondern Ihretwegen. Unangebrachte Neugierde kann gelegentlich zu Unannehmlichkeiten führen. Es ist besser, wenn wir als Freunde scheiden. Es täte uns von Herzen leid, ihnen unnötigen Kummer zu bereiten …«

»Ihr seid Schieber!«, rief Konrad erbost. »Ihr verdammten Ausländer! Wir sind schon lange auf der Suche nach den Schwarzhändlern, die die ganze Stadt mit sündhaft teurem Fleisch außerhalb der Rationierungen überschwemmen. Ihr seid das! Ihr habt uns um unseren Most geprellt, also schreckt ihr natürlich auch nicht davor zurück, mit Fleisch zu schachern! Herunter mit der Decke! Ich möchte schwören, dass dort ein Schwein liegt!«

»Ein Schwein?« Dedumietis zupfte vorwurfsvoll an der Decke. »Das wäre doch wohl ein bisschen übertrieben. So etwas kann jedem einmal passieren. Dabei gab es fast nichts zu essen.«

»Ein Schwein! Bestimmt ist es ein Schwein, noch dazu ein ganz besonders großes!«, jubelten die Polizisten.

»Wisst ihr, Kameraden, die größten Viecher sind doch manchmal die besseren Menschen«, belehrte Līksts die Polizisten.

»Herunter mit der Decke!«, brüllte Unterwachtmeister Konrad mit derselben schneidenden Stimme wie zuvor der Polizeioberwachtmeister. Das bedeutete, dass die Geduld der Polizisten endgültig erschöpft war.

»Nichts zu machen, nehmt die Decke ab«, seufzte Drusts. »Wir tun dies nur schweren Herzens. Er wird

Ihnen, sehr verehrte Herren Polizisten, nicht die geringste Freude bereiten.«

Dedumietis und Līksts schlugen die Decke mit Schwung zurück, und die Strahlen von sechs Taschenlampen bohrten sich in den feisten Körper des Bürgermeisters.

»Teufel und Hölle! Eine Leiche!«, schrie Konrad. Dann aber trafen die Strahlen auf das Gesicht, und die Polizisten sprangen erschrocken zurück.

Einer von ihnen röchelte mit ersterbender Stimme: »Das ist der Bürgermeister! Der Polizeioberwachtmeister!«

In diesem Augenblick gab der Amtsträger im Schlaf ein Stöhnen von sich, drehte sich auf die Seite, bewegte schmatzend die Lippen und brummte: »Drei Liter in einem Zug. Das hat gesessen!« Beim Ausatmen verströmte er den charakteristischen Geruch von saurem Most.

Um die Trage herum herrschte erst einmal Totenstille.

»Nun? Was sagen Sie, meine Herren Ordnungshüter? Haben wir Sie nicht gewarnt? Mussten Sie das wirklich sehen?«

Die Polizisten gaben keine Antwort.

»Können Sie schweigen?«, fragte Drusts weiter. »Wenn der Bürgermeister erfährt, dass Sie ihn in diesem Zustand gesehen haben, dann wird er Sie schwuppdiwupp Ihrer Ämter entheben, das versteht sich ja von selbst.«

Die Polizisten schwiegen immer noch.

»Sie haben heute Nacht nichts gesehen! Sie haben niemanden getroffen! Verstanden?«, zischte Drusts höhnisch.

»Verstanden, Kamerad«, hauchte Konrad kaum vernehmbar.

»Und jetzt erweisen Sie Ihrem Vorgesetzten die Ehre und gehen Sie!«, rief Dedumietis. »Unseren Saufbruder bringen wir selbst nach Hause.«

Es knallten sechs Paar Hacken, sechs Hände schossen zu den Mützen empor, dann verschwand die Patrouille im Dunkel.

Die Legionäre deckten den Polizeioberwachtmeister wieder zu und hoben die Trage an.

DIE EINLADUNG

Die Pfifferlinger waren überaus gesellig, aber sie besuchten einander nur höchst selten. Wozu auch, wenn es dann nichts zu essen gab? Drusts dachte noch lange an die Tischgesellschaft bei einem reichen Pfifferlinger Trikotfabrikanten zurück. Der Tisch war mit sündhaft teurem Geschirr mit Goldrand gedeckt, und trotzdem gab es nur Zichorienkaffee ohne Zucker, Brötchen aus dunklem Mehl und ungesüßte Vogelbeermarmelade. Zur überraschenden Krönung des Abends wurde Magerquark kredenzt, als könnte sich nur ein steinreicher Mann einen solchen Luxus erlauben.

Kein Pfifferlinger war so töricht, sein Geld für eine so unsichere Angelegenheit wie die Bewirtung von Gästen zum Fenster hinauszuwerfen. Schließlich konnte man nie sicher sein, ob eine Gegeneinladung erfolgen würde und ob dann auf dem Tisch so viel zu essen stehen würde, dass man durch tüchtiges Zulangen seine eigenen Verluste wieder wettmachen konnte.

Auf dieser Gesellschaft freundete sich Drusts mit Doktor Friedbert Ott an, einem der Pfifferlinger Ärzte, der ihn daraufhin ab und zu mit der einen oder anderen Nachricht aufsuchte. Die Ärzte in dieser Stadt hatten viel freie Zeit, denn die sparsamen Pfifferlinger riefen nur selten nach ihnen, es sei denn, Gevatter Tod klopfte mahnend an die Tür.

Drusts aß mitnichten zu der in Pfifferlingen fest eingehaltenen Zeit um Punkt zwölf Uhr Mittag, sondern nach Gewohnheit der Rigaer Beamten um halb vier. Manchmal geschah es, dass sein Gast eintraf, wenn er gerade zu Tisch saß. Wozu dann noch lange fackeln? Zu zweit schmeckte es bekanntlich besser, und so lud Drusts den Doktor ein, ihm beim Essen Gesellschaft zu leisten. Zuerst war Friedbert Ott überrascht, wand sich wie ein Wurm und versuchte es mit Ausreden, obwohl er sehnsüchtig nach dem Essen schielte. Drusts musste ihn beinahe mit Gewalt an den Tisch zwingen und ihm Messer und Gabel in die Hand drücken. Um seinem Gast unnötige Qualen zu ersparen, legte er ihm immer eigenhändig von allem vor, was gerade auf dem Tisch stand. Falls es dann womöglich nicht für beide reichte, redete er sich damit heraus, bereits gegessen zu haben, und sorgte dafür, dass sein Gast satt wurde. Als Drusts dem Doktor einmal ein großes Stück Fleisch auftat, sträubte dieser sich lautstark, erklärte, dass eine sparsame Familie eine ganze Woche lang daran genagt hätte, und schwor Stein und Bein, dass solche Massen unmöglich zu bewältigen seien. Doch nie blieb auf seinem Teller auch nur ein einziges Krümelchen übrig.

Schon bald hatte der Doktor entdeckt, dass halb vier in Wahrheit die günstigste Zeit für einen Besuch bei Drusts war. Schließlich war ein Schwätzchen behaglicher an einem gedeckten als an einem leeren Tisch. Da es in der Welt nie an Neuigkeiten mangelte und die Pfifferlinger Ordnung über alles liebten, fand sich der Doktor alsbald mit schöner Regelmäßigkeit zwei Mal in der Woche bei Drusts ein. Wenn dann gelegentlich kein Mittagessen auf dem Tisch stand, rutschte er nervös hin und her und wusste nicht recht, was er anfangen und worüber er reden sollte, um die Zeit bis zum Mahl unauffällig in die Länge zu ziehen. Aber um die Schüchternheit des Doktors war es nicht so schlimm bestellt, wie es zuerst den Anschein gehabt hatte. Nach ein paar Besuchen hatte er seine Zurückhaltung überwunden. Er griff tüchtig zu und drehte ungeduldig sein Glas, als wollte er damit zum Ausdruck bringen, dass ihm Drusts zu selten oder zu langsam nachschenke.

Nach dem Essen lehnte sich der beleibte Doktor jedes Mal schwer in seinen Stuhl zurück und schnaufte: »Auf Wiedersehen bei mir! Ich werde Ihnen ein hervorragendes Abendessen vorsetzen!« Diese herzliche Einladung brachte er wiederholt vor, doch blieb es bei der Ankündigung.

Manchmal gelang es Drusts, in einer der französischen Kantinen Kaffee, Wein oder kleine Cognac-Flaschen zu ergattern, die er dann immer für den Doktor aufsparte. Bei solchen Gelegenheiten erstrahlte das Gesicht seines Gasts schon nach dem ersten Gläschen in fettigem Glanz, er wurde umgänglich und gesprächig, sprudelte über von klugen schwäbischen Sprichwörtern und wusste so lustige Dinge über die Pfifferlinger zu erzählen, dass Drusts lachen musste wie in der guten alten Zeit. Doktor Ott war tatsächlich ein amüsanter Besucher, mit dem sich die Zeit hervorragend vertreiben ließ.

Nach jedem vergnügten Abend versprach er begeistert, Drusts zu einem hervorragenden Abendessen einzuladen. Drusts hatte das nun schon so oft vernommen, dass er es sich nicht verkneifen konnte, leise zu lächeln. Der Doktor sah geflissentlich darüber hinweg, aber Drusts wusste sehr wohl, dass ihn das mächtig wurmte: Die Pfifferlinger ertrugen alles, nur nicht das überhebliche Grinsen eines Ausländers.

In dem Doktor schien langsam irgendein Plan heranzureifen. Drusts bemerkte immer wieder, dass er sich nach dem regelmäßig geleisteten Versprechen krampfhaft darum bemühte, noch etwas hinzuzufügen. Offenbar kämpfte er darum, den Tag und die Stunde der großartigen Einladung zu nennen, doch versagten dann immer im letzten Augenblick seine Kräfte, sein Mut oder beides zusammen.

Aber dann kam der lang erwartete Tag. Kaum hatte Drusts die Tür geöffnet und Friedbert Ott in die Augen gesehen, wusste er, dass er heute tatsächlich eingeladen werden würde. Die Augen des Doktors funkelten seltsam trotzig wie die eines japanischen Kamikaze-Fliegers, der bereit ist, sich selbst für ein höheres Ziel zu opfern. Der Doktor machte sich mit der Kraft der Verzweiflung über das Essen her, und zum ersten Mal war Drusts ernstlich besorgt, er könne zu wenig aufgetischt haben.

Von seinem Heldenmut berauscht und beflügelt durch die Erhabenheit seiner Seele stieg Friedbert Ott in höhere Sphären auf, seine Augen wurden feucht, und er wirkte wie in Trance. Mehrfach setzte er zu einer Anekdote an. Erst zitterte seine Stimme, doch dann verfiel er unwillkürlich in den ebenso pathetischen wie bellenden Ton von Hitler, wie es bei so vielen Deutschen der Fall war, sobald sie eine Rede halten sollten. Aber wie dem auch sei: Am Ende dieses emotionalen Abends teilte der Doktor mit zitternden Wangen und belegter Stimme mit, dass er Drusts in genau einer Woche bei sich zu Besuch erwarte.

Drusts nahm die Einladung auf der Stelle an und zerstörte damit den letzten Funken Hoffnung, der noch schwach in den Augenwinkeln des Doktors geglommen hatte. Nachdem die Einladung nun aber ausgesprochen und alle Brücken für einen Rückzug abgebrochen waren, drehte sich der Doktor noch einmal um. Die durch die Einladung verursachte Aufregung war dem Bewusstsein der eigenen Bedeutung gewichen. Drusts winziges Lächeln wurde merklich breiter und sprang nun auch auf den Doktor über. Als er Drusts zum Abschied die Hand reichte, klang seine Stimme ganz wie die eines Gutsbesitzers.

Am darauffolgenden Sonntag begab sich Drusts zur vereinbarten Stunde zum Doktor, gekleidet in seinen besten Anzug und mit seiner grellsten Krawatte. Als er sich dem Haus näherte, war es ihm, als nähme er eine misstrauische Bewegung der Vorhänge wahr. Drusts klopfte und rieb den zähen Schlamm der Alb von seinen Schuhen. Dazu diente ein Stück Metall in der Form eines flachen Hündchens, das mit beiden Beinen in der Zementstufe steckte.

Von innen war kein Laut zu vernehmen, doch kaum hatte Drusts den Klingelknopf gedrückt, sprang die Tür auch schon auf. Vor Drusts stand die Hausherrin. Er hatte sie als flink und rotwangig in Erinnerung, aber stattdessen stand vor ihm ein blasses müdes Wesen, das vorwurfsvoll an ihm vorbei in die unendliche Ferne blickte. Zwischen ihren bleichen Lippen blitzten Goldzähne, aber nur ein Kenner hätte hierin ein Lächeln sehen können. Am oberen Ende der Treppe huschten drei kleine Gesichter vorbei. Die sonst so fröhlichen Kinder wirkten verängstigt wie nach einer strengen Zurechtweisung. Für einen Augenblick schien es Drusts, als offenbarte sich in ihren unschuldigen Blicken sogar Hass, aber natürlich war das nur Einbildung. Trotzdem schien es, als hätte ein schwerer Schicksalsschlag dieses sonst so heitere Haus getroffen.

Doch da trat der Hausherr mit einem jovialen Lächeln heran und begrüßte ihn mit allerlei Scherzen. Allerdings bemerkte Drusts sofort, dass die Züge seines Freunds seltsam steif waren. Seine Stimme war zwar laut, aber sie klang blechern, und es fehlte ihr der vertraute gemütliche Unterton.

Als Gastgeschenk hatte Drusts eine Flasche guten Wermut und Schokolade für die Dame des Hauses mitgebracht. Ihre traurigen Augen blitzten kurz auf, verdunkelten sich aber sofort wieder, und sie verschwand mit den Geschenken in den hinteren, für Gäste nicht zugänglichen Räumen.

Der Hausherr und der Gast ließen sich in den weichen Sesseln um den kleinen grüngekachelten Kohleofen nieder, der anstelle eines Kamins brannte. Der Hausherr reichte Zigaretten. Doch das Gespräch wollte aus irgendeinem Grund nicht in Gang kommen. Der Hausherr zeigte die schöne Kohlenschaufel und die Kaminzange. Das waren die Weihnachtsgeschenke für seine bessere Hälfte gewesen, denn die Pfifferlinger verschenkten nur praktische und nützliche Dinge. Er wies noch auf die großen Säcke mit Kiefernzapfen im Flur, die seine Kinder bei Sonntagsspaziergängen gesammelt hatten, bevor das Gespräch erneut versiegte.

Kurz darauf rief der Hausherr: »Mathilde, willst du uns nicht ein bisschen Bier bringen?«

»Gerne! Sofort!«, hauchte eine schwache Stimme, und die Hausherrin trat so geschwind mit einem Tablett in den Händen ein, als hätte sie bereits hinter der Tür gewartet.

Oha! Das Tablett war wirklich ein Augenschmaus! Dort standen ganze zwei Flaschen Bier, nicht etwa das Pfifferlinger, sondern das aus Truchtelfingen, das als deutlich besser galt und eigens bestellt werden musste. Aber damit noch nicht genug: Auf dem Tablett prangten auch ganze zwei Teller mit dicht nebeneinanderliegenden Broten, die überdies mit Wurst und Käse belegt waren! So etwas hatte Drusts hier noch nie bei einer Einladung erlebt. Gewiss, die Wursträdchen waren dünn wie Seidenpapier, weil die Pfifferlinger Metzger auf der ganzen Alb für ihre außergewöhnlich feinen Schneidemaschinen bekannt waren. Doch wenn die Scheibchen nicht das ganze Brot bedeckten, war ringsherum ein raffiniertes Mosaik aus Halbmonden und schmalen Streifen angeordnet, sodass nirgendwo blankes Brot zu sehen war.

Als Drusts nach wiederholter Aufforderung eines der Brote griff, hätte er es vor Erstaunen beinahe fallen lassen: Unter der Wurst war auch noch Butter aufgestrichen! Das war nun ein ganz und gar unerhörtes Ereignis. Würde er jemandem davon erzählen, würde ihm in ganz Pfifferlingen niemand Glauben schenken. Nie erlaubte sich ein Pfifferlinger so einen ungeheuren Luxus: Entweder aß man dort Brot mit Butter oder – was ungleich häufiger geschah – Brot mit Wurst, aber nie gab es beide Beläge gleichzeitig.

Der Hausherr griff nun ebenfalls nach einem Brot und schlang es mit einem einzigen Happs hinunter. Da kam Drusts unwillkürlich die bösartige Unterstellung der Einwohner des Nachbarorts in den Sinn: Bis ein Gockelfinger das Wort »Wurst« auch nur ausgesprochen hat, hat der Pfifferlinger sie bereits vertilgt.

Als Drusts hineinbiss, fiel ihm auf, dass die Butter nur am Rand seines Brotes kunstvoll aufgetragen war, nicht aber auf den Flächen, die von Wurst- oder Käsescheibchen bedeckt waren. Doch was machte das schon? Man hatte sich Butter geleistet und dazu noch die große Mühe gegeben, sie kunstvoll zu verstreichen!

Der Hausherr goss das Bier mit einer gönnerhaften Geste ein, die er sich vermutlich noch während seiner Studentenzeit abgeschaut hatte: Er schob den Hals der Flasche so tief in das Glas, dass ein Schaumstrahl über den Rand hinausschoss und gar nicht so viel von der Flüssigkeit im Glas blieb.

Nachdem sie miteinander angestoßen hatten, lehnten sie ihre Köpfe zurück. Der Hausherr röchelte nach dem gewaltigen Trunk, wischte sich den Schaum von den Lippen und betrachtete Drusts, als erwartete er, dass dieser etwas sagte. Dann aber rief er: »Das war ein ordentlicher Schluck! So muss ein anständiges Bier sein!«

Das Bier hatte seinen Appetit entfacht, und so schnappte er sich gleich mehrere Brote auf einmal und verschlang sie so schnell wie das erste. »Aber greifen Sie doch zu! Es ist gutes Brot mit anständiger Wurst!«, fügte er hinzu.

Drusts ließ sich nicht lange bitten, bediente sich ebenfalls und trank. Bald waren nicht nur die beiden Flaschen geleert, sondern auch der Imbiss verzehrt, und für jedes Brot von Drusts hatte der Hausherr mindestens vier vertilgt.

»Möchten Sie noch mehr Brote?«, fragte der Hausherr, als er das letzte verschlungen hatte.

Fast hätte Drusts »nein danke« gesagt. Aber gerade saß ihm aus irgendeinem Grund der Schalk im Nacken, und so zuckte er nur mit den Schultern und sagte:

»Nun ja, wenn es Ihnen keine Mühe bereitet …«

Der Hausherr war unangenehm überrascht und rief: »Mathilde, bring noch mehr Brote!«

In den Tiefen der Wohnung klapperte und schepperte es, und kurz darauf erschien auf dem Tisch ein halber Teller mit Broten, bedeckt mit Käsebröckchen und Wurstenden. Der Hausherr aß sie alle allein auf.

Eine Weile versuchten die beiden, wieder eine behagliche Plauderei aufzunehmen, wie ihnen das so gut in Drusts' Kammer gelungen war. Aber der Hausherr war vollkommen geistesabwesend. Seine Sätze brachen unvermittelt ab, und oft konnte er sich nach einer kurzen Pause nicht mehr erinnern, worüber man gerade erst gesprochen hatte.

Deshalb vermutete Drusts, dass noch etwas kommen würde, und so geschah es auch: Der Hausherr hüstelte und räusperte sich vernehmlich. Die Brote und das Bier waren also nur der Auftakt oder der erste Gang gewesen!

Beim letzten Räuspern des Doktors sprang die Tür weit auf. Dort erschien die Hausherrin und lud lächelnd zum Abendessen. Dieses Lächeln würde Drusts so bald nicht wieder vergessen: So musste die heilige Jeanne d'Arc auf dem Weg zum Scheiterhaufen ausgesehen haben, nachdem sie alles für den Ruhm Frankreichs geopfert hatte.

Im Speisezimmer bot sich ein opulentes Bild. In der Mitte des von Silber und Porzellan glänzenden Tischs lag ein ganzes, appetitlich gebräuntes Kaninchen auf einem edlen geblümten Teller, garniert mit gebackenen Kartoffeln und Äpfeln. Dazu gab es Kohl, eingelegten Kürbis und Salat mit Öl und Essig oder, besser gesagt, mit Essig und Öl, denn die Pfifferlinger hatten das alte französische Rezept nach ihrem Geschmack verändert und nahmen auf sechs Teile Essig einen Teil Öl.

Selbst die Gastgeber waren von diesem Bild so überwältigt, dass sie lange kein Wort herausbrachten. Die Hausherrin biss sich sogar auf die Lippen. Es war, als müsste sie gleich vor lauter Rührung in Tränen ausbrechen, und der Hausherr blickte verzweifelt auf dem Tisch herum. Dann aber kamen die Kinder herein, und alles wurde wieder gut.

Der Gast durfte sich als Erster bedienen. Die Gastgeber warteten gespannt wie Flitzebögen. Als Drusts mit seiner Gabel eine Kaninchenkeule aufspießte, zuckte der Doktor zusammen, als hätte der Stich ihm selbst gegolten. »Aber essen Sie doch!«, seufzte er. »Greifen Sie tüchtig zu! Nehmen Sie sich ein großes Stück!«

Drusts bediente sich. Dann kreuzten die Gastgeber ihre Klingen über dem armen Kaninchen, als müssten sie retten, was noch zu retten war. Sehnen wurden durchtrennt, Knochen knackten, und schon war der Teller wie leergeschleckt. Im nächsten Augenblick schossen die Hände der Gastgeber nach vorne und verhakten sich über den Gefäßen mit der Soße und den Beilagen. Es klang, als wäre ein Kalb in einem Pfuhl stecken geblieben und müsste nun an den Beinen aus dem zähen Morast herausgezogen werden, so laut spritzte, schmatzte und quatschte es.

Als alle Teller gefüllt waren, rief der Hausherr: »Wein her! Wo bleibt denn der Wein?«

Eigentlich hätte dieser Ruf wie bacchantischer Jubel klingen müssen, aber er verhallte wie der Hilferuf eines armen Reisenden, dem die Räuber bereits die Kehle aufschlitzten.

»Jetzt wird vermutlich mein Wermut aufgetischt«, dachte Drusts. Ein Wermut hätte zwar eigentlich nicht gepasst, aber nach dem bitteren Bier würde er dazu taugen, die Stimmung zu heben. Doch die Hausherrin brachte feierlich auf einem Tablett eine andere, bereits entkorkte Flasche mit einem nicht minder prächtigen Etikett herein.

»Sie kennen diese Marke vermutlich nicht?«, erkundigte sich der Hausherr, während er seinem Gast einschenkte. Er stieß diese Worte unter solchen Qualen hervor, dass ihm der Schweiß auf die bleiche Stirn trat. »Das ist unser sogenannter Halbchampagner ›Kalte Ente‹. Die *Flasche* stammt aus den berühmten und viel besungenen Würzburger Kellern.«

Drusts überlegte, warum der Doktor das Wort »Flasche« so seltsam betonte. Er sah näher hin: Am Rand der Flaschenöffnung waren kleine Splitter herausgeschlagen, und das Etikett sah reichlich abgenutzt aus. Als Drusts die forschenden Blicke der Gastgeber bemerkte, hob er das Glas. Ohne probiert zu haben wusste er, dass das ganz bestimmt keine »Kalte Ente« war, sondern der in den Pfifferlinger Wirtshäusern erhältliche billige Wein vom Fass, gestreckt mit irgendeinem Zusatz, um eine Geschmacksnote beizufügen.

»Wunderbar! Diese ›Kalte Ente‹ ist ein köstlicher Tropfen. Sie macht tatsächlich den deutschen Winzern und Weinkennern alle Ehre!«, lobte Drusts und würgte mühsam einen winzigen Schluck herunter.

Der Hausherr senkte den Kopf, und Drusts erkannte, dass die Sache mit dem Wein dem wackeren Mann am meisten zu schaffen machte. Die Pfifferlinger waren zwar einfallsreich, aber keine Betrüger. Was sollte man auch machen, wenn eine »Kalte Ente« so entsetzlich teuer war? Diese gespenstische ungemütliche Einladung hatte bereits so massiv gegen alle Gesetze der Pfifferlinger Sparsamkeit verstoßen, dass den Doktor die Einwände oder gar Tränen seiner Frau gezwungen haben mussten, zu einer List zu greifen.

Das Tischgespräch versiegte, und bald waren nur noch Kaugeräusche zu hören. Unter tiefem Schweigen verschwand das Kaninchen von den Tellern. Drusts lobte den Salat und wandte sich der Hausherrin zu, stieß bei ihr jedoch nur auf ein verbissenes Lächeln. Also rühmte er das Kaninchen und wandte sich als nächstes dem Hausherrn zu, aber der beugte sich noch tiefer über seinen Teller. Was war nur aus dem gemütlichen gesprächigen Doktor Ott geworden, aus seinen Scherzen und Sprichwörtern, aus seinen rosigen Wangen und seinen flinken Bewegungen? Das alles war durch das Mahl verschluckt und von der »Kalten Ente« davongespült worden.

Als das Kaninchen mit Stumpf und Stiel vertilgt war, hob der Hausherr bedeutungsschwanger den Kopf, und die Hausherrin machte sich daran, den Tisch abzuräumen. Doch die Wunder wollten kein Ende nehmen: Nun tauchte auch noch ein Nachtisch aus eingemachten Kirschen auf, der überdies mit einer Schneewolke aus Puderzucker bestreut war.

Der Hausherr wischte sich den Schweiß von der Stirn, obwohl es im Zimmer recht kühl war, und forderte den Gast mit matten Bewegungen zum Essen auf.

Auch während das Dessert verzehrt wurde, herrschte Schweigen am Tisch. Dann verabschiedeten sich die Kinder trübsinnig und gingen schlafen, während die Hausherrin Kaffee servierte. Echter Bohnenkaffee ist die heimliche Leidenschaft eines jeden Schwaben. Böse Zungen behaupteten, dass ihn die Pfifferlinger im Verborgenen in rauen Mengen konsumierten, aber diesmal reichte man einem Gast teuren Bohnenkaffee, als hätte es auf der Welt niemals Zichorienkaffee gegeben. Drusts betrachtete den Doktor mit zunehmendem Erstaunen. Er hatte sich tatsächlich selbst übertroffen, und das gleich in mehrfacher Hinsicht.

Die Flüssigkeit in den Tassen war nicht dunkler als ein durchschnittlicher Tee, roch jedoch angenehm. Auf dem

Tisch stand auch ein Gefäß mit Zucker. Obwohl es so flach war, dass man den Löffel nicht tief hineintauchen konnte, war es echter weißer Rübenzucker und kein Sacharin.

Drusts erschrak über die Totenstille im Raum, und er musterte gründlich den Hausherrn. Der Doktor war in sich zusammengesunken und starrte mit verkniffener Miene auf den Tisch. Seine Hand tastete unwillkürlich an der Weste entlang und drückte fest gegen die Stelle, an der das Herz pochte. Dann riss er sich wütend den Kragen herunter, als drohte er zu ersticken, denn nun kam der unvorstellbare Höhepunkt: Schlagsahne!

Schlagsahne war nicht nur der Traum der sparsamen Pfifferlinger oder der Albbewohner: Sie war die Erfüllung der wunderbarsten Sehnsüchte aller Deutschen. Schlagsahne war in Deutschland das Sinnbild für Reichtum, Macht und lukullischen Genuss, sie war das fetteste und üppigste Opfer, das man einem Gast bei einer Einladung auftischen konnte. Die Menge spielte keine Rolle: Die bloße Tatsache, dass Schlagsahne gereicht wurde, war eine unerhörte Sensation. In Pfifferlingen war so etwas selbst bei den vornehmsten Einladungen noch nie vorgekommen!

Doktor Ott war mit seinen Kräften am Ende. Kein einziger Laut drang mehr über seine Lippen, die so eng zusammengepresst waren wie der Schlitz eines Sparschweins. Der Stuhl unter ihm quietschte erbärmlich, seine Hand ruhte wie tot auf seinem Schoß. Er war außerstande, seinen Gast zum Zugreifen aufzufordern, und ebenso wenig vermochte er es, den aromatischen Kaffee anzurühren oder sich dem Traum aus weißer Schlagsahne zu nähern, die die Tassen mit fluffigen Schneemützen bedeckte.

Es war, als hätte Doktor Friedbert Ott erst jetzt so richtig begriffen, was er getan hatte. Was vier üppige Einladungen hätten werden können, hatte er in einem Anflug von Wahnsinn mit einem einzigen Gastmahl verprasst, allein getrieben von Hoffart und plumper Prahlsucht. Alle seine deutschen Verwandten, Vorgesetzten und Bekannten hätte er mit nur einem dieser vier Gänge überrascht und ihnen eine unvergleichliche Einladung beschert. Stattdessen waren gleich vier prächtige Mahlzeiten auf einmal vergeudet worden, und das auch nur, um gegenüber einem einzigen Ausländer Pfifferlingens Ehre zu retten!

Die Hausherrin hatte sich unauffällig zurückgezogen, denn es gibt Anblicke, die die sanften Augen einer Frau nicht ertragen können. Im Haus herrschte tiefe mitternächtliche Stille, nur die Uhr auf dem Büffet zählte einsam und traurig die Sekunden. Während Drusts seinen Kaffee mit Schlagsahne trank, wandte er sich mehrmals an den Hausherrn, aber es war vergebliche Liebesmüh: Der Doktor saß reglos auf seinem Platz. Er war ein gebrochener Mann.

»Es ist spät. Zeit, nach Hause zu gehen, Zeit auch für Sie, sich zur Ruhe zu begeben«, sagte Drusts schließlich. »Danke für den reizenden Abend. Das war ein hervorragendes Abendessen!«

Der Doktor richtete einen ersterbenden Blick auf seinen Gast. Alle Qualen dieser Welt spiegelten sich in seinem gequälten Gesicht wider. Seine Hand wollte sich zu einer hilflosen Geste heben, sein Mund sich zu ohnehin überflüssigen Worten formen, aber allein, es drang kein Laut über seine Lippen. Es war alles aus. Was machte es noch für einen Unterschied, ob Drusts sofort oder eine Stunde später ging? Noch mehr Schaden konnte er ja doch nicht mehr anrichten.

Mit bleischweren Schritten begleitete der Doktor seinen Gast bis zur Tür, legte seine feuchte schlaffe Hand in die trockene feste des anderen, und statt der vielen in Pfifferlingen üblichen Abschiedsworte und guten Wünsche wand er sich wie ein Wurm.

Die Tür fiel krachend ins Schloss. Vielleicht kam es Drusts nur so vor, aber ihm war, als hätte er genau gehört, wie hinter der Tür etwas Schweres wie ein Kartoffelsack auf den Boden plumpste.

MELUSINE FRICK

Liebte Pēteris Drusts Melusine Frick? Das wusste er nicht einmal selbst so recht. Aber er betrachtete die zarte Metzgerstochter mit Wohlgefallen, denn sie war wirklich das schönste Mädchen der Stadt. Zweifelsohne war sie der Hauptgrund, warum es Drusts so lange nicht übers Herz brachte, Pfifferlingen zu verlassen, obwohl er dort in Wahrheit nichts zu schaffen hatte.

Wenn Melusine Frick hinter der Theke stand, schenkte sie allen gleichermaßen ihren hinreißenden Blick und ihr bezauberndes Lächeln. Dennoch spürte jeder im Inneren seines Herzens, so beglückt er sich dadurch auch fühlen mochte, dass ihr Lächeln nur ein oberflächlicher Zauber war, den sie unterschiedslos allen zugutekommen ließ. Melusine schaute immer durch die Leute hindurch oder an ihnen vorbei, als weilten ihre Gedanken woanders. Wenn die Prinzessin nicht lächelte, lag ein kaum wahrnehmbarer schmerzlicher Zug um ihren Mund, und über ihre bleichen Wangen senkte sich Traurigkeit herab wie ein hauchdünner Schleier. Diese Traurigkeit wirkte ganz besonders rührend, denn nichts ist unwiderstehlicher als echte Schönheit gepaart mit einem leicht melancholischen Zug.

Nie verlor Melusine ein unnötiges Wort, sie machte keine überflüssigen Bewegungen, ja, sie strich sich nicht einmal das Haar glatt, weil jede Strähne immer genau an der richtigen Stelle lag. Nie verlor sie die Fassung. So mancher junge Mann legte seine grellste Krawatte an, drehte sich vor ihr im Kreis und erdreistete sich gelegentlich sogar, eine der fünf sehr unschuldigen Zweideutigkeiten von sich zu geben, die den Pfifferlinger Burschen seit undenklichen Zeiten gestattet waren, wenn sie sich Mädchen nähern wollten. Aber das war verschwendete Liebesmüh, denn während andere Mädel dann unweigerlich in Lachen ausgebrochen und sich gegenseitig um den Hals gefallen wären, zuckte Melusine nicht einmal mit einer Wimper, und ihr Blick funkelte ebenso kühl wie ihr mit schweres, mit Gold und Perlen verziertes Armband.

Melusine hörte nur, was sich für sie zu hören geziemte. Aber wenn der betörte Wagehals an die Reihe kam, um bedient zu werden, schenkte ihm Melusine dasselbe zauberhafte, aber gleichgültige Lächeln wie allen anderen, und er erhielt auf seine sachlichen Fragen freundliche, aber ebenfalls nur sachliche Antworten.

Jeder spürte, dass Melusine ihr bestes und liebenswürdigstes Lächeln und ihre tief empfundene Herzlichkeit für einen viel besser geeigneten Ort und eine ganz besondere Gelegenheit aufsparte. Wie göttlich musste dann ihr echtes Lächeln und wie reizend ihre lieblichen Worte sein, wenn schon ihr routiniertes Lächeln und ihre oberflächliche Freundlichkeit so reizend waren?

Oft blieb Drusts vor dem großen Schaufenster stehen, hinter dem er Melusine sehen konnte. Er richtete es so ein, dass er sich dort jeden Tag möglichst lange aufhielt. Üblicherweise hatte sich dort bereits eine ganze Schar Wartender versammelt. Drusts versuchte unauffällig, länger bei der Scheibe zu verweilen, um einen Blick auf die schöne Melusine zu erhaschen. Wenn die warme Sonne lachte, war das Herumstehen angenehm. Das Glas des Fensters war klar und ließ alles erkennen, was dahinter vor sich ging. Aber manchmal regnete es, und die große Scheibe beschlug sich. Dann blieb Drusts nichts anderes übrig, als sich ins Innere der Metzgerei zu begeben und zu versuchen, hinter dem Rücken anderer seine Anwesenheit nach Möglichkeit in die Länge zu ziehen.

Melusine war von zierlichem Wuchs. Im Vergleich zu den Frauen um sie herum erinnerte sie an ein zartes Reh, an das Wild aus den Bergwäldern, das Drusts manchmal an den Fleischhaken neben den schweren Rinderhälften und fetten Schweineseiten hängen sah. Aber Drusts achtete nicht auf die anderen Frauen. Wenn sie überhaupt auf dieser Welt existierten, dann nur, damit sich die schöne Melusine umso vorteilhafter von ihnen abhob.

Also beobachtete Drusts über kahle und zerzauste Köpfe hinweg und vorbei an Spitz- und Schlappohren, rauen Wangen und eckigen Kieferknochen, wie sich die liebliche Melusine unter fetten Schweinebäuchen bückte, um das Blut aufzufangen, wie sich ihre zarte Gestalt zwischen haufenweise Gedärm und Mägen hindurchwand, wie sie sich nach Wurstringen reckte, die an langen Schnüren baumelten, und wie sie an der Waage und an der Kasse hantierte.

Melusines dichtes Haar war geradezu pechschwarz und mit einem Glanz wie frische Rinderleber. Diese Haarpracht, einer Spanierin würdig, umrahmte ein feines Gesicht, das rein und glatt wie eine Perle war. Vermutlich war es nie den Strahlen der Sonne ausgesetzt, denn es war so weiß, dass weder die Marmortheke noch das teuerste und feinste Schweineschmalz mit ihm wetteifern konnte, obwohl es blitzte wie der reine Schnee auf den Gipfeln.

In Melusines vornehmem Gesicht zeichneten sich sanfte Lippen ab, zart und rosig wie das delikateste Filet. Wenn sie ihren Kopf von der Waage oder von der Kasse erhob, glitzerten ihre kostbaren goldenen Ohrringe und der ganze Raum erstrahlte im Licht ihrer geheimnisvollen Augen. Sie waren tiefbraun mit einem ungewöhnlichen Ton von der Farbe dunkler Veilchen. Nur die allerfeinsten und edelsten Räuchersalamis hatten eine ähnliche Farbe aufzuweisen.

Es war ein wahrhaft göttliches Bild, wenn dieses holdselige Geschöpf leise zwischen den mächtigen Schlachtkörpern von Rindern und bergeweise rotem Hackfleisch hin und her glitt. An der Decke baumelten schwere, mit Wurstgarn umwickelte Schinken, mit Fleisch vollgestopfte Schweineblasen und unförmige Würste wie boshafte Gespenster, die Melusine gefangen hielten. Eigentlich stellte man sich Metzger wie rollende Fässer mit prallen Bäuchen, fetten Mündern und roten Wangen vor, die vor Beleibtheit geradezu platzen. Auf Melusines Eltern, die Besitzer der Schlachterei, traf das zu. Sie durchtrennten Sehnen, zersägten Knochen und füllten Schmalz ab, während sie gleichzeitig mit der Kundschaft schwatzten und ohne Unterlass die üblichen Pfifferlinger Metzgerwitze erzählten. Vor einer großen Käuferschar waren sie ganz in ihrem Element und blühten regelrecht auf. Drusts konnte sich nur darüber wundern, dass solche Eltern mit einer so bildschönen engelsgleichen Tochter wie Melusine beschenkt waren.

Selbst wenn Drusts so lange wie möglich trödelte und versuchte, seine Wartezeit in die Länge zu ziehen, war irgendwann doch auch er an der Reihe, zur Theke vorzutreten. Die Begegnungen mit Melusine liefen immer nach genau demselben Muster ab: Melusine schenkte ihm ihr ebenso bezauberndes wie unpersönliches Lächeln und fragte ihn mit ihrer ebenso sanften wie warmen Stimme, die wie eine Kuhglocke im Nebel auf einer Alm klang: »Was wünschen Sie bitte, mein Herr?«

Von seinen Gefühlen überwältigt antwortete Drusts so beseelt, wie er es nur eben vermochte: »Fünfzig Gramm Bierwurst bitte«, und reichte Melusine seine Lebensmittelkarte. Er hatte sie extra gegen Karten mit den kleinsten Einheiten eingetauscht, um hier so oft wie möglich einkaufen zu können.

»Möchten Sie sie aufgeschnitten oder am Stück, mein Herr?«, ertönte dann wieder Melusines Stimme wie eine silberne Glocke. Ach, wie oft hatte Drusts sich eingeredet, in diesen gleichgültigen Worten ein kaum wahrnehmbares Zittern ausgemacht zu haben …

»Bitte aufgeschnitten«, hauchte er und beugte sich leicht über die Theke, um besser zusehen zu können, wie Melusine nach einer Wurst griff, die Schneidemaschine in Gang setzte und mit gesenktem Kopf beobachtete, wie ein hauchdünnes Scheibchen nach dem anderen in die Auffangschale fiel.

Melusines Finger waren weiß und zart wie besonders appetitliche, noch nicht geräucherte Würstchen, und mit wunderschönen Nägeln. Damit wickelte sie die Rädchen in Papier und reichte sie Drusts mit den Worten: »Bitte sehr, mein Herr.«

»Danke! Hier ist das Geld«, flüsterte Drusts beseelt und wartete mit halbgeschlossenen Augen auf die Antwort ihrer lieblichen Stimme.

»Danke schön! Stimmt genau.«

»Auf Wiedersehen!«, entfuhr es Drusts' waidwundem Herzen wie ein unterdrücktes Stöhnen.

»Auf Wiedersehen!«, erwiderte Melusine lächelnd. Der arme Drusts musste sich jedes Mal zusammenreißen, so verlegen wurde er. Hatte dieses »auf Wiedersehen!« doch so vielversprechend geklungen, hoffnungsvoll wie das Rascheln des frischen Winds in den nächtlichen Bäumen, wenn die von der Dunkelheit unterdrückte Natur den neuen Tag und damit neues Glück begrüßt …

Drusts richtete sich mit letzter Kraft auf, warf einen letzten Blick auf das goldene Kreuz, das an einer schmalen Samtschnur in Melusines Ausschnitt baumelte, seufzte und wandte sich zum Gehen.

So geschah es ein ums andere Mal. Drusts verstand allmählich die Schauspieler, die es nie müde wurden, in ein und derselben Rolle aufzutreten, ständig dieselben Worte zu sagen und dennoch immer neue Herzenswärme und Leidenschaft in sie hineinzulegen.

Von der Metzgerei eilte Drusts nicht etwa direkt nach Hause, sondern schlenderte erst lange durch die Straßen und danach über die Pfade an den steilen Hängen über der Stadt. Dabei träumte er von der schönen Metzgerstochter.

An manchen Stellen hatten die fürsorglichen Pfifferlinger Stadtväter Sitzbänke aufstellen lassen. Eine davon liebte Drusts ganz besonders, weil sich von dort ein herrlicher Blick über die ganze Stadt bot. Von dieser Bank aus konnte man deutlich das markante rote Dach der Metzgerei Frick und den kleineren Anbau mit der Schlachterei ausmachen. Ohne den Blick abzuwenden, wickelte Drusts ohne jede Hast die gekaufte Wurst aus und aß sie nachdenklich und traurig.

Was für ein grausames Schicksal, was für ein entsetzliches Missgeschick mochte ein so himmlisches Wesen ereilt und in eine Metzgerei gesperrt haben? Er stellte sich vor, wie schwer es Melusine dort haben musste. Was sonst hatte es zu bedeuten, dass sich selbst bei einem Lächeln solche Trauerfältchen um ihre Mundwinkel bildeten, als drückten sie die Qualen all der geschlachteten Tiere? Trotzdem ertrug Melusine ihre Marter tapfer und mit Engelsgeduld.

Die unermüdliche Arbeit hatte Melusines zarte Finger bereits deutlich in Mitleidenschaft gezogen: Sie waren angeschwollen, die Nägel eingerissen … Aber was war schon das körperliche Leid im Vergleich zu den seelischen Qualen, die Melusine in dieser Tiermordanstalt erdulden musste? Die konnte sich Drusts ganz besonders lebhaft ausmalen. Obwohl er auf dem Land geboren und aufgewachsen war, hatte er in seinem ganzen Leben nicht einmal eine Maus getötet. Wenn die Mutter sich angeschickt hatte, ein Huhn zu schlachten, war er in den Garten geflohen, und wenn der Vater im Herbst Schweine abgestochen hatte, hatte er für den ganzen Tag das Haus verlassen.

Melusine! Nie im Leben wäre sie in der Lage, ihre samtweiche, für Liebkosungen geschaffene Hand gegen ein lebendes Wesen zu erheben!

Schon lange quälte Drusts die Frage, ob Melusine überhaupt die leibliche Tochter dieser, so sagte man wohl, gewöhnlichen Menschen sein konnte. Er hatte daraufhin vorsichtig alle möglichen Pfifferlinger ausgefragt. Aber obwohl alle durch die Bank weg behaupteten, nie etwas über die Familie Frick gehört zu haben, was nicht in jeder Hinsicht mit dem üblichen Lebenslauf eines gebürtigen rechtschaffenen Pfifferlingers übereinstimmte, argwöhnte Drusts, dass sich um Melusine ein Geheimnis rankte. Warum sonst trug sie den Namen der schönen Wasserfee

Melusine, der so ausgezeichnet zu ihr passte? Der Sage nach war diese Fee so schüchtern, dass sie auf der Stelle ihren Mann verlassen hatte, den schönen Grafen, als dieser ihr beim Baden aufgelauert hatte. Melusine klang höchst ungewöhnlich, erst recht in dieser Stadt, wo man den Mädchen sonst nur Namen wie Berta, Marta, Lore und Leni gab.

Während Drusts die Pfade an den steilen Hängen entlangschlenderte, malte er sich viele unterschiedliche Erklärungen aus, wie die schöne Melusine in eine Metzgerfamilie hatte gelangen können. In Schwaben streiften Zigeuner umher. Oder war hier jemand unerwartet aus dem heißen Spanien aufgetaucht? Vielleicht ein schöner feuriger Zigeunerbursche, der wegen eines nicht standesgemäßen Liebesabenteuers mit der Herzogin Dolores De Acuña Orbaneja oder mit der Marquise Juanita de Sierra Madre Padre aus der Heimat geflohen war? Natürlich hatte der unglückliche Flüchtling auch dieses wunderschöne Mädchen, die Frucht seiner sündigen Liebe, edelmütig vor dem Zorn des Herzogs gerettet. Sicher waren es die Perlen und Diamanten der einstigen Herzogin gewesen, die den habgierigen Metzger dazu bewogen hatten, Melusine bei sich aufzunehmen.

Vielleicht war der Zigeuner auch gar kein Zigeuner gewesen, sondern der verbannte Don Hidalgo Cezesperedes de Murcia Maledetta in Verkleidung? Ebenso gut konnte ein kaukasischer Fürst mit einem Stammbaum zurück bis Christi Geburt vor den russischen Eroberern und Ausbeutern von Georgien bis nach Pfifferlingen geflohen und dort gestorben sein, sodass er seine Tochter, seinen einzigen Schatz, dem Metzger hatte überlassen müssen. Aber warum gerade dem Metzger und nicht etwa dem

Pfarrer oder einem anderen Bürger? Nun, jeder, der eine Zeit unter russischer Herrschaft gelebt hatte, wusste nur allzu gut, was Hunger bedeutete, und der georgische Fürst war aus eigener Erfahrung von dieser Furcht erfüllt, selbst nachdem er es bis nach Westeuropa geschafft hatte. Wo also wäre die kleine Fürstin Tamara Skertvelo Pschaven oder Gurija Tsevtschevadze Berataschwili besser vor Hunger geschützt gewesen als in einer Metzgerei?

Letztlich konnten die Schuldigen aber auch die neckischen schwäbischen Feen gewesen sein, die in den Höhlen der Alb hausten und von den deutschen Romantikern so oft besungen worden waren. Sie hätten sehr wohl ein Metzgerskind aus seiner Wiege rauben und an seiner Stelle den Spross einer Burgherrin aus Sigmaringen oder aus dem Hause Hohenzollern zurücklassen können. Was konnte es sonst für eine Erklärung dafür geben, dass so viele Prinzessinnen dick und hässlich waren, Zahnlücken hatten und so gar nicht wie Adlige aussahen? Auf jeden Fall war Drusts vollkommen klar, dass Melusine nichts mit ihren sogenannten Eltern gemein haben konnte.

Wenn sich Drusts von seinen langen Spaziergängen wieder zurück nach Hause begab, richtete er es immer so ein, dass er noch einmal an der Metzgerei vorbeilief. Gewöhnlich war sie dann jedoch bereits geschlossen, und in dem großen Schaufenster gab es nichts anderes mehr zu sehen als ein hässliches Holzschwein mit einer roten Narrenkappe.

So vergingen Drusts' Tage mit Träumereien von der schönen Metzgerstochter. Mit jedem Tag erschien ihm Melusine reizender, anmutiger, geheimnisvoller, nachdenklicher und in ihrer kühlen Erhabenheit immer unerreichbarer.

Aber eines Tages ereignete sich etwas überaus Sonderbares. Drusts stand lange am Fenster der Metzgerei und trat seinen Platz in der Warteschlange ein ums andere Mal an Mütter mit Kindern oder an ältere Menschen ab. Dann wartete er lange im Inneren der Metzgerei und ließ immer wieder geschickt andere Leute vortreten. Mit brennendem Schmerz sagte er seine vier abgedroschenen Sätze auf und erkannte wehmütig, dass er die Lieblichkeit und das Zittern in Melusines Stimme, die er so oft in ihren Antworten zu spüren geglaubt hatte, wohl doch nichts anderes waren als ein Trugbild, ein von seiner unerfüllten Sehnsucht hervorgerufenes Hirngespinst.

Müde und von Gram überwältigt saß er wieder an seiner Lieblingsstelle auf dem steilen Hang, betrachtete mit vernebeltem Blick die Stadt und das Dach der Metzgerei und wickelte betrübt die soeben gekauften Wursträdchen aus. Er nahm eines nach dem anderen aus ihrer Verpackung, durchtrennte die Pelle und schälte sie ab wie ein schmales Bändchen oder, besser gesagt, wie einen Faden. Dann legte er ein würziges Rädchen auf seine Zunge und aß es traurig, ohne seinen Geschmack wahrzunehmen. Was für einen Sinn hatten seine Albernheiten gehabt? Was für einen Sinn hatte es, sich in Pfifferlingen zu langweilen? Was für einen Sinn hatte das gesamte menschliche Leben? Und überhaupt – welchen Sinn hatte eigentlich die Liebe?

Doch irgendetwas kam ihm diese Mal ungewöhnlich vor. Das Verspeisen der Wurst zog sich länger hin als sonst. Offenbar hatte man ihm ein paar Rädchen mehr eingepackt. Das war höchst sonderbar. Die Sorgfalt der Pfifferlinger Ladeninhaber war auf der ganzen Schwäbischen Alb sprichwörtlich. Er konnte sich auch nicht vorstellen, dass sich Melusine trotz ihrer unbekannten sagenhaften

Herkunft getäuscht haben konnte: Ordnung wurde allen Pfifferlingern schon von frühester Kindheit an eingeprägt. Die einzig denkbare Erklärung war, dass Melusine krank war. Wie lange konnte es eine Prinzessin in so einer Metzgerei aushalten? Was für ein schreckliches, von Gewalt überschattetes Leben! Drusts wurde von heftigem Zorn ergriffen und versank in Weltschmerz. Den ganzen Tag blies er Trübsal, und in der Nacht schlief er schlecht.

Am nächsten Tag beobachtete er Melusine mit der Aufmerksamkeit eines Arztes und mit dem Scharfblick eines Priesters. Krank sah sie jedenfalls nicht aus, eher frischer und munterer als sonst. Ihre sonst so bleichen Wangen waren leicht gerötet, und ihre Augen glühten noch feuriger. Aber dem Gewicht des Wurstpakets nach zu urteilen hatte sie ganz eindeutig auch diesmal mehr als fünfzig Gramm eingepackt. Sicherheitshalber betrat Drusts ein Lebensmittelgeschäft am Wegesrand, um seinen Kauf abwiegen zu lassen, bevor er sich auf den steilen Hang begab. Grundgütiger Himmel, das waren ja fast achtzig Gramm! Man konnte sich um drei oder um fünf Gramm vertun, aber doch nicht um die Hälfte des Gesamtgewichts!

Plötzlich war es Drusts, als habe er einen heftigen Schlag auf den Kopf bekommen. Das Wurstpäckchen glitt ihm aus den müden Händen, und beinahe wäre er zu Boden gesunken. Aber dann sauste er wie auf der Flucht vor einem Unwetter auf dem menschenleeren Pfad den Hang aufwärts, um in der Einsamkeit mit dem Wirbelsturm der Gefühle fertigzuwerden, die in ihm tobten.

Ob er sich zumindest ein kleines bisschen der unglaublichen Vorstellung hingeben durfte, dass die Prinzessin ihn bemerkt hatte, ihn, den unbedeutenden Ausländer? Gewiss, Drusts war ein Mann in den besten Jahren, eine gepflegte Erscheinung, hochgewachsen, mit tadellosen Manieren und immer sorgfältig gekleidet. Mit einem solchen Auftreten als erfahrener Weltmann hob er sich vorteilhaft unter den Pfifferlingern hervor, und nicht wenige Fräulein und Witwen der Stadt hatten ein Auge auf ihn geworfen. In gewisser Hinsicht war Drusts sogar reichlich verwöhnt und nahm die Freundlichkeit der Pfifferlingerinnen wie eine Selbstverständlichkeit hin. Doch mit Melusine verhielt es sich ganz anders: Sie war die einzige Tochter des reichen Metzgers Frick und das holdeste Mädchen in der ganzen Stadt.

Drusts grübelte über seinen täglichen Wortwechsel mit Melusine nach, rief sich jedes Wort in Erinnerung und stellte sich mit geschlossenen Augen vor, wie sie dabei jeweils ausgesehen hatte. Sie hatte schlicht, aber liebenswürdig mit ihm gesprochen, begleitet von feinen Untertönen und kaum wahrnehmbaren Bewegungen ihrer Wimpern und ihrer lieblichen Lippen. Er beschloss, ihr von nun an seine hundertfache Aufmerksamkeit zukommen zu lassen.

Als sich Drusts am nächsten Tag an das Ende der Schlange stellte, klopfte sein Herz so heftig, dass er schon befürchtete, die Umstehenden könnten es hören. Siehe da: Kaum stand er vor dem Schaufenster, ließ Melusine das veilchenfarbene Licht ihrer Augen eigens für ihn aufblitzen. Eine ganze Zeit lang war Drusts wie erstarrt und bekam kaum Luft. Natürlich konnte das ein Zufall gewesen sein, doch hätte Drusts schwören können, dass dies nicht Melusines üblicher aufgesetzter Verkäuferinnenblick war. Ihre Augen bohrten sich in ihn wie ein frisch geschärftes und geschickt angesetztes Metzgersmesser, durchtrennten die Haut und die Fettschicht und trafen ihn mitten ins Herz.

Drusts war ja kein junger Springinsfeld mehr, sondern kannte das Leben und wusste Blicke voneinander zu unterscheiden. Als er am ganzen Körper zitternd und taumelnd wie ein Betrunkener die Fleischerei betrat, streiften ihn die dunklen Veilchen noch zweimal: das erste Mal, als sich Melusine über den Kübel mit Rindersülze beugte, der an dem einen Ende der Theke stand, und das zweite Mal, als sie zwischen den gespaltenen Schweineköpfen auftauchte, die sich am anderen Ende der Theke auftürmten, denn dort konnten die anderen Verkäuferinnen sie nicht beobachten.

Als Melusine Drusts seine täglich bestellten fünfzig Gramm Bierwurst reichte, zog sie ihre schmale Hand zurück, aber als sie »auf Wiedersehen!«, sagte, gurrte ihre Stimme lieblich wie die einer Turteltaube.

Mehrere Tage lief Drusts wie im Rausch umher. Er ging die Angelegenheit ein ums andere Mal in Gedanken durch und gelangte zu dem Schluss, dass ihm Melusine tatsächlich ihre Aufmerksamkeit zukommen ließ.

Drusts war durch das Leben gestählt und hatte viel mitgemacht. Also überließ er sich nicht länger müßigen Träumen, sondern zerbrach sich vielmehr den Kopf, wie er das schöne Mädchen einmal allein treffen konnte. Das war eine verdammt heikle Angelegenheit. Die Pfifferlinger Mädchen waren gut behütet und begaben sich nirgendwo allein hin, wenn sie ihren guten Ruf behalten wollten. Sie gingen überhaupt nirgendwohin. Ebenso unvorstellbar war es, dass der Ausländer Drusts Melusine Frick bei sich zu Hause aufsuchte. Das wäre in Pfifferlingen einem Heiratsantrag gleichgekommen, und der wäre mit Sicherheit nicht auf die Zustimmung der alten Fricks gestoßen. Drusts geriet zunehmend in Verzweiflung: Sollte es seiner

Liebe tatsächlich beschieden sein, in einer Schlachterei geboren worden zu sein und ebenda zu sterben?

Lange zerbrach er sich den Kopf, bis ihm endlich der Zufall zur Hilfe kam. Eines Tages stand er nachdenklich am Fenster seines Zimmers, das zur Hofseite ging, als er von unten verzweifeltes Quieken und Wimmern hörte. Er beugte sich zum Fenster hinaus und sah, wie seine Wirtin gerade die Wolle ihrer Angorakaninchen einheimste. In dieser entbehrungsreichen Zeit war Wolle pures Geld wert oder, besser gesagt, man konnte alles Mögliche gegen sie eintauschen. Je länger die Wolle war, desto wertvoller war sie bekanntlich. Also achtete die Wirtin darauf, ihre Tierchen ganz knapp entlang der Haut zu scheren. Wenn sie es allzu eifrig anging, kam es nicht selten vor, dass sie mit ihrer Schere die Kaninchen bis ins Fleisch schnitt.

Die ihrer Wolle beraubten Kaninchen kauerten in ihren Ecken wie blau glänzende Kaulquappen und leckten sich die Wunden, von denen die schlimmsten mit Leukoplast zugeklebt wurden. Eines von ihnen schien trotzdem so schwere Schnittverletzungen abbekommen zu haben, dass es sich nicht einmal mehr auf seine Pfoten erheben konnte. Die Wirtin grämte sich und befürchtete, dass es wohl nicht mehr lange zu leben habe.

Das arme Tier brachte Drusts jedoch auf einen genialen Gedanken. Blitzschnell hatte er einen raffinierten Plan geschmiedet, wie er mit Melusine würde zusammentreffen können. Die Sache war gleichermaßen einfach wie gnadenlos. So sanft einen die rechte Hand der Liebe streichelte, so entsetzlich und erbarmungslos war ihre Linke, die das Leid austeilte. Diesmal war der Leidtragende freilich nur das arme Kaninchen.

Drusts kaufte es seiner Wirtin ab, machte sich so elegant wie möglich zurecht und wartete, bis die Metzgerei geschlossen hatte, bevor er an der Hintertür läutete. Er wusste, dass Melusine öffnen würde, denn die angestellten Verkäuferinnen begaben sich nach der Arbeit schnurstracks nach Hause.

Genau so war es auch. Nach einem kurzen angespannten Augenblick des Wartens öffnete sich die Tür, und im Halbdunkel des Hausflurs schimmerte Melusines Gesicht.

»Entschuldigen Sie … Verzeihen Sie …«, stotterte Drusts mit versagender Stimme, »nehmen Sie es mir bitte nicht übel, dass ich störe.«

»Nein, nein, bitte, bitte …«, erklang ihre sanfte Stimme wie ein Glöckchen im Nebel.

Drusts fasste wieder Mut und fuhr fort: »Wissen Sie, ich habe eine wirklich große Bitte … sehen Sie … dieses Kaninchen …«

Er hob das bedauernswerte Langohr aus seinem Korb.

»Oh, wie niedlich!«, sagte Melusine erfreut und streichelte das zitternde Tierchen. Auf seinen nackten, aber warmen Flanken trafen sich ihre Hände.

»Ja, das ist ein sehr liebenswürdiges Geschöpf …«, flüsterte Drusts und streichelte Melusines Finger.

Sie beugte sich tief über das arme Opferlamm herab. »Das ist aber ein gut genährter Bursche«, merkte sie schüchtern an.

»Man kommt so über die Runden«, sagte Drusts. Er versuchte vergeblich, seine Aufregung zu unterdrücken. »Es muss geschlachtet werden. Ich wollte Ihren verehrten Herrn Vater bitte, dass er sich der Sache annimmt …«

»Aber ich kann ihnen doch ebenso gut helfen«, sagte Melusine liebenswürdig.

»Wie reizend, Fräulein Melusine … Ich danke Ihnen

von Herzen … Wie überaus zuvorkommend Sie doch sind.«

Wie gebannt von ihrer Schönheit wusste Drusts überhaupt nicht mehr, was er sagte, aber das war auch gar nicht so wichtig. Obwohl die Pfifferlinger Mädchen so tugendhaft lebten, dass sie keinen Schritt aus dem Haus unternahmen, verstanden es diese Wunderwesen zugleich, die wenigen Möglichkeiten zu nutzen, die ihnen der Zufall in die Hände spielte.

Melusine schloss leise die Außentür, und gemeinsam betraten sie die geschlossene Metzgerei. Der Geruch nach rohem und geräuchertem Fleisch erfüllte den ganzen Raum, und durch die herabgelassenen Jalousien drang nur schwaches Licht in das gespenstische Dunkel herein. Melusine nahm Drusts den Korb mit dem Kaninchen ab, und dabei stieß die Schulter der Prinzessin so fest gegen seine Brust, dass ihm in heiligem Entsetzen der Atem stockte. Sein Herz setzte für einen Schlag aus, als ihre Lippen, rosiger als frisch aufgeschnittenes Filet, nur eine Spanne entfernt von seinem Gesicht flüsterten: »Aber deshalb müssen wir doch nicht meinen Vater stören. Sehen Sie nur!«

Sie legte das Kaninchen auf einen Holzblock und betastete mit einem Finger seine Verletzungen. »Es hat tatsächlich nicht mehr lange zu leben«, sagte sie nüchtern und griff nach einem langen scharfen Messer. Ihre sorgfältig geglätteten Haare erhoben sich, ebenso ihre Schultern und ihre Ellbogen, und mit einem einzigen gut eingeübten Meisterschnitt war das Kaninchen erlegt.

Drusts zuckte bei dem gurgelnden Geräusch zusammen wie in heftigem Schmerz, als wäre seine eigene Kehle aufgeschlitzt worden. Der Korb glitt von seinem Arm, und ihm wurde schwarz vor Augen. Als er zurückschreckte, prallte er gegen ein durchgeschnittenes Schwein, taumelte zur Seite und streifte dabei die blanken Rippen eines ausgeweideten Ochsen, der gleich daneben hing. Entsetzt stolperte Drusts über einen Eimer mit Blut, Leber und Lungen, flüchtete in seiner Qual hinaus in den Flur und rettete sich Hals über Kopf auf die Straße.

Eine halbe Stunde später brachte ihm der Metzgerbursche seinen Korb mit einem abgebalgten, sauber ausgenommenen Kaninchen zurück und richtete viele Grüße von Melusine aus. Drusts hatte sich noch nicht von dem entsetzlichen Schlag erholt. Sofort schlug ihm der widerliche süßliche Blutgeruch entgegen. Er nahm den Korb mit zwei Fingern entgegen und schaffte es gerade noch, dem Burschen ein Trinkgeld zu geben.

Von da an ging Drusts nicht mehr zu der Metzgerei und stand nicht länger vor ihrem Schaufenster an, ja, er ließ sich überhaupt nicht mehr auf dieser Seite der Stadt blicken. Seine Fleischmarken überließ er seiner Wirtin. Die warme Pfifferlinger Sonne, die ihn zu Streifzügen durch die Gegend angespornt hatte, erschien ihm jetzt leichenblass. Das Städtchen mit seinen fröhlichen roten Dächern, die seine Augen stets erfreut hatten, kam ihm jetzt nur noch grau und abweisend vor, die mit Buchen bestandenen Hänge fand er sterbenslangweilig. Es gab nichts mehr, das Drusts noch hier hielt.

Ob Melusine Frick Pēteris Drusts liebte? Wer mochte es wissen! Als plötzlich der Tag von Drusts' Abreise gekommen war, fand er auf die Schnelle niemanden, der an seiner Stelle zur Metzgerei gehen konnte, um Wurst für seinen Proviant zu kaufen.

Als er dort eintraf, senkte die liebliche Melusine ihre

dunklen Wimpern und fragte leise: »Man hat Sie lange nicht mehr hier gesehen. Waren Sie krank?«

»Aber nein, keineswegs!« Drusts wollte schneidig und schlagfertig wirken, aber seine Stimme brach und zitterte, als er fortfuhr: »Ich begebe mich jetzt weg von hier. Weg von Pfifferlingen und bald auch von Deutschland.«

»Nach Hause?«

»Nein, in die Fremde.«

Für einen Augenblick erstarrten Melusines Hände, die sonst immer in Bewegung waren, während sie die Ware für Drusts einwickelte. Dann riss sie ein halbes Pfund der besten und teuersten Landjägerwurst vom Haken, legte sie dazu und reichte sie ihm. »Dafür müssen Sie nichts zahlen. Gute Reise!«, sagte sie, ohne den Blick zu heben.

Drusts war, als ob auch Melusines Stimme zitterte.

DER ABSCHIED

Nun lebte Drusts schon seit vier Jahren in Pfifferlingen, und oft dachte er daran zurück, wie er hierhergekommen war, um nur eine einzige Nacht zu bleiben. Die Tage verflogen, als hätte es sie nie gegeben, lösten sich im Alltag des Städtchens in Nichts auf. Dem Alltag wohnte eine enorme tröstliche Kraft inne. Er wickelte den Menschen ein wie ein warmes Wollgewand und dämpfte schonungsvoll die Größe und die Schrecken der Welt, während man sich selbst in seiner Winzigkeit warm und geborgen fühlte. Zu den großen Fragen der Welt gehörte zweifelsohne die Abwägung, was besser war: sich zu hetzen und nach irgendetwas zu streben, das man zuweilen als groß oder erhaben bezeichnete, oder die Augen zu öffnen und das Leben und die Ereignisse vorbeigleiten zu lassen, wie das so viele Kluge und Einsame getan hatten.

Es schien, als könne Drusts ohne Weiteres sein ganzes Leben in Pfifferlingen verbringen und sich in seine engen Straßen und sein Zuhause zurückziehen. Aber der Schein trog. Das Herz des Exilanten war nicht mehr in der Lage, Frieden zu finden und sich mit einem bequemen Alltag zu arrangieren. Als Flüchtiger konnte er zwar eine Zeit lang irgendwo verweilen und ausschnaufen, aber geheimnisvolle unbezwingbare Kräfte zogen ihn schon bald weiter.

An einem schönen lauen Herbstabend spazierte Drusts durch die ruhigen sonnendurchfluteten Pfifferlinger Gassen und fühlte sich an den einst so wohlvertrauten Orten auf einmal fremd und nicht mehr zugehörig. Er bemerkte, dass er die Häuschen mit ihren schmalen Fenstern mit anderen Augen als sonst betrachtete, ebenso die sauber gewischten Schwellen und Treppen und die sorgfältig gespülten Gehsteige vor den Häusern, als hätte er sie alle zum ersten oder auch zum letzten Mal gesehen. Die wie aus Buchenholz geschnittenen Gesichter der Einheimischen, ihre aufgrund der kalten Schlafzimmer leuchtend roten Wangen, die Kinder, die in Wägelchen von den Bergen herabfuhren – das alles war für ihn längst zur Gewohnheit geworden und keiner weiteren Aufmerksamkeit wert.

Es war schon lange her, dass Drusts über die Absonderlichkeiten der Pfifferlinger nicht mehr als ein Grinsen übriggehabt hatte. In diesen Jahren hatte er auch viel Gutes erlebt. In der Stadt gab es nicht einen einzigen Armen oder hoffnungslos heruntergekommenen Säufer. Auch wer aus schwierigen Verhältnissen stammte, konnte sich anstrengen und etwas erreichen. Das war eine beachtliche Errungenschaft, deretwegen man den als knausrig und zu oft sogar als geizig bezeichneten Pfifferlingern so manches andere verzeihen konnte.

In der Stadt gab es keine Raufbolde. Niemandem, weder Jung noch Alt, wäre es jemals in den Sinn gekommen, eine Bank zu demolieren, egal ob sie mitten in der Stadt oder auf einem abgelegenen Waldweg aufgestellt worden war. Nie gab es nächtliches Gegröle, ganz zu schweigen von eingeworfenen Fensterscheiben. Wenn irgendwo geschrieben stand: »Durchgang verboten«, »Dieser Weg ist nicht für Handwagen bestimmt« oder »Bauschutt abladen verboten«, hielten sich die Pfifferlinger daran und vermochten sich nicht einmal vorzustellen, dass man gegen solche schriftlichen Anweisungen hätte verstoßen können. Bei Felsenhöhlen, dichten Hecken oder Trümmern am Wegesrand war alles ebenso sauber wie auf der Hauptstraße.

Drusts dachte betrübt an seine Heimat. Wie mochte es dort aussehen, nachdem raue ungehobelte Menschen mit ihrer sogenannten »großen russischen Seele« gewirtschaftet hatten? Er verspürte eine eigenartige Wärme gegenüber dieser fremden Stadt, die ihm einen friedlichen und behaglichen Unterschlupf gewährt hatte.

Trotzdem: Dies war nur die Wärme des Abschieds. Drusts wusste schon länger, dass bald die Zeit kommen würde, Pfifferlingen zu verlassen. Er hatte noch keinen Plan, kein neues Ziel, aber er fühlte sich wie ein reifer Apfel an einem Zweig, der beim leisesten Windhauch herunterfallen konnte. Er ließ sich Zeit und wartete, weder froh noch traurig, auf die bevorstehende Veränderung und überlegte, aus welcher Himmelsrichtung sie wohl kommen würde. Gute Freunde, die nun über unterschiedliche Teile der Welt verstreut lebten, hatten versprochen, sich um ihn zu kümmern.

Eines Morgens war der Augenblick gekommen: Eine knappe Benachrichtigung traf bei ihm ein, dass er sich in einem Emigrantenlager zu einer Gesundheitsprüfung und dann beim Konsulat der Vereinigten Staaten einfinden möge.

Seine neue Zuflucht würde also nicht Australien sein, das Land der Kängurus, auch nicht das Neuseeland der legendären Maori, das Tango tanzende Argentinien, das rußige England oder das schläfrige Schweden, sondern das gepriesene Amerika. Dann sollte es so sein.

Die Nachricht war zwischen den Lagern der näheren Umgebung umhergeirrt und deshalb mit reichlich Verspätung eingetroffen. Also musste Drusts sofort aufbrechen, und er freute sich über die Eile. Trotz seines ruhigen Naturells fand er, dass es am besten war, wenn sich Veränderungen – ob nun groß oder klein – möglichst rasch vollzogen.

Sofort machte sich Drusts ans Packen. Das ging erstaunlich schnell vonstatten, denn er hatte nicht viel angehäuft. Am Ende war es nur eine Tasche mit Kleidung und eine mit Exilliteratur, die sich unbemerkt bei ihm angesammelt hatte. In der Ecke lag noch ein hoher Stoß lettischer Zeitungen. Sie waren zu schwer, als dass er sie hätte mitnehmen können, aber es wäre auch schade gewesen, sie wegzuwerfen. Auf der Welt gab es nur noch wenige lettische Druckerzeugnisse, und wer konnte wissen, wie lange es überhaupt noch Veröffentlichungen in dieser Sprache geben würde? Er packte die Zeitungen in eine große Kiste, nagelte sie zu und bat seine Wirtin, sie auf dem Dachboden aufzubewahren. Vielleicht würde er ja eines Tages in seine befreite Heimat zurückkehren und auf dem Weg dorthin die Kiste an sich nehmen, deren Inhalt die Ereignisse während seines Exils in Deutschland so genau schilderte.

Nachdem Drusts seine Taschen zum Bahnhof hatte bringen lassen, blieb ihm nicht mehr viel Zeit bis zum Nachmittagszug, und so machte er sich daran, sich von Pfifferlingen und den Pfifferlingern zu verabschieden.

Zuerst war seine Wirtin an der Reihe. Ihr kullerten sogar Tränen die Wangen herab. Zwar hatte sie schon länger geahnt, dass es Drusts nicht ewig in Pfifferlingen halten würde, aber über die Jahre hatten sie sich miteinander arrangiert, und der plötzliche Aufbruch traf sie unerwartet.

Als sich Drusts dem Haus von Doktor Friedbert Ott

näherte, bemerkte er schon von Weitem, wie sich die Gardinen bewegten. Wie üblich hatte ihn der Doktor bereits erspäht. Das Fenster sprang auf, und sein rundliches lächelndes Gesicht erschien.

»So früh schon munter und unterwegs?«, fragte er.

»Diesmal weiter weg als sonst!«

»Sieh mal einer an! Wohin denn? Nach Gockelfingen?«

»Nach Amerika!«

»Was? Unsinn! Wirklich? Wann?«

»Sofort. Ich bin auf dem Weg zum Bahnhof. Man hat mich plötzlich aufgerufen.«

Der Doktor wiegte vorwurfsvoll den Kopf. »Warum haben Sie denn nicht früher Bescheid gegeben? Wir hätten einen zünftigen Abschied für Sie veranstaltet. Aber unglücklicherweise besucht meine Frau gerade Verwandte am Bodensee. Wenn Sie von einer Überfahrt nach Amerika sprachen, hielt ich das immer für einen Scherz ...«

»Leider werden in unseren Tagen Scherze nur zu oft Wahrheit, ebenso wie die Wahrheit längst zu einem Scherz geworden ist«, meinte Drusts nachdenklich.

»Auch ich würde Deutschland gerne verlassen«, seufzte der Doktor. »Jetzt gibt es angeblich auch eine Quote für uns Deutsche. Nur muss man sich ein paar Jahre vorher bewerben. Hier gibt es keine anständigen Perspektiven mehr. Wir haben die Russen am Hals, die Franzosen wollen uns an Händen und Füßen fesseln, und wie lange werden uns die Amerikaner noch künstlich beatmen? Aber«, meinte er betrübt, »Sie sehen ja selbst, meine Praxiseinrichtung, das Haus, die Familie ... Wohin könnte ich da gehen? Ach, Sie glücklicher Junggeselle! Es ist schade, dass Sie uns verlassen. Ohne Sie wird es stiller in Pfifferlingen werden. Zu still! Kommen Sie herein, trinken wir eine Flasche Bier!«

Drusts redete sich mit Zeitmangel heraus, und sie schüttelten einander durch das Fenster herzlich die Hand.

Von vielen guten Wünschen begleitet ging Drusts die einstige Adolf-Hitler-Straße entlang, die jetzt wieder Gockelfinger Straße hieß. Dort kamen ihm die Brüder Pfister entgegen, die ihre Strafe längst verbüßt hatten. Mit gesenkten Köpfen eilten sie hurtig von der Fabrik nach Hause zum Mittagessen. Die Pfifferlinger Junggesellen und Alleinstehenden aßen eigentlich an Gemeinschaftstafeln, doch die Brüder Pfister hatten wie immer auch in dieser Frage ihre eigene Meinung.

Nicht weit entfernt werkelte jemand fleißig, obwohl Mittagszeit war. Es war Hanno, der sich schon ein ganzes Jahr lang nach Kräften bemühte, sein niedergebranntes Haus wieder aufzubauen. Er arbeitete unermüdlich und war schon bei den Fenstern im Erdgeschoss zugange.

Ja, der Bau erlebte in Pfifferlingen gerade einen Aufschwung. Auch der Hühnerstall von Gottlieb Gonser hatte längst ein neues Dach, das jetzt mit starken Eisenhaken an den Ecken befestigt war. Sollte wieder einmal ein fürchterlicher Wirbelsturm versuchen, auch dieses Dach davonzutragen, würde er den gesamten Hühnerstall mitsamt seinem Zementfundament davontragen müssen.

Weiter hinten eilten beladen mit Einkaufsnetzen die einstige Witwe Maute und der Schlachter Benno vorbei. Sie waren schon geraume Zeit ein glücklich verheiratetes Paar. Benno winkte Drusts verschämt mit seiner fetten Hand zu, wo am Ringfinger derselbe Ring glänzte, den er einst mit solchen Mühen abgestreift hatte. Seine Frau wandte dagegen den Blick ab und tat, als hätte sie ihn nicht gesehen, denn sie hatte Drusts die Einmischung in ihre Angelegenheiten noch immer nicht verziehen.

Drusts kam am Rathaus vorbei. Dort oben saß der wackere Bürgermeister Günter Konzelmann hinter einem Butzenscheibenfenster und dachte darüber nach, was er noch alles zum Wohlergehen seiner Bürger bewirken konnte.

Beim Polizeieingang des Rathauses stand Unterwachtmeister Konrad. Ohne größere Begeisterung wechselten die beiden Männer Blicke und bewegten mit etwas Verzögerung ihre Köpfe zum Gruß, wenn auch mit einer so sparsamen Bewegung, dass man sie für ein Versehen hätte halten können. Konrad mochte nun einmal keine Ausländer, und die Ausländer mochten Konrad nicht.

Doch diesmal machte der strenge Polizist seinen Mund auf und fragte: »Nach Amerika, was?«

»Und zwar auf direktem Weg«, entgegnete Drusts, ohne sich über den schnellen Nachrichtendienst der Pfifferlinger zu wundern.

»Die Ratten verlassen das sinkende Schiff«, sagte Konrad nicht ohne Bitterkeit.

»Nun ja, die Lecks gibt es schon lange, aber Sie haben sie bislang mit Ausländern gestopft. Jetzt müssen Sie sich neue Sündenböcke zu suchen. Dafür bleibt Ihnen jetzt mehr zu essen«, sagte Drusts und grinste.

Konrad war immer ganz wild auf amerikanische Konserven und Zigaretten gewesen, und oft hatte sie Drusts bei ihm gegen etwas anderes eingetauscht. Dies war freilich nur unter Vermittlung seiner Wirtin und Konrads Frau geschehen, damit die beiden Männer so tun konnten, als hätten sie keine Ahnung von solchen finsteren Machenschaften.

Der sonst so empfindliche Konrad achtete nicht weiter auf diese Bemerkung, sondern seufzte nur und breitete die Arme aus: »Alles wird gut, solange die Russen nicht gleich hinter der nächsten Ecke lauern.«

»Grüßen Sie den Bürgermeister!«, entgegnete Drusts zum Abschied, und Konrad knallte als Zeichen der Zustimmung mit den Hacken.

Dann schaute Drusts noch bei vielen Bitzers, Konzelmanns und Ammanns vorbei. Viele von ihnen riefen: »Ach! Was Sie nicht sagen! So schnell! Haben Sie keine Angst vor Gangstern? Mein Schwager hat auch einen Vetter in Amerika. Er hat es dort zu Wohlstand gebracht, aber er schreibt, dass er es in der Fremde nicht dauerhaft aushält. Nun denn, von Herzen alles Gute! Auf Wiedersehen!«

Rasch drückte Drusts harte und weiche Hände, küsste manche hübschere Haustochter auf die rosige Wange, bekam Sträuße aus eilig in den Gärten gepflückten Blumen oder eine Schachtel selbstgepflückter Birnen und zog weiter.

Da lief der kleine Heinz Konzelmann vorbei, und seine neuen, frisch beschlagenen Stiefel knallten nur so auf dem Straßenpflaster.

»He, wohin so eilig des Weges?«, rief Drusts.

»Zu meiner Großmutter nach Gockelfingen!«, erwiderte Heinz. »Sie soll auch erfahren, dass Leute aus Pfifferlingen auf dem Weg nach Amerika sind, hat meine Mutter gesagt. In Pfifferlingen passieren immer so viel aufregendere Dinge als anderswo.« Der Bub winkte ihm vielbeschäftigt zu und stapfte weiter.

Auch Drusts wollte seinen Weg fortsetzen, aber plötzlich hielt er inne: Wohin sollte er noch gehen? Alle Bekannten waren abgeklappert. Der Bahnhof lag ganz nah. War wirklich alles schon erledigt? Waren alle Rechnungen mit Pfifferlingen beglichen? Drusts wurde wehmütig wie schon manches Mal zuvor, wenn er einen vertrauten Ort verließ.

Er brauchte noch ein bisschen Brot für die Reise, und da war der Krämerladen, wo er immer eingekauft hatte. Es war derselbe, auf den er am ersten Tag kurz nach seiner Ankunft in Pfifferlingen gestoßen war. Mit der Krämerfrau verband ihn keine nähere Bekanntschaft. Nur dann und wann hatten sie Floskeln über das Wetter und einen möglichen Krieg ausgetauscht. Doch Drusts war ein Gewohnheitsmensch und kaufte deshalb am liebsten immer am selben Ort ein.

»Grüß Gott, und leben Sie wohl!«, rief er der ergrauten Krämerfrau zu. »Ich verlasse Pfifferlingen. Bitte geben Sie mir ein Dutzend Wecken und sechs Brezeln.«

Eigentlich schmeckte ihm dieses salzige Gebäck nicht besonders, aber ihm gefiel das schwäbische Wort »Brezel«, und deshalb wollte er ein paar davon mitnehmen.

Die Krämerfrau packte langsam das Gewünschte ein. »Und Ihre Frau Bitzer?«, fragte Sie plötzlich. »Haben Sie sie gefunden?«

»Frau Bitzer!«, entfuhr es Drusts. »Du liebe Zeit, im Lauf der Jahre habe ich sie ganz vergessen! Ja, ich habe eine ganze Weile vergeblich nach ihr gesucht. Es scheint, als hätte ich mich gerade ihretwegen hier niedergelassen. Das war eine gute Frau. Schade, dass es mir nicht gelungen ist, ihre rechtschaffene Hand zu drücken.«

Die Krämerfrau streckte ihm ihre breite rote Hand entgegen. »Da ist sie. Greifen Sie zu!«

Drusts sah die alte Frau an wie ein Gespenst.

»Ich bin Ihre Frau Bitzer«, sagte die Krämerfrau und lächelte. »Ich wollte es gleich am ersten Tag zugeben, als

Sie mich fragten. Aber Sie erzählten, dass Ihre Frau Bitzer jung und schön wäre. Ich wollte Ihnen diese Illusion nicht rauben. Aber da Sie jetzt wegfahren, kann ich es Ihnen sagen, damit Ihr Herz nicht wegen einer unerledigten Sache schmerzt.«

»In der Nacht sind alle Katzen grau«, dachte Drusts und schüttelte die ihm dargebotene Hand. Die Taschenlampe konnte er ihr nicht mehr zurückgeben, denn sie war längst verrostet und weggeworfen.

Als Drusts wieder auf der Straße stand, hielt er eine Weile unschlüssig inne. Er fühlte sich seltsam hohl und leer. So war nun auch die letzte Verbindung zu Pfifferlingen gekappt. Er hatte zu lange mit dieser Stadt Freud und Leid geteilt, als dass er sie vergessen könnte, aber in diesem Augenblick war er froh darüber, sich auf den Weg zu machen.

Als der kleine Zug unter lautem Pfeifen den Bahnhof verließ, stellte er sich ans Fenster. Der Zug schnaufte den Hang empor, und vor seinen Augen glänzte Pfifferlingen ein letztes Mal in der Abendsonne. Die Reihen fröhlicher weißer Häuschen mit ihren roten Spitzdächern, das Rathaus, der Gasthof »Zum Lamm«, der Giebel der Metzgerei Frick, die beiden Kirchtürme – wie in einer tiefen Schüssel ruhte dieses Städtchen eingebettet zwischen dunkelgrünen Buchenwäldern.

»Meine ruhige rechtschaffene Zuflucht Pfifferlingen mit ihren wackeren Bewohnern!«, dachte Pēteris Drusts gerührt – und da verdeckte auch schon ein steiler Hang den Blick zurück.

ANHANG

NACHWORT

Wohl kaum ein Werk des lettischen Schriftstellers Anšlavs Eglītis hat so viele Parallelen zu seiner eigenen Biografie aufzuweisen wie »Švābu kapričo«, so der Originaltitel von »Schwäbisches Capriccio«. Wie sein Protagonist Pēteris Drusts verlässt Anšlavs Eglītis im Oktober 1944 wegen der herannahenden Roten Armee Riga und kommt im November 1944 in Berlin an, wo er in der Uhlandstraße 106 im gutbürgerlichen Bezirk Wilmersdorf unterkommt. Trotz der zunehmenden Einschränkungen durch den Krieg genießt er die Großstadt, die noch immer Züge einer lebendigen Metropole trägt. Als er dort im Februar 1945 ausgebombt wird, verlässt er, fast nur mit den Kleidern auf dem Leib, Berlin mit dem Zug in Richtung Süden, um in die Schweiz zu gelangen. Dort kommt er jedoch nie an, denn er strandet unterwegs auf der Schwäbischen Alb.

Unschwer erkennt man hinter dem fiktiven Städtchen Pfifferlingen das schwäbische Tailfingen, das heute ein Teil von Albstadt ist. Zu dem Namen Pfifferlingen dürfte Eglītis das nahegelegene Pfeffingen inspiriert haben; unverändert übernommen hat er die Namen Truchtelfingen und Onstmettingen. Wie Pfifferlingen ist das in einem langgestreckten Tal gelegene Tailfingen ein Zentrum der Trikotindustrie, eine Stadt, die eine Garnspule im Wappen trägt und in der Namen wie Bitzer, Konzelmann,

Blickle, Ammann oder Maute überaus häufig anzutreffen sind – sogar eine Metzgerei Frick gibt es in Albstadt.

Das alles bedeutet freilich nicht, dass »Švābu kapričo« nur eine kaschierte autobiografische Schilderung von Eglītis' Zeit in Tailfingen wäre, denn es gibt auch zahlreiche Unterschiede zwischen dem Autor und seinem Leben auf der einen und der Figur des Pēteris Drusts auf der anderen Seite. Drusts ist Apotheker und kein Schriftsteller, und vor allem ist er ein eingefleischter Junggeselle, während Eglītis bis zu seinem Tod 1993 mit der Malerin Veronika Janelsiņa (1910–2001) verheiratet ist. Gemeinsam mit ihr ist er von Lettland nach Berlin und weiter nach Tailfingen geflohen, wo sie das Kriegsende und die Übernahme der Stadt durch die französischen Besatzertruppen erleben.

Von Eglītis' Zeit in Tailfingen wissen wir nicht nur aus seinen eigenen Briefen und Erzählungen, sondern auch die Briefe seiner Frau sind eine wichtige Quelle. Aus allerlei Berichten der beiden erfahren wir, wie das Paar nach einer ersten Nacht im Hotel eine winzige Wohnung bezieht. Dort ist es freilich eiskalt, weil es nur einen Blechofen in der Küche gibt, und die beiden sind froh, als sie endlich bei einer Fabrikantenwitwe in der Lammerbergstraße 16 unterkommen. Eglītis und seine Frau erhalten zwar von einer Flüchtlingsorganisation finanzielle Zuwendungen und wohl gelegentlich auch Lebensmittelpakete, doch ist es vor allem Veronika Janelsiņa, die in Tailfingen den Lebensunterhalt der Eheleute bestreitet. Rasch spricht sich unter den Einheimischen herum, dass in der Stadt eine berühmte Malerin lebe, die von ihnen bald den Namen »Frau Kunstmaler« erhält. Besonders gefragt sind ihre Porträts, und in einem Brief benennt Janelsiņa eine Frau Konzelmann als eine ihrer Kundinnen.

Anšlavs Eglītis sieht sich in dieser Zeit als Schriftsteller im Exil allerlei Widrigkeiten ausgesetzt, aber er bleibt keineswegs untätig, sondern widmet sich weiter fleißig dem Schreiben. Er arbeitet in einigen Erzählungen seine Flucht auf, holt ältere, noch nicht abgeschlossene Werke wieder hervor und setzt zu neuen an. Wiederholt taucht dabei das Motiv des Ostens als finsteres Synonym für Russland und die sowjetischen Besatzer Lettlands auf. Die Abnehmer seiner Texte sind vor allem lettische Exilverlage, und so kann beispielsweise sein in Lettland nur teilweise veröffentlichter Roman »Homo novus« zum ersten Mal 1946 in den Vereinigten Staaten in einer vollständigen Buchausgabe erscheinen.

Trotzdem klagt Eglītis einmal in einem Brief, dass ihm die Themen auszugehen drohten und er sich immer wieder die Frage stelle, worüber er eigentlich schreiben solle. Als Antwort fallen ihm höchstens drei Dinge ein: die gute alte Zeit in Riga, die Berge und die aktuellen Ereignisse in seinem Leben. Heute wissen wir, dass er nicht nur seiner Zeit in Tailfingen ein literarisches Denkmal gesetzt, sondern darin auch alle drei Themen unter einen Hut gebracht hat.

Vom Schicksal anderer Landsleute ist nur am Rande die Rede, und tatsächlich konzentrieren sich die Flüchtlinge aus Lettland in dieser Zeit immer mehr auf zentrale Anlaufpunkte wie Esslingen, das Eglītis zwar besucht, wo er und Janelsiņa sich aber nicht niederlassen. Dass er dabei die Stimmung unter den dort lebenden Letten sehr wohl wahrgenommen hat, zeigt die Verarbeitung des Themas in seinem 1952 erschienenen Roman »Laimīgie« (Die Glücklichen).

1949 verlassen Eglītis und Janelsiņa Tailfingen und gelangen schließlich über mehrere Zwischenstationen in die Vereinigten Staaten. Auch hier zieht das Paar mehrmals um, bis schließlich Kalifornien zur Endstation ihrer jahrelangen Odyssee wird. Ein wichtiger Grund für die Ortswahl ist der angeschlagene Gesundheit von Eglītis, der sein Leben lang mit Lungenproblemen zu kämpfen hat und deshalb in eine warme Gegend ziehen will. Auch in den Vereinigten Staaten betätigt sich Veronika als Malerin und verdient mehr Geld als Anšlavs, der zwar fleißig schreibt, doch meistens nur geringe Einnahmen erzielt. Kinder sind aus der Ehe nicht hervorgegangen.

Zwar kann Eglītis noch die Wiederherstellung der Unabhängigkeit seiner alten Heimat 1991 aus der Ferne erleben, doch eine Reise kommt für ihn aus gesundheitlichen Gründen nicht mehr in Frage. Er hat Lettland nie wiedergesehen und auch nicht mehr erleben können, welcher Erfolg seinen Werken dort beschieden ist, als sie endlich wieder erscheinen können und die Letten diesen vergessenen Meister kennenlernen.

Wann genau Eglītis mit der Arbeit an »Švābu kapričo« begonnen hat, ist nicht bekannt, aber mit Sicherheit fallen die Anfänge noch in die Zeit in Tailfingen. Die Fertigstellung erfolgt 1951, als Eglītis bereits in den Vereinigten Staaten lebt. Dort gründet er einen Verlag, doch nach und nach springen seine Geldgeber ab, bis er als Einziger übrig bleibt und sich deshalb verschulden muss. Eine improvisierte Druckerei wird organisiert, in der sich die Maschinen schwer mit den lettischen Sonderzeichen tun. Überhaupt erweist sich der Aufwand als so groß, dass der »Apgāds ›Rīga‹« (Verlag »Riga«) seinen Betrieb schon bald wieder einstellt. Aber immerhin: »Švābu kapričo« kann dort 1951 erstmals mit einem unbeholfen wirkenden Druckbild erscheinen.

Eglītis' Gesamtwerk lässt sich keiner Zeitströmung und keinem Genre zuordnen, und sein »Švābu kapričo« ist erst recht ein ungewöhnliches Buch, das in keine Kategorie passen will. Die Wahl des Titels ist daher sicherlich kein Zufall: Wir kennen den Begriff »Capriccio« vor allem aus der Musikwissenschaft, wo er für ein fantasievolles, spielerisches Stück steht, das sich nicht an Regeln hält, diese aber auch nicht vollständig aufhebt. Ganz in diesem Sinne erstellt Eglītis eine Sammlung einzelner Geschichten, für die sich nur schwer ein übergeordneter Begriff finden lässt und die auf Anhieb keinen roten Faden erkennen lassen. So schwankt die Länge der einzelnen Erzählungen erheblich und reicht von Kurzgeschichten bis zu Novellen, sie sind mal heiter, mal traurig, schildern hier die Gegenwart und werfen dort Streiflichter auf die Vergangenheit. Mit Pēteris Drusts gibt es zwar einen Protagonisten, aber dieser verschwindet zwischenzeitlich fast vollständig aus dem Geschehen. Teilweise überlappen sich die Geschichten zeitlich, und diverse Details stehen sogar im Widerspruch zueinander.

Das lässt manche Fragen aufkommen, die bis zum Schluss offen bleiben und deren Lösung wohl auch nicht beabsichtigt ist. So heißt es mehrmals, dass Drusts nun wirklich sein allerletztes Geld ausgegeben hat. Auch will er nicht arbeiten gehen, obwohl es seine Umgebung von ihm erwartet, und nirgends wird erwähnt, dass er irgendeiner Erwerbstätigkeit nachgeht. Trotzdem scheint ihm das Geld nie auszugehen, gerät er offenbar nie mit seiner Miete in Verzug und scheint er mit seiner Lebensweise nirgends Anstoß zu erregen. Mal ist Pfifferlingen ein unbedeutendes Nest, geradezu ein Dorf, dann ist es wieder ein Mittelzentrum mit Industrie und umfassender

Verwaltung. Ein Grund für manche dieser Widersprüche mag freilich auch darin liegen, dass das Buch über einen langen Zeitraum hinweg entstanden ist und die beiden ersten Romane von Eglītis »Die Brautjäger« und »Homo novus« als Fortsetzungsgeschichten erschienen und Eglītis an dieses Format gewöhnt ist.

»Švābu kapričo« ist somit ein buntes Kaleidoskop nur lose miteinander verbundener Episoden und alltäglicher Szenen aus dem Leben unterschiedlicher Figuren, die oft mit einer unerwarteten Pointe enden. Im Zentrum des Geschehens steht keine Einzelperson, sondern Pfifferlingen in seiner Gesamtheit. Auch Pēteris Drusts nimmt hauptsächlich die Rolle des Beobachters ein, der auf einem fremden Planeten gelandet ist und dort auf einen eigentümlichen Mikrokosmos stößt, in dem die ihm bekannte Welt wie auf den Kopf gestellt erscheint.

Der einst wohlhabende Weltmann Drusts, durch den Krieg entwurzelt und seiner Habe beraubt, hat mit seiner Heimat zugleich seine Vergangenheit verloren, und es fehlt ihm an konkreten Plänen für die Zukunft. Also überlässt er sein Leben dem Zufall und gerät dadurch in eine höchst seltsame Situation. Alles um ihn herum ist in tiefer Dunkelheit versunken, sodass er keine Gesichter ausmachen kann. Auch die fremdartigen Stimmen der Menschen kann er kaum voneinander unterscheiden und an ihnen nicht einmal erkennen, ob er es mit einem Mann oder mit einer Frau zu tun hat. Daraus entsteht prompt das erste Missverständnis, und das zweite folgt schon bald darauf, weil Drusts zu spät begreift, dass sich die Einheimischen auch nicht durch ihre Namen voneinander unterscheiden lassen.

Obwohl im Laufe des Buchs einige Figuren an Profil gewinnen wie die wackere Vermieterin, der vorausschauende Bürgermeister, der kleine Heinz oder Doktor Friedbert Ott, bleiben die meisten anderen austauschbar, sind allenfalls redliche Handwerker, tüchtige Trikotwirker, Witwen oder Basen des Bürgermeisters. Mehrmals ist die Rede von einem Berthold Bitzer, doch wer kann mit Sicherheit sagen, ob es sich dabei um eine oder um mehrere Personen gleichen Namens handelt?

Für Drusts hat sich die gewohnte Großstadtumgebung nicht als Schutz, sondern als Falle erwiesen. Sie hat keinen Platz mehr für ihn übrig, während ihm die abgelegenste Provinz Zuflucht bietet. An Pfifferlingen sind alle Stürme der letzten Jahrhunderte mehr oder weniger folgenlos vorbeigezogen, und auch das Kriegsende bringt für die Bewohner keine nennenswerten Veränderungen mit sich. Drusts, der in so kurzer Zeit so viele Umbrüche hat erleben müssen, trifft in den Pfifferlingern auf Menschen, deren Leben seit Generationen unverändert zu verlaufen scheint und in das keine neuen Ideen vordringen können. Die Männer gehen den gleichen Tätigkeiten nach wie ihre Väter und Großväter, während sich die Frauen um den Haushalt und die Kinder kümmern. Nichts vermag diese zementierten Strukturen zu durchbrechen, die den Pfifferlingern genau den Halt geben, den sie für ihr Leben benötigen. Warum also und mit welchem Recht sollte sie jemand in Frage stellen? Kaum ein Pfifferlinger hat je seine Heimat für längere Zeit verlassen oder ist in die weite Ferne gereist. Auf die Spitze getrieben wird diese Bodenständigkeit in der Schilderung der alten Bäuerin Marieluise Margarete Blickle aus dem Umland, deren Reise »in die weite Welt« gerade einmal bis Pfifferlingen führt und in ihr sofort heftiges Heimweh auslöst.

Beschrieben wird hier nichts anderes als ein Zusammenprall zweier Kulturen. Dafür hauptverantwortlich sind nicht etwa die Nationalität oder die Sprache, die Drusts gut beherrscht, sondern es sind die vollkommen unterschiedlichen Lebenswirklichkeiten. In Pfifferlingen hat nicht etwa eine gebildete Elite das Sagen, der sich Drusts zugehörig fühlt, sondern pragmatische Kleinstädter geben Takt und Ton an. Man mag ihnen in bestimmten Bereichen eine gewisse Schlauheit zugestehen, aber darüber hinaus sind sie vollkommen arglos und haben nicht das geringste Interesse an der Welt außerhalb ihres Biotops. Argumente oder doppeldeutige Bemerkungen prallen wirkungslos an ihnen ab, und niemanden plagen Gedanken an die Zukunft, während Drusts nichts hat, an das er sich halten könnte. In Deutschland hat er nun die Rolle eines mittellosen Flüchtlings eingenommen und führt ein Leben, das für ihn Perspektivlosigkeit, Langeweile und endloses Warten bedeutet.

Zunächst ist Drusts gegenüber den Einheimischen noch im Vorteil, weil er ihre Schwächen geschickt für sich zu nutzen weiß. Die Art und Weise, wie er sich eine Aufenthaltsgenehmigung und ein Zimmer erschwindelt und den Bürgermeister wie auch seine Vermieterin übertölpelt, trägt die Züge eines Schelmenromans. Doch das kann nicht darüber hinwegtäuschen, dass ihm die Pfifferlinger letztlich überlegen sind. Ein Leben ohne Arbeit ist für sie so unvorstellbar wie ein Ausbrechen aus dem gewohnten Umfeld. Sie sind an ein Leben in ihrer Umgebung angepasst und können daraus Kraft schöpfen; Hunger, Zerstörung und extreme Armut bleiben ihnen dadurch erspart.

Es ist von vorneherein klar, dass Drusts in dieser fremden Welt nur die Rolle eines Außenseiters einnehmen kann. Aus dieser Warte beschreibt er, der Angehörige eines kleinen Volks, das ungleich größere Deutschland und lässt damit ein Deutschland- und vor allem ein Schwabenbild entstehen, das nicht immer besonders vorteilhaft, zweifelsohne jedoch von einer ganz besonderen Art ist.

Drusts, ein Vertreter des Bildungsbürgertums, sieht in den Pfifferlingern zunächst noch rückständige Banausen, die an ihren Gewohnheiten nur um ihrer selbst willen festhalten, so unpraktisch diese auch sein mögen. Gottlieb Gonser, der aus Torheit das Dach seines eigenen Hühnerstalls zersägt, Hanno, der arme Tropf, der vor lauter Sparsamkeit sein Haus abbrennen lässt, die örtliche Feuerwehr, die mehr Schaden als Nutzen stiftet, der mutige Maute, der in Wahrheit ein rechter Hasenfuß ist, der fette Schlachter Benno, der bereit ist, seinen Finger abzuhacken, um nicht gegen einen althergebrachten Brauch zu verstoßen, Menschen, die sich mit Mütze, dicken Nachthemden und Pantoffeln ins Bett legen, statt ihre Schlafzimmer zu heizen, Hausfrauen, die alle gleichzeitig ihre Teppiche ausklopfen – genüsslich nutzt Drusts jede nur erdenkliche Gelegenheit, um die Pfifferlinger als Schildbürger darzustellen und der Lächerlichkeit preiszugeben.

Schon bald aber muss er vor der entwaffnenden Ehrlichkeit seiner Vermieterin kapitulieren, und er kommt nicht umhin, dem tatkräftigen und klugen Bürgermeister Respekt zu zollen. Ein wichtiger Wendepunkt ist sicher die kurze Episode, als eine Bande Russen für wenige Tage die Kontrolle über Pfifferlingen an sich reißt. Drusts sieht die Grenze endgültig nicht mehr zwischen sich und den Deutschen oder zwischen Deutschen und Franzosen verlaufen, sondern zwischen Europa und dem »Osten«. Drusts betrachtet die Pfifferlinger von nun an mit zunehmend anderen Augen und erkennt, dass er ihren Charakter nicht ändern, sich aber bis zu einer gewissen Grenze ihrer Lebensweise anpassen kann. Dass er so oft die dunklen Haare und Augen der Einheimischen erwähnt, dürfte dem Blickwinkel des Letten geschuldet sein, ebenso die Tatsache, dass er die Hänge um den Ort als hohe Berge wahrnimmt – schließlich ist Lettland vergleichsweise flach. Ebenso scheint es Eindruck auf ihn gemacht zu haben, dass die Einheimischen ständig die Vornamen ihrer Gesprächspartner wiederholen oder dass sie ihre Gäste nur überaus sparsam bewirten, während er an osteuropäische Gastlichkeit gewohnt ist, bei der sich die Tische biegen. Wärmflaschen sind ihm ebenso unbekannt wie Brezeln und eiserne Schuhabstreifer.

Immer mehr wird Drusts fast unbemerkt von Pfifferlingen und seinen Bewohnern in den Bann gezogen, und mit der Zeit findet auch er etwas wie einen Platz in ihrer festgefügten Gesellschaft. Ist anfangs noch die Rede davon, dass er am liebsten gleich wieder abgereist wäre, ist er vier Jahre später immer noch da. In dieser Zeit hat er die nüchternen und pragmatischen Pfifferlinger kennen und schätzen, wenn auch nicht unbedingt lieben gelernt. Er hat sich mit seinem Schicksal ausgesöhnt, erliegt jedoch nicht der Versuchung, sich Jahr um Jahr von der zeitlosen Behäbigkeit Pfifferlingens einlullen zu lassen wie in einem Zauberberg – und so kann er zur nächsten Etappe seines Lebens aufbrechen: Amerika.

Als Schriftsteller kann Eglītis seine Fantasie frei walten lassen, aber es ist wenig wahrscheinlich, dass alle Personen und Geschichten von A bis Z erfunden sind. Vielmehr dürfte er eigene Erlebnisse weitergesponnen und ordentlich aufgebauscht haben, außerdem hat er vermutlich Erzählungen aufgegriffen, die ihm während seines Aufenthalts zu Ohren kamen. Die Brüder Pfister mit ihrem illegalen Warenlager, der Schwarzhandel mit Textilien, die Demontage der Wirkstühle des Fabrikanten Blickle, der aufwändige Fasnachtsumzug – in diesen und anderen Begebenheiten könnte sehr wohl ein Körnchen Wahrheit liegen. Die Fabriken von Tailfingen hat Eglītis ganz bestimmt mit eigenen Augen gesehen, und wie in anderen Fällen besteht für ihn auch hier kein Anlass, seine Fantasie allzu sehr zu beanspruchen. Ob manche seiner Geschichten auf Ereignisse zurückgehen, die noch heute in Tailfingen und Umgebung bekannt sind, oder ob der eine oder andere Tailfinger in den Figuren seine eigenen Vorfahren oder ihre Bekannten erkennt?

Dichterische Freiheit kann auch allerlei Herausforderungen für den Übersetzer bereithalten, erst recht, wenn der Autor bereits gestorben ist. Wie ist mit Widersprüchen in der Handlung oder nicht ganz eindeutigen Beschreibungen umzugehen, wenn der lettische Ausgangstext im Deutschen auf unterschiedliche Weise wiedergegeben werden könnte? Natürlich lässt sich herausfinden, wie viele Einwohner Tailfingen damals hatte, wie seine Feuerwehr aufgebaut und wie seine Polizei strukturiert war. Aber Eglītis ist eben keiner historischen Wahrheit verpflichtet, und ihm unbekannte deutsche Gegenstände, Gewohnheiten, Dienstgrade oder Institutionen erhalten von ihm lettische Bezeichnungen, bei denen man immer wieder überlegen muss, was wohl der ursprüngliche deutsche Begriff gewesen sein mag – falls es ihn überhaupt gibt.

Nicht ausgelassen werden soll schließlich der ungewöhnliche Weg, den das Buch bis zu seiner Übersetzung ins Deutsche zurückgelegt hat. Bereits vor mehreren Jahren wollte ich Eglītis' Roman »Homo novus« übersetzen, doch machten Eglītis' Erben aus dem fernen Amerika für die Erteilung der Rechte die Verwendung der 1946 in den Vereinigten Staaten erschienenen Ausgabe zur Bedingung. Wo aber, um Himmels willen, sollte ich eine solche auftreiben, zumal das Internet damals noch längst nicht die Möglichkeiten von heute bot? Durch eine Reihe von Zufällen gelangte ich an die Adresse einer Dame mit dem Namen Gunta Semba. Sie erwies sich als pensionierte Bibliothekarin, die in der lettischen Gemeinde in New York einen Büchertisch betrieb. Als ich sie kontaktierte und um Rat fragte, bot sie sofort an, sich nach dem »Homo novus« zu erkundigen. Doch dabei ließ sie es keineswegs bewenden, denn zu meiner großen Überraschung brachte mir der Postbote eines Tages ein schweres Paket aus Amerika, das alle Bücher von Eglītis enthielt, derer Gunta hatte habhaft werden können! Darunter war auch ein Buch, das mir allein wegen seines lustigen Titels sofort auffiel. Ein »Schwäbisches Capriccio«, verfasst auf Lettisch in einem Bücherpaket aus den Vereinigten Staaten? Ebenso dankbar wie begeistert schrieb ich zurück und erkundigte mich nach dem Preis für die Bücher und den teuren Versand aus Übersee. Aber Gunta antwortete nur: »Die Überweisung von Geld ist so mühsam – werfen Sie doch lieber ein wenig Geld in den Opferstock einer Kirche, wenn Sie das nächste Mal in Lettland sind.«

Gunta ist inzwischen verstorben, aber diese Geschichte ist mir unvergesslich, und ich freue mich bis heute darüber, welche Folgen ein großzügiges, vor fast 20 Jahren verschicktes Bücherpaket inzwischen nach sich gezogen hat. Deshalb möchte ich mit einem herzlichen Dank an Gunta schließen, ohne die es diese Übersetzung vielleicht nie gegeben hätte. Paldies!

BIOGRAFIEN

Anšlavs Eglītis (1906–1993) wurde in ein künstlerisch-bürgerliches Umfeld in Riga hineingeboren. Im Ersten Weltkrieg evakuierten die russischen Behörden Teile der lettischen Bevölkerung vor den vorrückenden deutschen Truppen, 1915 kam die Familie Eglītis in ein Dorf bei Moskau. 1918 wieder nach Riga zurückgekehrt, begann Anšlavs Eglītis bald darauf ein Kunststudium. Ab Mitte der 1920er Jahre unternahm er erste Schreibversuche und fasste Fuß in der Kulturszene. Eglītis schrieb für Zeitungen, bereiste Europa und publizierte ab Mitte der 1930er Jahre Romane, in denen die besondere Atmosphäre der Rigaer Zwischenkriegszeit enthalten ist. 1944 floh er mit seiner Frau Veronika Janelsiņa, die als Künstlerin zahlreiche seiner Bücher illustrierte, vor der Roten Armee zuerst nach Berlin, dann auf die Schwäbische Alb. 1952 emigrierten sie über den Atlantik in die Vereinigten Staaten. Eglītis gilt als produktivster Autor des lettischen Exils, berüchtigt für seinen scharfen, aber auch scharfsinnigen Humor: Etwa 50 Werke entstanden in den folgenden Jahrzehnten, zudem arbeitete er als Filmkritiker und Dramatiker. In seinen letzten Lebensjahren erlebte Eglītis mit Genugtuung die Unabhängigkeit Lettlands von der Sowjetunion, doch ein Besuch seiner Heimat war ihm nicht mehr vergönnt.

Berthold Forssman studierte Skandinavistik, Slawistik und Indogermanistik in Erlangen, Kiel, Reykjavík und Jena und arbeitet heute als freier Journalist, Übersetzer und Autor mit Schwerpunkt auf den nordischen Ländern sowie den baltischen Staaten. Er verfasste u. a. ein Lehrbuch des Lettischen, eine Lettische Grammatik und ein Wörterbuch Lettisch-Deutsch-Lettisch. Aus dem Lettischen übersetzte er u. a. Laima Muktupāvela, Edvarts Virza und Anšlavs Eglītis.

ANŠLAVS EGLĪTIS (1906–1993)

INHALT

Titel der Originalausgabe:
Švābu kapričo, 1951

Der Verlag und der Übersetzer bedanken sich
für die großzügige Unterstützung der Übersetzung
durch Latvian Literature

LATVIAN
LITERATURE

Erste Auflage Berlin 2024

Guggolz Verlag
Gustav-Müller-Straße 46, 10829 Berlin
verlag@guggolz-verlag.de

Druck & Bindung: Friedrich Pustet, Regensburg
Korrektorat: Bettina Hartz
Umschlag: Mirko Merkel
ISBN 978-3-945370-47-6

www.guggolz-verlag.de